Jana Döhring

STASIRATTE

Roman

Hartriegel Verlag

Hartriegel Verlag
www.hartriegel-verlag.de

ISBN 978 3 981 5077 0 6 (Buch)
ISBN 978 3 981 5077 1 3 (pdf)
ISBN 978 3 981 5077 2 0 (epub)
ISBN 978 3 981 5077 3 7 (Hörbuch)

© 2013 by Hartriegel Verlag, Köln
Alle Rechte vorbehalten

Umschlaggestaltung:
© Hannes Höhlig, Diplom Designer (FH), Berlin
hhoehlig@yahoo.de

Druck und Bindearbeiten
Digitaler Buchdruck Schaltungsdienst Lange oHG, Berlin
www.schaltungsdienst.de

Printed in Germany

Für Ygor

Vorwort

Sich an die Vergangenheit zu erinnern, kann wunderschön sein. Manchmal ist es eine Melodie, die wir lange nicht gehört haben und die es schafft, uns in eine längst vergangene Situation zurückzuversetzen. Oder es kann ein Foto sein, dessen Anblick uns berührt und Erinnerungen weckt.

Aber so sehr es eine Freude sein kann, sich zu erinnern oder erinnert zu werden, ist leider auch das Gegenteil häufig der Fall.

Fünfzehn Jahre nach der Wiedervereinigung grüßte mich die Vergangenheit, die es buchstäblich geschafft hatte, mich einzuholen. An diesen Buchstaben konnte ich aber keinen Gefallen finden. Noch dazu, da diese nicht die Absicht hatten, einfach wieder zu verschwinden. Erst erschienen sie spontan, dann regelmäßig. Zu regelmäßig, um unbewältigt zu bleiben.

Also setzte ich mich hin mit dieser Vergangenheit, ließ sie an mich heran, manchmal so nah, dass ich die Gegenwart vergaß. Ich setzte mich mit ihr auseinander, diskutierte über Details, rang um Wahrheiten, die schmerzten oder peinlich waren. Denn meine Vergangenheit ging nicht immer freundlich mit mir um. Sie konnte sehr ernst und kritisch sein. Dann wieder auch nachgiebig, manchmal sogar komisch.

Wir sind jetzt wieder Freunde.

Meine Füße rutschen auf dem feuchten Kopfsteinpflaster. Die Straße führt direkt ins Meer. Grau und uferlos rollen die Wellen auf mich zu. Das Wasser verändert seine Farbe von Hellgrau in Violett und vereint sich allmählich mit dem Abendhimmel. Der Wind rauscht und treibt es vor sich her. Jetzt werden die Straßenlaternen von den trüben Wellen umspült und nacheinander kippen sie elegant wie mit einer letzten Verbeugung in den Abgrund. Am Horizont erscheint ein Schwarm Tauben, die weiße Blätter in den Schnäbeln tragen. Es erscheint mir ganz alltäglich, dass die Vögel mir Worte zurufen, wobei ihnen die Zettel aus den Schnäbeln fallen. Doch ich verstehe ihre Sprache nicht.

Dann dreht der Schwarm ab und verschwindet so schnell, wie er aufgetaucht ist. Ich versuche, einen der Papierfetzen aus dem seichten Wasser herauszufischen. Doch ich komme nicht vorwärts auf dem glitschigen Untergrund. Das Meer zieht sich langsam wieder zurück und nimmt alle Nachrichten mit. Ich will hinterherlaufen, doch es gelingt mir einfach nicht, so sehr ich mich auch gegen den Wind stemme, der meine Haare zerzaust. Regen klatscht mir ins Gesicht und ich wache auf.

Einen Moment lang liege ich flach auf dem Rücken zwischen Traum und Wirklichkeit und starre ins Leere. Es ist 4:40 Uhr. Noch sechs Stunden und zwanzig Minuten.

Es regnet kräftig. Ich stehe auf und schließe das Fenster. Im Haus ist es dunkel, meine Familie schläft. Durch das Fenster kann ich im Licht der Straßenlaterne sehen, wie sich die Zweige der Erle unter den Wassertropfen biegen. Mir fällt der Taubenschwarm ein und ich schüttele den Kopf.

Als der Wecker später klingelt, stelle ich fest, dass ich noch ein paar Stunden geschlafen haben muss. Ohne Tauben, ohne Meer, und ich stehe entschlossen auf. Doch die gewohnten Handgriffe sind keine wirkliche Ablenkung, sodass die ängstliche Erwartung wieder Oberwasser bekommt. Dieses Zupfen der Aufregung in den Händen, den Beinen, da ist es wieder und zieht mich abwärts. Und in meinem Kopf läuft ein Film, der in einer Endlosschleife zeigt, wie es sich abspielen könnte, könnte, könnte.

Im Spiegel sehe ich eine Frau Mitte vierzig, dunkle Haare, grüne Augen. Sie kann mir nicht sagen, was der Tag bringen wird. Also kehrt sie zurück zur Routine. Kaltes Wasser, Fön, Make-up. Mechanisch ziehe ich mir einen Lidstrich, tusche die Wimpern, lege etwas Rouge auf und bin für ein paar Minuten abgelenkt. Und immerhin, wenn ich heute Abend die ganze Schminke herunterwasche, wird alles vorbei sein.

✱ ✱ ✱

Nach langwierigem Herumkramen im Kleiderschrank entschließe ich mich für den dunkelblauen Hosenanzug. Was das Frühstück angeht, spüre ich deutlich, dass neben dem Adrenalin nur noch wenig Platz für anderes sein wird.

Ich gehe in die Küche, koche Wasser für den Tee und lege zwei Bananen auf den Tisch, da ich die Erfahrung gemacht habe, dass sie auch bei minimalstem Appetit runterrutschen und eine Weile satt machen. Dann setze ich mich an den großen Holztisch, der für mindestens sechs Personen ausreicht, und betrachte meine Umgebung. Alles sieht aus wie seit Jahren. Die großen Küchenschränke aus der Gründerzeit wirken mit ihren mehr als hundert Dienstjahren solide und verlässlich. Passend zu ihrem hellen Braun stehen sie vor blau tapezierten Wänden. Den Eindruck der vorletzten Jahrhundertwende stören nur die Elektrogeräte, die sich weiß und funktionell vom bejahrten Holz absetzen. Das Radio erscheint mir zu laut, ich stehe auf, um es leiser zu drehen.

Mike kommt mir entgegen. Als mein Anwalt trägt er einen schwarzen Anzug, ein weißes Hemd und eine weiße Krawatte. Wir werden die Sache gemeinsam durchstehen, geht es mir durch den Kopf, und wie wenig selbstverständlich dies doch ist.

Er scheint meine Gedanken zu erraten und sagt: „Nimm das alles nicht so schwer. Glaub mir, der Richter wird sich nicht lange damit aufhalten. Denk einfach daran, wie es weitergegangen wäre, hätten wir nicht endlich etwas unternommen. Die Dinge müssen sich entwickeln und wir gehen jetzt den nächsten Schritt."

„Ja", antworte ich etwas matt und denke darüber nach, dass es längst nicht sicher ist, ob das Gericht in meinem Sinne entscheiden wird. Das und die weiteren Begleitumstände des bevorstehenden Termins machen mich nervös. Ich stehe auf, weil mich jetzt ein Beitrag im Radio interessiert, und drehe es wieder lauter. Doch auch die freundliche Stimme des Moderators lenkt mich nur kurz ab. Also dränge ich darauf, endlich loszufahren, da ich rein gar nichts mehr mit mir anzufangen weiß.

✳ ✳ ✳

Die Karriere hatte Mike vom Rhein an die Spree gespült und damit in meine Nähe. Neben dem Alltag im Büro entdeckten wir nach und nach viele Gemeinsamkeiten. Wir waren noch nie in Griechenland und mochten beide keine Katzen. Neben diesen fundamentalen gab es noch eine Reihe kleinerer Dinge, für die wir beide Interesse hatten. Wir besuchten gern Museen, liebten große Städte und nahmen uns immer wieder vor, mehr vom Theater zu verstehen.

Ich verliebte mich jeden Tag ein bisschen mehr. In seine feine zurückhaltende Art, in seinen Humor, seine Augen, ja sogar in die feinen schwarzen Haare auf den Unterarmen, die aus den Manschetten seiner weißen Hemden hervorlugten.

Es vergingen nur wenige Wochen, dann waren wir ein Paar.

✳ ✳ ✳

Nach einer guten Stunde Autofahrt, in der wir Berlin einmal durchqueren, erreichen wir unser Ziel. Das Gericht ist ein Bau des neunzehnten Jahrhunderts und es strahlt die ihm zustehende Würde und Seriosität aus. Es steht an einer belebten Straßenecke wie eine graue Trutzburg jener Zeit, in der noch mit dem Pferdewagen vorgefahren wurde. An den Seiten des Gebäudes ragen Türmchen aus dem Dach empor. Ein spitzer, reich verzierter Giebel überkront das Eingangsportal. In der Etage über der mächtigen Pforte lassen repräsentative Rundbogenfenster den hinter ihnen liegenden Festsaal vermuten.

Wir parken und ich steige zögernd aus. Während ich angesichts der Schönheit und des Charmes alter Gebäude oft ins Schwärmen gerate, kann mich heute der Anblick des Hauses nicht von seinem Inhalt ablenken. Wir gehen langsam über die Straße. Durch meinen hektischen Aufbruch haben wir noch mehr als eine halbe Stunde Zeit bis zum Beginn der Verhandlung. So bleiben wir noch ein wenig im Sonnenschein vor dem Eingang stehen. Ich beobachte die tanzenden Schatten der hohen Laubbäume, die die Sonne auf die Wände des Gemäuers wirft.

Meine Gedanken gelten allein dem Innern des Gebäudes, genauer gesagt Raum 234, in den wir geladen sind. Mir kommt wieder die albtraumhafte Vorstellung in den Sinn, dass sich eine Schulklasse zu Bildungszwecken genau heute hier einfindet und der öffentlichen Verhandlung zusieht. Oder, noch fürchterlicher, frühere Kollegen oder Freunde könnten den Weg hierher gefunden haben. Mike hatte mir den Hinweis nicht erspart, dass diese Art Verhandlungen immer öffentlich sind und es niemandem verwehrt werden kann, daran teilzunehmen. Ich halte es in der Tat für wahrscheinlich, dass die Gegenseite etwas Verstärkung mitgebracht hat. Die Vorstellung allein wirkt allerdings bis in den Verdauungstrakt, woraufhin ich mir alle Mühe gebe, sie zu verdrängen.

„Können wir?", Mike sieht mich an und nickt mir aufmunternd zu. „Ja ... klar, gut", antworte ich fahrig. Er öffnet die mächtige Holztür und wir betreten die weite, etwas düstere Eingangshalle. Von dort geht es nach rechts und links zu den weiteren Räumen des Erdgeschosses und geradezu hinauf ins Treppenhaus. Die geschwungene Holztreppe führt in die oberen Stockwerke und somit auch zu Raum 234. Als wir die ersten Stufen betreten, frage ich mich, ob die Gegenpartei schon hier ist. Sitzen sie vielleicht schon im Verhandlungssaal oder warten sie noch vor der Tür? Oder sind wir die Ersten? Ich lausche angestrengt, doch ist von unten nichts zu hören.

Noch eine Viertelstunde. Meine Hände sind aus Eis und mein Herz rast. Von Stufe zu Stufe fühle ich mich beklommener. Auf den letzten Stufen muss ich mich zwingen, die Füße zu heben, so bleischwer und unsicher sind sie. Die Koordination von Knie- und Fußgelenken funktioniert einfach nicht wie sonst und es bedarf meiner ganzen Anstrengung, bis zum Treppenabsatz heraufzusteigen. Ich hoffe sehr, dass Mike dies nicht mitbekommt, dass er sich jetzt nicht zu mir umdreht und mich anspricht. Denn ich hatte mir eigentlich zugetraut, die Sache zwar ernst, doch mit einer gewissen Lässigkeit durchzustehen. Schließlich bin ich die Klägerin.

Endlich oben angelangt, biegen wir nach links ab in einen menschenleeren Flur. Ich hebe vorsichtig den Blick. Aber niemand steht vor der Tür mit der Nummer 234, niemand ist darin, die Tür ist verschlossen. An einem Aushang an der Wand können wir lesen, was heute hier verhandelt werden soll. Wir sind die Ersten. Mike studiert geschäftsmäßig die weiteren Termine des Aushangs, während ich mich ermattet auf einen der Stühle vor dem Raum fallen lasse.

Eine Schulklasse wird wohl nicht mehr kommen, stelle ich erleichtert fest. Denn die wären wohl pünktlich gewesen. Bleiben noch die Freunde oder Bekannten des Beklagten und er selbst. Oder kommt er vielleicht gar nicht selbst, nur sein Anwalt? Ich frage Mike nach dieser Möglichkeit, doch er hält sie für unwahrscheinlich. Also gut, langsam beruhige ich mich.

Der „Beklagte", denke ich, wie sich das anhört im Amtsdeutsch. Eigentlich kenne ich nur die Redewendung, dass ich mich *über* etwas beklage. Aber jemanden *be*klagen? Klingt seltsam. Vielleicht einen Verlust beklagen, das ginge noch. Nun beklage ich also jemanden, und zwar Gerry, meinen alten Freund und Kollegen.

Meine Gedanken wandern in die Vergangenheit zu ihm, den ich vor fünfzehn Jahren zum letzten Mal gesehen hatte.

✱ ✱ ✱

Sommersprossig, unbeschwert und fröhlich: Gerry war kein Typ für trübe Tage. Wir mochten uns vom ersten gemeinsamen Arbeitstag an. Später lernte ich auch seine Freundin Sonja kennen, eine aparte Blonde mit einem aufmerksamen Blick aus graublauen Augen, deren Lider auch ohne jedes Make-up seiden schimmerten. Menschen „mit Herzensbildung" hätte meine Großmutter väterlicherseits die beiden genannt. Wäre es nötig gewesen, hätte man mit ihnen zumindest Ponys stehlen können.

Ein Jahr vor der Wende wurden wir fast zeitgleich Eltern. Sonja und Gerry bekamen eine Tochter und ich einen Sohn. Da meine Beziehung zu dessen Vater Paul den Zenit aber schon lange überschritten hatte, nahm ich bald den Status einer Alleinerziehenden an. In dieser Zeit wurde Gerrys Familie für mich wie ein Hafen, in den ich sowohl bei Sturm wie auch bei Sonnenschein einlaufen konnte. Vielleicht waren die beiden damals sogar die einzigen Freunde, die diese Bezeichnung verdienten. Ich konnte buchstäblich in Nacht und Nebel bei ihnen auftauchen und fand die Nähe zu Menschen, die wirklich besorgt um mich waren, die echt zuhörten und nach Lösungen für meine Probleme suchten.

Ich erinnere mich gern und traurig zugleich an die vielen Stunden und Tage, die wir miteinander verbrachten. Unseren Campingurlaub am Balaton, der genau genommen ein Desaster war; tausend Stunden in seiner einfallsreich gestalteten Wohnung; Grillen auf dem Balkon; unsere gemeinsame Entdeckung der Westberliner Warenflut nach der Wende.

Wie oft wir wohl im kleinen Schlafzimmer der beiden zu dritt auf dem runden Bett gesessen hatten, immer darauf bedacht, nur keine Rotweinflecken oder Zigarettenasche auf der Matratze zu hinterlassen. Das Bett füllte den Raum nahezu aus und gab unseren Gesprächen Vertrautheit und unkomplizierte Nähe. Wir waren eine Einheit, die scheinbar niemand auseinanderbringen könnte ... wenn nicht wir selbst.

Gerry hatte zudem die wunderbare Begabung, ohne großen Aufwand in kurzer Zeit ein Stimmungstief in ein Hoch zu verwandeln. Es machte ganz einfach Spaß, zusammen zu sein. Wir hatten denselben Humor und die gleiche unkomplizierte Sicht auf die staatstragenden und alltäglichen Dinge.

Auch an unserem Arbeitsplatz, einer Nobelherberge in Berlins Mitte, die dem klammen Staat heiß begehrte Devisen verschaffen sollte, waren wir ein großartiges Team.

Doch nach dem Mauerfall vor zwanzig Jahren, als unser Leben so anders wurde, suchte ich nach neuen Wegen und zog mich von dieser Freundschaft immer mehr zurück. Mit einer neuen Liebe und einem neuen Job versuchte ich, alle Brücken hinter mir abzubrechen. Mein altes Leben wollte ich nicht mehr und möglichst an nichts Negatives darin erinnert werden. Und das gelang mir zunächst auch. Ich baute einen neuen Freundeskreis auf, schulte um für einen neuen Job, bezog eine neue Wohnung.

Die Vergangenheit hatte ich vor die Tür gesetzt.

Diese Zeit mit ihren Abgründen und Fehlentscheidungen sollte nicht mehr zu mir gehören. Ich wollte jetzt nur nach vorne sehen und meinen Weg gehen, ohne auf Bruchstücke von Erinnerungen zu treten, über die ich stolpern könnte. Der Rucksack, der nun mal an mir hing, blieb unausgepackt, unsortiert. Sein Inhalt sollte mich nicht weiter beschäftigen.

Der Kontakt zu Gerry, den ich langsam hatte einschlafen lassen, wurde auch von seiner Seite nicht geweckt. Ich war nicht sicher, warum. Mein Rückzug jedenfalls wurde hingenommen.

Bis zu jenem Tag im August vor drei Jahren, als ich einen Brief bekam, der mich schockierte.

∗ ∗ ∗

Es war nicht der Schreck, der einen durchfährt, wenn man jemandem die Vorfahrt genommen und noch mal Glück gehabt hat. Oder wenn einem plötzlich einfällt, dass man etwas sehr Wichtiges vergessen hat. Nein, dies hier war anders. Es kam nicht aus dem Hier und Jetzt, sondern aus dem Dunkel der Vergangenheit wie ein greller, schmerzhafter Blitz. Dieser Blitz schlägt dem Baum nicht nur einen Ast ab, er rast durch bis in die Wurzel.

Ein Mittwoch im August vor drei Jahren beschert mir einen hochsommerlichen Feierabend. Die Sonne steht noch hoch am Himmel und die Gärten, an denen ich vorüberfahre, stehen in voller Blüte. Ich höre das gleichmäßige Brummen eines Rasenmähers.

Mit Vorfreude auf einen Kaffee und die Zeitung auf der Terrasse parke ich in der Einfahrt neben dem Haus und gehe zum Briefkasten. Durch gestanzte Löcher im Blech des Kastens kann ich schon im Voraus sehen, ob Post gekommen ist und es sich überhaupt lohnt, ihn aufzuschließen. Da es schwach weißlich durch die Löcher scheint, nehme ich die

Schlüsseltasche aus meiner Handtasche, klappe sie auf und entwirre die unterschiedlich großen Schlüssel darin. Der kleinste ist es, den ich brauche.

Etwas Werbung und ein kleiner weißer Briefumschlag kommen zum Vorschein. Auf die Reklame werfe ich einen kurzen Blick, aber es ist nichts von Interesse dabei, sodass ich die Sachen gleich in die Papiermülltonne werfe, die neben der Toreinfahrt ihren Platz hat. Nun wende ich mich dem Umschlag zu. Er ist handschriftlich adressiert. Eine ausgeprägte und beinahe elegante Handschrift ist es, die meinen Vor- und Zunamen und meine Adresse zu Papier gebracht hat. Sie kommt mir irgendwie bekannt vor. Nun, wenn ja, musste das lange her sein. Ich drehe den Umschlag um. Auf der Rückseite steht als Absender nur ein einziger Buchstabe, schön geschwungen und mit einem Punkt: G.

G.?

Kenne ich eine Person, deren Vor- oder Nachname mit G anfängt? Ich überlege und krame in meinem Gedächtnis. Wer kann das sein? Der Umschlag ist mir nicht ganz geheuer. Ich grübele, drehe und wende ihn. Langsam frage ich mich, ob es überhaupt gut ist, ihn bekommen zu haben. Ach Unsinn, ist aber schon mein nächster Gedanke. Was soll schon drin sein? Aber wer ist G. und was will G.?

Schließlich nehme ich Brief und Schlüssel und gehe ins Haus. Ich bin an diesem Nachmittag allein und niemand von meiner Familie würde so bald nach Hause kommen. Im Flur ziehe ich mir Schuhe und Jacke aus und gehe geradewegs in die Küche. Von hier aus kann ich in den blühenden Garten sehen. Seit wir hier wohnen, hat er sich immer mehr zum Experimentierfeld und beruhigenden Hobby entwickelt.

Von der Küche gelangt man auf die Terrasse. Dort stehen Tisch und Stühle, ein Keramikofen, der für Wärme nach Sonnenuntergang sorgt, der Grill und einige Blumenkübel.

Eigentlich wollte ich mich gleich hier fallen lassen, nun steht aber der merkwürdige Brief im Zentrum meines Interesses.

Es ist nun Zeit, ihn endlich zu öffnen. Ich lege den Umschlag auf den Küchentisch, schlitze ihn mit einem Küchenmesser der Länge nach auf und ziehe ein Blatt Papier heraus. Meine Hände sind kalt und ein bisschen feucht, als ich das Blatt auseinanderfalte. Schon beim ersten Überfliegen zucke ich zusammen. Ich lese die paar eilig hingetippten Schreibmaschinenzeilen gleich noch einmal und noch einmal. Es ist so unglaublich ... ich muss mich irren. Ich starre auf die Buchstaben, die sich aber nicht verändern. Die Worte bewegen den Boden unter meinen Füßen. Mir wird schlecht. Nein, es gibt keinen Irrtum, hier liegt keine Verwechslung vor. Dieser Brief ist an mich gerichtet und er spricht von mir.

Ganz langsam, schwer wie ein Mehlsack, sacke ich auf einen Küchenstuhl. Mein Inneres entfernt sich aus dieser Küche, aus dieser Gegenwart. Würde der Küchenschrank neben mir zusammenbrechen, ich würde es nicht bemerken. Der Schock ist so groß, dass ich meine, mich nicht mehr bewegen zu können. Das Blatt Papier habe ich inzwischen fallen lassen. Es ist auf dem Dielenboden gelandet und wendet mir wie ein böser Schelm die beschriebene Seite zu.

In meinem Kopf macht sich eine Leere breit, die versucht, die Erkenntnis gleich wieder zu verbannen. Tränen laufen mir übers Gesicht. Es dauert eine Ewigkeit, dann zwinge ich mich zurückzukommen, meine Gedanken zu ordnen, ich hebe mühsam das Papier vom Boden auf. Ich lege den Brief vor mir auf den Tisch und lese ihn wieder und wieder. Doch meine Gedanken sind ein unsortierter Haufen. Dafür sind meine Gefühle deutlich: Scham, Schuld und Panik. Und ich lese noch einmal:

Hallo Jana,
Hab' jetzt meine STASIAKTE einsehen können! War ganz schön heftig zu lesen, dass ich 6 IM-Ratten an der Backe hatte. Aus diesem Grunde habe ich mich entschlossen, nachdem mich 2 Zeitungsfritzen im Foyer der Stasistelle zutexteten, meine Akte zu publizieren!
Das Skript ist in etwa wie folgt:
1. *Barkeeper aus 5-Sterne-Hotel kann nach 15 Jahren seine Akte einsehen!*
2. *Foto + ein wenig Geplauder über das Hotel*
3. *Abbildung der handschriftlichen STASISPITZELPROTO-KOLLE der IM's + schriftlicher Nachweis von der Stasistelle – wer ist welcher IM (zum Beispiel habe ich von einem IM – CORNELIA ASTRID zwei handschriftliche STASI-SPITZELBERICHTE sowie ein handschriftliches Protokoll vom Stasioffizier über ein Telefonat mit dem SPITZEL-ERGEBNIS von IM – CORNELIA ASTRID über mich)*
4. *Rechercheergebnis: – der IM heute mit Fotos vom jetzigen Zuhause + Fotos vor oder bei der jetzigen Tätigkeit.*
Gruß
G. (und eine Handynummer)

Hingeschmettert in zornigen Worten steht der Vorwurf auf dem Papier. Böse und bitter kurz danach gleich die Ankündigung der Rache. Die dürftigen Zeilen werfen mir die Wahrheit ins Gesicht wie ein nasser Lappen aus dem Schmutzwassereimer. Eine Wahrheit, die mich seit Jahren begleitet und mit der ich nicht umzugehen weiß. Seit Langem hege ich die Hoffnung, übersehen zu werden, einfach alles vergessen zu können. Dieser Brief raubt mir die Illusion.

Meine Aufregung verwandelt sich allmählich in eine Art Stumpfsinn. Ich starre regungslos auf den Küchenboden und lasse mich hängen. Alle Kraft wurde von dem Schrecken aufgesogen, ich fühle mich wie ein treibendes Stück Totholz.

Nachdem ich wohl eine halbe Stunde so dasitze, fällt mein Blick auf die Handynummer, die auf dem Brief notiert ist. Ich erhebe mich mühsam und hole das Telefon. Dann setze ich mich damit an den Tisch, stehe wieder auf. Meine Gedanken sind noch zu keiner höheren Ordnung fähig. Der Schlag ist zu unerwartet gekommen. Ich fange wieder an zu weinen, erst leise, dann laut und verzweifelt.

Vielleicht ist es das Beste, die Sache gleich wieder aus der Welt zu schaffen, so plötzlich, wie sie hineingeplatzt ist, überlege ich. Ich rufe ihn an, meinen alten Freund. Ja, ich werde mich entschuldigen und gut. Vielleicht schreibe ich lieber auch einen Brief, doch was soll darin stehen? So wutentbrannt, wie seine Worte sind, glaube ich nicht, ihn mit ein paar Sätzen besänftigen zu können.

Oder will er Geld? Blödsinn, ich schüttele den Kopf über diesen Einfall. Das hier ist keine Räuberpistole. Er war ein Freund! Und dies hier ist die Reaktion auf eine üble Überraschung und große Enttäuschung nach einer Freundschaft, die vor mehr als zwanzig Jahren begann.

✳ ✳ ✳

Wir waren damals ziemlich stolz auf unsere Anstellung im Ostberliner Spreehotel. Und aus Kollegen wurden wir sehr schnell zu Freunden, die es schätzten, miteinander zu arbeiten. Dann wurde die Kristallbar zu unserer Bühne und aus der Hektik wurde Rock 'n' Roll. Ein besonderes Highlight war alljährlich die arbeitsreiche Silvesternacht, die wir zu unserer Show machten. Das Hotel war ausgebucht und der Strom der Gäste flanierte in ausgelassener Stimmung von den Restaurants durch Flure und Lobby, die Treppen herauf und herunter und in großer Zahl auch zu uns in die Bar, auf einen Cocktail oder um zu sehen und gesehen zu werden. Das bedeutete für uns Hochdruck und Konzentration, aber auch Spaß am Trubel. Unsere Motivation war ganz klar das reichliche Trinkgeld, das diese Nacht versprach.

Wir nahmen die Bestellungen auf, liefen zur Kasse, um die Order einzutippen, und legten die Bons dem Barmann vor. Dann zwischendurch kassieren, abräumen, zur Bar zurück, um die fertigen Getränke abzuholen, diese dann den Gästen servieren, zwischendurch neue Bestellungen entgegennehmen. Wir flitzten und lieferten, kassierten und scherzten, tranken schnell einen Schluck Wasser oder nahmen rasche Züge von der ewig glimmenden Zigarette im Office. Dann wieder los ins Getümmel. Dabei verstanden wir uns ohne viele Worte. Gerry war so etwas wie der unbenannte Teamchef und ich arbeitete ihm zu. Wenn er befürchtete, wir könnten ins Schwimmen geraten, hörte ich seinen originellen Spruch: „Jana, strahl Ruhe aus!"

Alles glänzte an diesem Abend förmlich. Nicht nur die ungewöhnlich elegante Garderobe der Gäste und der teure Schmuck, der zu diesem Anlass mal aus dem Haus durfte. Das glanzvolle Fluidum der Umgebung ließ uns durch den aufgedrehten Abend schweben.

Wenn es dann auf Mitternacht zuging, ging es darum, so schnell wie möglich alle Sektflaschen in Position zu bringen und überall nur wenige Minuten vor zwölf zu öffnen. Dann war es so weit, es ertönten Gongschläge und die Sekunden wurden zurückgezählt. In diesem Moment standen wir in Reichweite der Gäste, ebenfalls mit einem vollen Sektglas in der Hand, um mit denen anzustoßen, die uns gern dabeihaben wollten. Es waren viele. So gingen wir dann erstmals an diesem Abend langsam und feierlich von Tisch zu Tisch, stießen an und nippten am Sektglas. Dann zogen wir uns für einen Moment ins Office hinter die Bar zurück und begrüßten das neue Jahr mit den Kollegen. Ein paar Minuten Ruhe, kein Laufen, keine Bestellung, wir kamen langsam herunter und merkten zum ersten Mal an diesem Abend unsere Erschöpfung, das Brennen unserer Füße und wie gut der Sekt tat.

Viele Stunden später, nachdem die letzten Gäste in den Neujahrsmorgen gegangen waren, begann für uns die Zeit zum Aufräumen und Abrechnen.

Zum Schluss saßen wir rechnend und Geld zählend beieinander, ruhig jetzt und noch einmal ganz konzentriert. Das Ergebnis konnte sich sehen lassen und wir genossen noch ein paar Minuten still, wie gut wir als Team funktionierten und wie sehr wir uns aufeinander verlassen konnten.

***

Die Tage werden merklich kürzer, es geht auf Weihnachten zu. Meine Aufregung über Gerrys Brief, den ich im Hochsommer erhalten hatte, ist verflogen. Nachdem sich der Schock gelegt und ich überstürzte Aktionen vermieden habe, beginne ich Recherchen im Internet zu machen, um herauszufinden, ob es dort schon Informationen über mich gibt und was vielleicht in den Illustrierten steht. Doch nichts deutet darauf hin, dass *mein Fall* schon öffentlich ist. Den Brief verwahre ich sorgsam und schweige darüber. Ab und zu frage ich mich, ob es das nun war und was Gerry damit für eine Absicht verfolgt hatte. Ich komme zu dem Ergebnis, dass er mich hatte erschrecken wollen und erinnern an etwas, das ich tief vergraben hatte. Ich sollte einfach noch einmal gründlich darüber nachdenken, folgere ich. Seine Wut war raus und ihren Weg zu mir gegangen und damit Schluss.

Die Weihnachtspost reißt mich aus meinem Schlummer.

Es ist eine Weihnachtskarte, auf der ein kleines Mädchen in winterlicher Umgebung eine rote Laterne in die Höhe hält, wie um die Dunkelheit des Winters aufzuhellen. Sie sieht fröhlich aus und ihre Miene lässt darauf schließen, dass sie etwas verkünden will.

Ich brauche die Karte nicht erst umzudrehen. Die Darstellung des Mädchens mit der Lampe der Erleuchtung und dem mitteilsamen Gesichtsausdruck ist deutlich genug. „*Meinem Stasispitzel einen Weihnachtsgruß*", lese ich. Anonym diesmal. Offen. Es ist niederschmetternd. Nach Monaten habe ich das Entsetzen über Gerrys Brief fast überwunden. Nun sind sie beide mit einem Schlag wieder da, meine mühsam in den Hintergrund geschobenen Begleiter: Scham und Furcht. Doch auch Ärger gesellt sich zu den beiden. Ja, ich habe etwas getan, was nicht mehr rückgängig zu machen ist. Was aber soll das hier werden? Bist du nicht Manns genug, anzurufen oder herzukommen, möchte ich herausschreien. Was soll das mit der offenen Karte? Geht es jetzt darum, dass die Nachbarn, die Postboten, die Familie es unbedingt erfahren müssen? Ich weiß es nicht und bin wieder niedergeschlagen. Doch fehlt es mir auch an Mut, ihn einfach selbst anzurufen oder zu ihm zu fahren und um eine Aussprache zu bitten. Könnte es denn funktionieren? Natürlich bereue ich es, und wie. Du hast recht, alter Freund, denke ich, und sehe sein fröhliches Gesicht aus längst vergangenen Tagen vor mir.

Doch stattdessen trotte ich mit der Karte in der Hand ins Haus zurück, ziehe meine dicke Jacke aus und werfe sie nachlässig über einen Küchenstuhl. Dann gehe ich ins Wohnzimmer und lasse mich in einen Sessel fallen, schalte das Licht der Stehlampe ein, starre erst stumpfsinnig an die dunkelroten Wände, auf die alten Möbel und aus dem Fenster in den dunklen Garten hinaus. Dann sehe ich in die Vergangenheit.

∗ ∗ ∗

Nachdem meine Lehre beendet war, zog es mich nach Berlin. Dies war die aufregendste Adresse, die dieses Land zu bieten hatte, also bewarb ich mich im damals gerade erst eröffneten Palast der Republik. Kurz nach dem Vorstellungsgespräch, das im alten preußischen Marstall stattfand, in dem die Büroräume des Palastes untergebracht waren, erhielt ich auch schon die Absage. Der Grund war, wie erwartet, meine Oma. Nachdem mein Opa sie zur Witwe gemacht hatte, war sie in den Siebzigern nach Westberlin übergesiedelt. Seitdem verpflegte sie unsere Familie mit allem, was der Arbeiter- und Bauernstaat nicht zu bieten hatte. Einzig Bestellungen in Sachen Bekleidung waren heikel, war doch meine Oma in Geschmacksfragen nicht mehr ganz so stilsicher und sprach hier der Preis das gewichtigste Wort. Aber an die braune Kunstlederjacke mit den breiten Fellaufschlägen konnte ich mich relativ schnell gewöhnen und auch diverse Pullover und Blusen brachten frische Farbe und Form ins sozialistische Einheitsgrau.

Ich konnte es meiner Oma gut verzeihen, dass ich durch sie nicht Palastkellnerin geworden war, und versuchte es nun ganz in der Nähe, im Spreehotel. Da dort gerade viel Personal im Bankettbereich gesucht wurde, verhielten sie sich deutlich weniger zimperlich und nahmen mich trotz West-Oma.

Das Hotel war ein ungewöhnlicher Bau für Ostberlin. Eine zweiflügelige Anlage mit einer Sandsteinfassade, die sich im Norden an die Spree schmiegte. Der Berliner Dom spiegelte sich in den getönten Glasfenstern. Das Spreehotel, das ein schwedisches Bauunternehmen nach den Plänen eines einheimischen Architekten Ende der siebziger Jahre errichtet hatte, zog mit seinem hierzulande ungewohnten Luxus die Aufmerksamkeit der Bevölkerung auf sich. Auf sechs Stockwerke verteilten sich 400 Zimmer. Entlang der Straßenfront gab es Geschäfte und Restaurants. Im Innenhof, der zur Eingangshalle führte, war ein kleiner Gehölzgarten angelegt, in dessen Mitte beschaulich ein Springbrunnen plätscherte.

Ging man hinein, betrat man eine andere Welt. Eine Welt, in der es Farben gab und in der Baumaterialien wie Kupfer, Aluminium und verschiedene Hölzer verwendet worden waren. Eine großzügige Architektur mit viel Glas und Marmor beeindruckte die Besucher, die sonst überwiegend Waschbeton und Spanplatten gewohnt waren. Es glitzerte und blinkte allein schon aus der riesigen Deckenleuchte, die mit Hunderten von Glühlampen bestückt über der weitläufigen Freitreppe aus Sandstein hing, die von der Straßenseite in die Lobby hinaufführte. Die ungewöhnlich luxuriöse Ausstattung setzte sich in der Einrichtung der Restaurants und Bars fort. In der Lobby fanden sich großzügige Sitzgruppen aus Leder, die Halle war überdies üppig mit exotischem Grün dekoriert, für dessen Pflege ein eigener Hausgärtner sorgte. So ging es weiter im Fitnesscenter, das zu auslastungsschwachen Zeiten auch den Angestellten zur Verfügung stand, wovon wir reichlich Gebrauch machten. Vom Schwimmbecken konnte man in den hügeligen kleinen Park sehen, der zum Haupteingang führte. Die Wände des Saunabereichs waren mit Mosaikfliesen in verschiedenen Blau- und Brauntönen verkleidet. Die ungewohnt opulente Einrichtung brachte es gelegentlich mit sich, dass hemmungslose Bürger mit dem Abbau der Edelstahlarmaturen dem Mangel im Sanitärhandel abhalfen und mit dem Erbeuteten das eigene Heim ausstatteten.

Obwohl das Hotel nicht für die Arbeiter und Bauern des Staates, sondern von den Machthabern zum Eintreiben von Devisen erdacht worden war, erfüllten sich viele Menschen der Hauptstadt und der Umgebung hier ihre Sehnsucht nach Schönheit, Luxus und Weltläufigkeit. Um einmal ohne Anstehen Dinge wie frische Ananas, saftige Steaks oder Radeberger Pilsner zu genießen, bezahlten sie auch die unverschämten Preise.

In diesem Haus sollten Geschäftsleute und Touristen aus dem Westen absteigen, weil man das Geschäft mit den Übernachtungen nicht länger nur den Hotels in Westberlin überlassen wollte. Der Staat brauchte für den internationalen Handel dringend Devisen und hier sprudelte eine neue Quelle.

Der DDR-Bürger, mangels harter Währung vom Hotelbett gänzlich ferngehalten, durfte sein Geld als zweitrangiger Gast zumindest in einigen Restaurants und im Bankettzentrum ausgeben. Im französischen Restaurant dagegen wurden die Froschschenkel und der Champagner ausschließlich gegen Devisen verfüttert.

Um am Samstagabend einen Tisch im besonders gefragten asiatischen Restaurant zu bekommen, war eine Reservierung von mindestens einem halben Jahr nötig. Die Belohnung aber war garantiert. Die Einrichtung imitierte einen asiatischen Stil mit Möbeln aus dunklem Holzrohr mit heller Stoffbespannung. Die Kellner trugen Mao-Jacken in Rostrot und die Kellnerinnen verschiedenfarbige Kimonos. Es gab asiatisches Reiskorngeschirr und die Bambusstäbchen ruhten auf Porzellanbänkchen. Gekocht wurde quer durch den asiatischen Raum und die Speisen, die für unsere Gaumen so neu und fremdartig waren, schmeckten vorzüglich. Die Preise waren es auch. Denn die Zutaten mussten auch für harte Währung eingekauft werden. Man hatte den Chefkoch sogar ein Vierteljahr durch Asien reisen lassen, um sich Anregungen für die Speisekarte zu holen. Glücklicherweise war der Mann zurückgekommen, um sein Können im einzigen Restaurant dieser Art seinen siebzehn Millionen Landsleuten nach und nach unter Beweis zu stellen.

Ein weiteres außergewöhnliches Plätzchen war die Hallenbar des Hotels. Sie stand allen Währungen offen und war damit nicht nur ein interner Umschlagplatz für Getränke und Snacks, sondern wurde von vielen Glücksrittern auch als externer Umschlagplatz für knappe Waren aller Art und so manche Dienstleistung wahrgenommen.

Durch eine glückliche Fügung zählte ich zwei Jahre nach meiner Einstellung im Spreehotel zum sozialistischen Kollektiv dieser Bar.

✳ ✳ ✳

Die Weihnachtszeit ist vorüber und ein kurzer Wintereinbruch mit Kälte und Glatteis begleitet uns in den Januar. Leider sind nun auch zwei Wochen Urlaub vorbei und es geht ins neue Jahr und wieder ins Büro. In den zurückliegenden Tagen habe ich viel darüber nachgedacht, was ich in Sachen Gerry unternehmen soll. Und noch etwas beschäftigt mich: Soll ich es Mike erzählen und was würde dann passieren? Es hatte genug gemütliche Abende mit Geplauder und Wein gegeben und auch einige Momente, da fehlte nur noch ein kleines Stückchen Mut und ich hätte mich offenbart. Aber die Zeit war wohl noch nicht reif oder der Wein zu wenig gewesen.

Doch das Abwarten hat sich nicht gelohnt.

An einem Nachmittag Mitte Januar des neuen Jahres muss ich nach dem Heimkommen zuerst den Neuschnee vom Dach des Briefkastens wischen, damit sich beim Öffnen die Lawine nicht in die Post ergießt. Natürlich trete ich dem Briefkasten nun nicht mehr unvoreingenommen gegenüber und ich beeile mich auch jetzt nicht, ihn von der weißen Last zu befreien. Das Schlüsselloch ist auch ein wenig vereist und ich muss mehrfach ansetzen, bevor der Schlüssel ins Loch passt. Ich schließe auf, ziehe an der Tür und er spuckt mir doch tatsächlich eine neue Büßerkarte in die Hände. Ich will es gar nicht wahrhaben und werfe sie in einer ersten Regung in den Schnee. Lautlos fällt sie auf den Boden und bleibt mit der beschriebenen Seite nach oben liegen.

Gerry hat sich etwas Neues, zugegebenermaßen Originelles einfallen lassen, was mich allerdings nur mäßig amüsiert. Die Karte ist gewissermaßen eine kleine DDR-Fahne, schwarz-rot-gold mit Hammer und Zirkel im Ährenkranz. Schön bunt und grell und unverwechselbar. Quer über das Textfeld steht geschrieben: *„Meinem Stasispitzel, Cornelia Astrid, einen Januargruß!"*

Erst Weihnachtskarte, jetzt Januargruß ... in derselben Sekunde, als ich ihn lese, schwant es mir. Januar, aha. Das heißt doch nicht etwa, dass auf die Januarkarte die Februarkarte folgt, dann die Märzkarte, dann die Aprilkarte und immer so weiter. Ich ahne langsam, worauf das Ganze hinauslaufen soll. Die Strafe, die er sich für mich ausgedacht hat, soll eine ständig wiederkehrende Mahnung an mich sein. So sind auch die Chancen größer, dass meine Familie oder ein Nachbar, der im Urlaub den Briefkasten leert, eine Karte findet. Kann er das wollen?

Ich stelle mir vor, welche Folgen dies hätte: Würden die Nachbarn mir die Karte inmitten weiterer Post verstohlen überreichen, so als hätten sie nichts bemerkt? Und dann? Würden sie darauf warten, dass ich mich selbst erkläre? Und wenn nicht? Und meine Familie? Gerry wird sich Gedanken darüber machen, ob ich mich ihr gegenüber offenbart habe, natürlich. Zu welchem Ergebnis wird er gekommen sein?

Ich hatte es noch nicht getan, immer noch in Angst vor den Folgen. Und die Verdrängung funktionierte ja bisher perfekt.

Wie hätten sich die Dinge wohl entwickelt, wenn ich nicht nach zwei Jahren vom Bankett- und Kongresszentrum, in dem wir in einem großen Kollektiv große Anstrengungen gemeinsam bewältigen mussten, in die kleine exklusive Bar gewechselt wäre, die an exponierter Stelle lag und individuelles Arbeiten und deutlich mehr Verdienstmöglichkeiten bot? Ich war damals sehr überrascht, dass man mich dort haben wollte, und natürlich sehr stolz. Eigentlich hatte ich gerade beschlossen, mich aus Berlin zu verabschieden, um einer neuen Liebe in die Berge zu folgen.

∗ ∗ ∗

An meinem ersten Arbeitstag im Spreehotel im Herbst des Jahres 1979 betrat ich aufgeregt den Personaleingang. Ein Pförtner saß hinter einer Glaswand und vor mir befand sich ein Drehkreuz in Verbindung mit einem Gerät für die Zeiterfassung. Da ich noch nicht im Besitz der zum Eintritt berechtigenden Chipkarte war, wurde mir vom freundlichen Mann hinter der Glasscheibe geöffnet. Er erkundigte sich nach meinem Namen, um dann kurz zu telefonieren.

Kurz darauf stand er vor mir. Gut gelaunt mit einem offenen Lächeln stellte er sich vor und nahm mit seinem flapsigen „Willkommen im Edelbunker" ein bisschen von meiner Aufregung fort. Ich sah ihn mir an. Etwa so alt wie ich, aber ein paar Zentimeter größer, steckte er in einem dunkelbraunen Anzug mit beigefarbenem Hemd. „Die Dienstkleidung?", begann ich ein Gespräch. „Ja", antwortete er und nickte dabei. „Du bekommst auch gleich was in der Art", meinte er grinsend. Auf meinen fragenden Blick hin erklärte mir Gerry, dass er derjenige sein würde, der mir das große Haus erst einmal zeigen und mir helfen würde, mich zurechtzufinden. Nicht schlecht, dachte ich, mit dem Typen kann man es aushalten. Und während wir unseren Rundgang begannen, betrachtete ich ihn genauer. Er war nicht hübsch im eigentlichen Sinne, hatte aber etwas ungemein Gewinnendes im Blick und in der Körpersprache. Seine leicht welligen Haare fielen keck auf die Stirn. Um die Nase herum gaben Sommersprossen dem Gesicht etwas Heiteres.

∗ ∗ ∗

Zuerst gingen wir in den Verwaltungstrakt, wo ich im Büro der Gastronomischen Leitung einige Formalien erledigen musste. Dann ging es in den Keller. Verwirrend viele Gänge und Abzweigungen gab es dort unten. „Das wird wohl ewig dauern, bis ich mich hier zurechtfinde", äußerte ich meine Bedenken. Aber Gerry schüttelte den Kopf. „Ach was, du musst ja fast jeden Tag hierher, irgendetwas holen oder organisieren, da merkst du dir schon die Wege." Ich nickte und glaubte ihm nicht, denn ich kannte meinen Orientierungssinn.

In der Tat gab es neben der Zentralküche, die für uns Nichtköche tabu war, einiges, was man öfter brauchen würde. Zunächst einmal die Kleiderkammer, die wir nun anliefen, um mich mit einer passenden Dienstkleidung auszustatten. Im Bankettsaal, wo ich meinen Arbeitsplatz haben würde, trug man einen dunkelbraunen Rock mit einer hellbraunen Weste und einer beige-braun gestreiften Bluse. Dazu gab es noch eine Krawatte, die zur Identitätsstiftung das gestickte Logo des Hauses trug. Als Schuhwerk waren Korksandalen in Braun oder Schwarz empfohlen. Damit stand fest, dass ich die nächsten freien Tage mit der Suche nach solchen Schuhen verbringen würde.

Der Hotelkeller schien mir wie der Bauch eines riesigen Schiffes. Eine wichtige Station für uns Kellner war die Wäschekammer. Täglich wurden dort Wagenladungen verschmutzter Tischwäsche und Servietten, immer in Zehnerbündeln, in Sauberes umgetauscht. Das Haus verfügte über eigene Werkstätten, verschiedene technische Steuer- und Regelungsabteilungen und riesige Lagerräume. Gerry zeigte mir auch das Quartier des Hausgärtners. Es war sehr kühl und roch feucht und angenehm nach Erde und Pflanzen. Gerade gestalteten die Mitarbeiter Blumengestecke für eine große Saalveranstaltung. Wir nickten ihnen im Vorübergehen zu und Gerry erzählte mir so nebenbei, wer ein schwieriger Kollege und wer ein wirklich netter war, wo man „aufpassen" musste und mit wem man auch mal locker was regeln könnte.

Ich versuchte, mir alles zu merken – Namen, Plätze, Eigenarten, Kellerkreuzungen –, als mir ein ekelhafter Geruch in die Nase stieg. „Ja, das gehört auch dazu", sagte Gerry, dem es offensichtlich Spaß machte, mir den Laden mit allen Glanz- und Schattenseiten zu präsentieren. Was ich sah, war eine große

Halle, die sich ins Freie öffnete. An den Wänden entlang wurden jegliche Sorten von Abfall sortiert: Pappe, Papier, Altglas, gemischter Müll. Ein junger kräftiger Mann in Latzhose und kurzärmeligem Oberteil war hier zugange. Gerry begrüßte ihn und erklärte ihm die Situation. „Jana fängt heute hier an, ich zeige ihr alles, auch deinen Bereich", sagte er respektvoll. Gerry beeindruckte mich durch seinen Umgang mit den Kollegen, von denen ihn viele kannten, wie unser Rundgang offenbarte. Seine unaufgesetzte Selbstverständlichkeit, jeden gelten zu lassen, ließ ihn offenbar gut ankommen.

Der junge Mann strahlte dann auch und erklärte mir mit kindlicher Begeisterung das Abholsystem und dass die Müllautos direkt in das Gebäude hineinfahren und die Ladung aufnehmen könnten. Trotz aller Sortierung ließ es sich der gemischte Müll nicht nehmen, seinen speziellen Geruch zu verströmen. Ich war dankbar, als Gerry verschlug, weiterzugehen und mir jetzt die Umkleideräume zu zeigen.

Unsere unterirdische Wanderung führte uns nun in große Kabinen mit langen Reihen von Metallspinden. Diesen Umkleideräumen waren Duschräume und Toiletten angeschlossen. Hier war die dominierende Farbe ein leuchtendes Orangerot. Über der langen Reihe von Waschbecken waren große Spiegel angebracht. Vor den Spinden standen Holzbänke ohne Lehnen, die zum Ablegen der Kleidung gedacht waren. Zurzeit war alles menschenleer, es schien gerade niemand zum Dienst zu kommen, was ich allerdings nur für die Räume der Damen beurteilen konnte. Gerry hatte vor der Tür gewartet und sah mein Staunen. „Es ist alles so riesig", sagte ich. „Wir sind an die tausend Leute hier", war seine Antwort. „Da kommt auf jeden Gast ein Angestellter, wenn das Haus voll ist." Ich war beeindruckt und Gerry zufrieden.

Nun steuerten wir auf den Höhepunkt und eigentlichen Zweck des Hauses zu: die Hotelzimmer. Gerry versprach Luxus pur und zwinkerte schelmisch. „Dürfen wir da einfach hoch?", fragte ich ihn, als wir vor den Aufzügen standen. Ich war nicht sicher, ob ich mich nicht gleich am ersten Tag zu dreist benahm. „Ist schon in Ordnung. Wenn einer was sagt, erkläre ich ihm, dass du neu bist und ich dir alles zeige, mich kennen die ja schon", beruhigte er mich. Er fühlte sich wie zu Hause und seine Sicherheit gefiel mir. Als wir im fünften Stock haltmachten, sprach er auf dem ruhigen, in gedämpftem Licht liegenden Flur ein Zimmermädchen an, das dort seinen Wagen mit frischer Wäsche und allerlei Utensilien für die Zimmerreinigung vor sich herschob. Sie sah zu uns herüber und grinste. „Na, dann kommt mal mit", sagte sie. Wir folgten ihr. Sie steckte den Schlüssel, der aussah wie ein Knochen aus Messing, in das Schloss und drehte ihn. Kurz darauf standen wir in zwanzig Quadratmeter Luxus. Mir verschlug es die Sprache. Das Zimmer war Ton in Ton in den Farben Rosé und Hellgrün eingerichtet. Die Farbe des Bodenbelags korrespondierte mit den Vorhängen und der Tagesdecke auf dem runden Bett. „Das ist das Hochzeitszimmer", sagte das Zimmermädchen feierlich. Ich blieb auf einem Fleck stehen, um nichts in Unordnung zu bringen, aber sowohl Gerry als auch die Angestellte ermunterten mich, mir unbedingt das Badezimmer anzusehen. Wieder machte ich große Augen. Auch dort war alles harmonisch aufeinander abgestimmt. Chromblitzende Armaturen und strahlend weiße Keramik vor farbigen Wand- und Bodenfliesen. Die Handtücher passten natürlich farblich zur Einrichtung des Zimmers.

„Genug gestaunt", Gerry sah auf die Uhr. „Es wird jetzt Zeit, dich in unsere Abteilung zu bringen. Wir werden nämlich Kollegen sein", fügte er noch hinzu und zog zur Bestätigung die Augenbrauen in die Höhe. Ich machte innerlich einen Juchzer. Was für ein guter Anfang, dachte ich. Wenn die anderen auch so drauf sind, wird der Anfang gar nicht schwer sein.

Wir fuhren mit dem Lastenaufzug in den Keller, stiegen dort aus und machten uns auf den Weg zu einem anderen Aufzug, der hinaufführte zum Bankett- und Kongresszentrum.

∗ ∗ ∗

Die Vorteile des Februars liegen in seiner Kürze. Er hat nicht zu viele Tage für ein Monatsgehalt und kündigt, wenn auch in manchen Jahren mit übertriebener Härte, das Ende des Winters an. Jedes Jahr freue ich mich, wenn der März mit seinem ersten Grün nicht mehr fern ist und es heißt, dass der Bauer die Rösslein einspannt.

Auch in diesem Monat zolle ich dem Briefkasten den ihm nun zustehenden Respekt. Täglich trete ich ihm mit leichtem Herzklopfen entgegen und öffne seine Tür. In der letzten Februarwoche werde ich fündig. *„Meinem Stasispitzel einen Februargruß"*. Jawoll, denke ich stinksauer. Es gehört kein allzu großer Scharfsinn dazu, nach der Januarkarte eine Februarkarte zu erwarten, aber ich hätte lieber nicht recht behalten.

Ich denke über den mir von Gerry verliehenen Titel „Stasispitzel" nach. Ist der Inoffizielle Mitarbeiter, wie er offiziell heißt, schlimmer als der Hauptamtliche? Der Hauptamtliche ist der Trottel, der keinen anständigen Beruf gefunden hat, während der im Verborgenen Operierende der Betrüger ist, weil er hinter dem Rücken der Opfer plaudert. Beim Hauptamtlichen, dessen Anstellung nicht immer zu verheimlichen war, wusste man aber, woran man war, und konnte sich zurückhalten. So arbeitete meine Mutter mit einer Frau zusammen, deren Mann ein Hauptamtlicher war. Alle wussten es und hielten sich zurück in ihrer und erst recht in seiner Nähe. Wenn es im Kolleginnenkreis etwas zu Meckern gab über die Zustände im Land, vergewisserten sie sich, ob die Ehefrau des Hauptamtlichen auch außer Hörweite war.

Ein IM, ein Inoffizieller oder Informeller Mitarbeiter aber konnte jedermann sein, sogar ein Freund, der Lebenspartner oder ein Familienmitglied.

Wann hatte ich eigentlich das erste Mal darüber nachgedacht, wer unter Umständen meine damals oftmals unbedachten Worte weitertragen konnte? Wann war ich zum ersten Mal einem Hauptamtlichen begegnet, wenn auch nur indirekt?

Viele Antworten liegen im Spreehotel.

※ ※ ※

Gerry hatte mich nach dem ausführlichen Rundgang durch das Hotel bis in das Hinterland des großen Saals begleitet. Es war Vormittag und nur ein paar kleinere Veranstaltungen waren dort zu versorgen. Er führte mich an einen großen Tisch, der gleich vorn im Office stand, zu zwei jungen Frauen. Gerry ging auf sie zu und stellte mich vor. Christine und Janette sahen mich neugierig, aber freundlich an. Da Gerry sich um eine der Veranstaltungen kümmern musste, übernahm Christine mich und das Vorzeigen des Saalbereichs.

Wir gingen durch das lang gestreckte, hell gefliese Office auf eine Edelstahltür zu, die Christine „Schleuse" nannte. Als wir nah genug herangetreten waren, öffnete sich Sesam ohne unser Zutun. Wir gelangten in einen schmalen Durchgang und zwei Meter weiter öffnete sich vor uns eine weitere Tür. Ich begriff die Bezeichnung „Schleuse".

Kurz darauf standen wir in dem hohen fensterlosen Raum, der mit seinen schwarzen Holzwänden und dem dunkelroten Teppichboden gigantisch wirkte. Die Farben und eine dimmbare Beleuchtung aus Hunderten von Glühlampen gaben dem Ganzen eine ruhige und feierliche Stimmung. Ein leises Rauschen der Klimaanlage war zu hören. Christine sah mich an: „Toll, oder?" Ich nickte und sie erklärte mir die diversen Möglichkeiten der Gestaltung und Unterteilung des riesigen Saals in mehrere kleinere Räume durch in die Wände eingelassene Schiebetüren. Es gab auch eine Bühne, vor die nach Belieben eine Holzparkettfläche zum Schwingen des Tanzbeins ausgelegt werden konnte.

Christine und ich brauchten schon einige Minuten, um den gigantischen Raum längs und diagonal zu durchwandern. In der Mitte hielt sie inne und zeigte mir die Fenster hoch oben in der schmalen Wand gegenüber der Bühne. „Dort ist die Tontechnik untergebracht", sagte sie mit dem rollendem R ihrer Thüringer Heimat. Ich staunte schon wieder. Tontechnik, überlegte ich. „Wie im Fernsehen oder Kino?" Sie nickte und erzählte von den vielen Veranstaltungen, bei denen es ein Unterhaltungsprogramm mit Musik gäbe, wofür eben eine Tontechnik da sein musste.

„Wir arbeiten dann hier und da vorn singt jemand?", fragte ich und versuchte mir die Situation vorzustellen. „Ja, singt oder tanzt. Die Künstler kannst du dann vorher sehen, sie machen sich fertig in der Garderobe und warten dann hinten im Office auf ihren Auftritt." Spannend, dachte ich. „Wer denn so?", fragte ich weiter, wobei mir zugleich einfiel, dass ich gar nicht viele DDR-Künstler kannte, weil ich mich dank des im Berliner Umlands empfangbaren West-Fernsehens nie groß dafür interessiert hatte. Nur die ganz Großen, wie Frank Schöbel oder Veronika Fischer, oder einige erfolgreiche Rockbands, wie Karat, City oder die Puhdys, kannte ich schon, doch ich konnte mir kaum vorstellen, dass die hier auftraten. So war es dann auch. Christine nannte mir einige Namen und ich schüttelte bloß mit dem Kopf und musste gestehen, dass ich keine Ahnung hatte von den Sängern und Tänzern der zweiten und dritten Reihe.

Wir gingen quer auf die andere Längsseite des Saals zu. Dort gab es Türen, die sich weit öffnen ließen und in ein großzügiges Foyer führten, durch dessen Fensterfront man über die Spree zum Dom und zur Museumsinsel sehen konnte. Zwei breite Treppen aus poliertem Sandstein mit Messinghandläufen führten von dort ins untere Foyer, wo sich die Garderoben, Telefonzellen und Toiletten befanden.

Ich staunte über die Menge der Telefonzellen und dass sie alle funktionierten. Wir hatten keine Telefone im Wohnheim und nur wenige von uns hatten zu Hause ein Telefon gehabt. Meine Eltern zählten zu den Ausnahmen, weil mein Vater im Fernmeldewesen tätig war und es nach vielen Dienstjahren zu einem Telefonanschluss gebracht hatte. Ich freute mich, von hier aus mal in Ruhe zu Hause anrufen zu können. „Hier kannst du auch direkt nach Westberlin durchwählen", sagte Christine leise. „Wirklich?", ich war verblüfft. „Das ist ja toll, dann kann ich mal meine Oma anrufen, ohne ewig vorher ein Gespräch anzumelden", antwortete ich ihr. Sie hatte keine Verwandtschaft im Westen, wusste aber auch, welch mühsames Geschäft es war, nach „drüben" zu telefonieren. Erst musste telefonisch bei einer Vermittlungsstelle das gewünschte Gespräch angemeldet werden. Wenn irgendwann freie Kapazitäten in den Leitungen vorhanden waren, meldete sich die Vermittlung, indem sie zurückrief und dann zu dem gewünschten Anschluss durchstellte. Da diese Prozedur oft Stunden dauern konnte, musste man in dieser Zeit in der Nähe des Apparats bleiben und traute sich natürlich nicht aus dem Haus. Hier im Hotel, im menschenleeren riesigen Foyer des Veranstaltungsbereichs, würde ich also direkt bei meiner Oma anrufen können. Einmal mehr freute ich mich, es hierher geschafft zu haben.

Christine und ich setzten uns in die bequemen Ledersessel, die zu dieser Zeit verwaist in dem Foyer unter echten, in Kübeln gepflanzten Palmen standen. Ich erzählte ihr ein bisschen von zu Hause und meiner West-Oma, von den Schwierigkeiten, eine Stelle im Palast der Republik zu bekommen, und wie es dann doch hier im Hotel geklappt hatte, und so gewann ich ein wenig Vertrauen zu der kleinen Rotblonden mit der tiefen Stimme.

Später kam das Gerücht auf, Christines Verlobter wäre bei der Stasi. Er diente in einem Wachregiment der NVA in Berlin, in dem man angeblich automatisch Mitarbeiter der Staatssicherheit wurde. Als ich das hörte, distanzierte ich mich instinktiv von ihr, obwohl das Thema „Stasi" damals noch ganz neu für mich war. Zwar hatte ich hier und da inzwischen Bemerkungen aufgeschnappt, in denen es darum ging, dass man sich in Acht nehmen musste und keinem trauen konnte, wenn man Dinge äußerte, die nicht eben mit der Ideologie des Staates harmonierten. Ich hatte mitbekommen, dass dieser Geheimdienst die Sicherheit des eingemauerten Landes mit unheimlichen Methoden unterstützte und unsichtbar agierte. Außerdem bestand er nicht nur aus einer Schar fester Angestellter, sondern jeder und jede konnten von den Hauptamtlichen angesprochen werden, um dann inoffiziell mit ihnen zusammenzuarbeiten. Es ging also darum, die Leute auszuhorchen, um deren wahre Meinung über den Staat zu erfahren.

Dahinter steckte nichts Geringeres als die stete Angst vor der Konterrevolution und ihrer Vorbereitung durch die DDR-Bürger. Und das Jahr 1989 zeigte, dass die Idee so abwegig nicht war. Die andere Meinung zum Sozialismus, die ihn nicht als wissenschaftlich unabänderlich oder allein seligmachend ansah, wurde also mit allen Mitteln verfolgt und bekämpft.

Man hatte keine Chance herauszufinden, wer ein Zuträger war, denn wie sollte das gehen? Über viele gab es Gerüchte, dann hatte hier mal einer was von einem gehört, der von wieder einem anderen ziemlich genau wusste, dass X oder Y ganz sicher dabei war. Bei „Horch und Guck", bei „der Firma", einfach „dabei" oder was alles so an Bezeichnungen gängig war. Man hatte auch schon mal gehört, dass Leute an seltsamen Orten mit komischen Personen gesehen worden waren. Man wunderte sich, warum man in den Westen fahren durfte, oder man wunderte sich, warum nicht. Da musste die Stasi ihre Hände drin haben, war die Überzeugung.

Sicher war, dass man sich nicht als Spitzel bewerben konnte. Es geschah also ganz unerwartet, dass ein Unbekannter an einen herantrat, dachte ich. Aber nach welchen Kriterien wurde der Spitzel ausgesucht? Und was war, wenn man sich verweigerte? Konnte es nicht auch von Nutzen sein, eine Verpflichtungserklärung zu unterschreiben? Man musste doch nicht wahrheitsgemäß berichten oder verhedderte man sich dann im eigenen Lügengestrüpp? Vielleicht konnte man sich irgendwelche Vorteile verschaffen und andererseits unliebsamen Leuten Nachteile? Ist man allein schon deshalb ein geeigneter Spitzel, weil man solche Gedanken hat?

✳ ✳ ✳

Pünktlich treffen Gerrys März-, April-, Mai- und Junikarten ein. Immer mit dem speziellen Gruß für mich. Monatlich werde ich dazu aufgefordert, in mich und meine Vergangenheit hineinzusehen. Ich soll daran erinnert werden, dass ich etwas getan habe, wofür ich mich damals wie heute schämen muss. Ich soll wenigstens einmal im Monat darüber nachdenken. Tatsächlich denke ich viel öfter darüber nach. Insofern hat Gerry übererfüllt.

Ich weiß, warum ich mich damals so entschieden habe, kenne die Gründe. Doch nach so langer Zeit liegen sie wie unbehauene Felsbrocken in meiner Erinnerung. Wie war es noch mal genau? Ich suche in meinem Kopf nach Einzelheiten. Mir fallen Fragmente von Situationen ein, unangenehme, schmerzhafte, lächerliche. Alles ist noch sehr grobmaschig. Doch hier liegen die Antworten. Ich muss sie sorgfältig bergen und mich mit ihnen auseinandersetzen. Ich will das jetzt tun, ich muss das jetzt tun.

Mit der Karte zusammen trage ich die Bruchstücke der Erinnerung in das Schubfach meines Nachttisches, der nun der Aufbewahrungsort ist für viele von Gerrys farbenfrohen Denkzetteln.

Käme eine Fee zu mir und hätte ich einen Wunsch frei, dann wäre dieser wohl, damals weniger leichtfertig mit dem Stasigespenst umgegangen zu sein. Wie sehr wünsche ich mir, damals alles viel gründlicher überlegt, anderen Werten mehr Gehör gegeben zu haben. Aber es war eine Zeit der Lebenslust und des Abenteuers, nichts sollte mir in die Quere kommen. Es war eine Zeit, in der ich nach allem griff, was neu und spannend war. Aber auch mit dreiundzwanzig ist man wohl kein Kind mehr und schon lange für sein Tun verantwortlich.

Ich denke zurück an meine ersten Arbeitstage im Spreehotel.

* * *

Neben all dem Aufregenden eines Anfangs, dem spannenden Kennenlernen der vielen jungen Leute, die kreuz und quer aus der Republik auch hier in die Hauptstadt gekommen waren, neben der gründlichen Einarbeitung in den Service stellte ich bald fest, dass es sich um einen körperlich sehr anstrengenden Arbeitsplatz handelte.

Gleich in meiner ersten Woche feierte eine LPG, eine Landwirtschaftliche Produktionsgenossenschaft, ihr Betriebsfest. Gerry hatte scheinbar eine Art Patenschaft für mich übernommen, die von den anderen witzelnd genehmigt wurde. So arbeiteten wir gemeinsam in einem „Revier", wie unser Zuständigkeitsbereich in der Kellnersprache hieß.

Der Dienst begann um sechzehn Uhr. Um diese Zeit waren die Haustechniker als Erste im Saal beschäftigt. Sie stellten die runden Tische auf und karrten meterhohe Stapel von Polsterstühlen an ihre Plätze. Buffets wurden gezimmert, die Tanzfläche vor der Bühne ausgelegt. Während die Tontechniker mit der Band die Raumakustik abstimmten und erste Künstler, die am Abend auftreten sollten, exotisch durch das Office rauschten, deckten wir das Meer der Tische ein.

Im Hinterland wurde ebenfalls geschäftig gewerkelt. Die Köche trafen unter grellem Neonlicht auf chromblitzenden, meterlangen Wärmebrücken ihre Vorbereitungen. Später wurden hier die fertigen Speisen angerichtet, die zuvor in der Zentralküche im Keller des Hauses zubereitet worden waren.

Das Buffet für die Ausgabe der Getränke war ein abgeschlossener Raum innerhalb des Office mit einer großen Theke. Hier wurden die Getränke gelagert, gekühlt und ausgegeben. Es gab eine Zapfanlage mit mehreren Sorten Bier. In den großen Kühlschränken standen schon „bunte Tabletts" mit verschiedenen alkoholischen Getränken bereit, mit denen die Gäste empfangen wurden. Gerry nahm mir die Furcht vor dem kommenden Stress des Abends, indem wir uns mit den Resten meines ersten bunten Tabletts in eine Nische des Hinterlandes zurückzogen.

Der offizielle Rückzugsort stand am Ende des schlauchartigen Office. Auf diesem „Kellnertisch" befanden sich immer: mehrere gut gefüllte Aschenbecher, leere Tassen und halb volle Tassen mit lauwarmem und kaltem Kaffee, Wasserkaraffen und Gläser mit Cola, Wein oder was auch immer gerade den Durst stillen sollte, ein Brotkorb mit aufgeschnittenem Baguette, dessen Bröckchen schnell den größten Hunger stillten. Dieser Tisch war die Seele des Hinterlandes. Hier traf man sich kurz zur Entspannung. An diesem Tisch war man nie allein, immer fand sich jemand, der sich kurz auf einen Stuhl warf, um sich auszuruhen oder mal meckern oder quatschen, essen, trinken oder rauchen wollte.

Für die Betriebe und ihre Brigaden, die in diesem Haus gern ihr „Betriebsvergnügen" feierten, war dies ein großer Tag. Man kam vom Lande in die Hauptstadt und dann noch in ein feines Hotel. Wochen vorher gab es bei den Frauen aus den sozialistischen Kollektiven ein Thema: Wo bekomme ich das passende Kleid? Und das war damals eine Herkulesaufgabe. Im schmucklosen Einzelhandel für Damenoberbekleidung hingen schlecht sitzende Hüllen in schrecklichen Farben von minderer Stoffqualität. Glücklich waren diejenigen, die es sich leisten konnten, im „Exquisit" einkaufen zu gehen. Diese Läden gab es allerdings nur in Berlin und den Bezirkshauptstädten.

So erinnere ich mich an meinen ersten Einkauf im „Exquisit" Potsdam, der inmitten der Stadt in einem hässlichen schmutzig gelben Plattenbau zu finden war. Die Verkäuferinnen waren zahlreich im Gegensatz zur Ware und so stolz wie die Preise. Ich war schon zum zigsten Mal in dem Laden und hatte inzwischen eine olivgrüne Strickjacke mit braunen Holzknöpfen und Fledermausärmeln in mein Herz geschlossen. Jedes Mal probierte ich sie wieder an, schreckte aber wegen ihres Preises immer noch vom Kauf zurück. Doch immer, wenn ich auf meinem Nachhauseweg an dem Laden vorbeikam, schaute ich vorsichtshalber rein, ob sie noch an ihrem Platz hing. Das ging drei Wochen so, bis ich all meinen Mut zusammennahm und 90 Mark von meinem monatlichen Lehrlingsgeld, das 120 Mark betrug, in die Jacke investierte.

Die Bäuerinnen, die also entweder durch teuren Einkauf, Kreativität oder Westverwandtschaft einen schicken Fummel oder ein feines Kostüm ihr eigen nannten, mussten nun noch den meist nicht so anspruchsvollen ländlichen Ehegatten in einen Präsent-Zwanzig-Anzug einpassen, ein paar passable Schuhe finden, und dann konnte es losgehen.

Solchermaßen dekoriert fanden sie sich dann in einer Umgebung wieder, die den meisten völlig fremd und dementsprechend unheimlich war. So gab es die Übermütigen, die ihre

Unsicherheit mit ganz viel Schnaps runterspülten. Es gab die Verzagten, die gar nicht erst in Stimmung kamen und demonstrativ schlechte Laune verbreiteten. Natürlich gab es die Kritischen, die sehr wohl bemerkten, was möglich war und für wen, wenn sie sich bei einem Rundgang durch das Hotel sorgfältig umsahen. Und dann die Optimisten, die in der Lage waren, die Situation als Geschenk und positiv zu begreifen. Die Arbeitgeber, also alle Volkseigentuminhaber, ließen sich diese Abende ordentlich was kosten. Schließlich waren die Feiernden meistens ein im sozialistischen Wettbewerb ausgezeichnetes Kollektiv. Sie hatten also im Gegensatz zur Nachbar-LPG ihre Produktion um soundso viel Prozent zum Vorjahr steigern können und dafür nicht nur Prämien und Orden erhalten, sondern durften ihren ökonomisch sozialistischen Sieg sogar im Spreehotel feiern.

Nach Menü und Eisbombe, Kulturprogramm und Tanz ging meine erste Saalnacht allmählich ihrem Ende entgegen. Ab zwei Uhr morgens folgte nun die Aufräumschlacht und das schier endlose Gläserpolieren, währenddessen wir ebenso erschöpft wie aufgekratzt über den Abend redeten.

Ich versuchte meine Berge von Eindrücken zu verarbeiten und plapperte kräftig mit. Als die Reizüberflutung langsam nachließ und ich den Mut fasste, Gerry um ein Urteil für meine Leistungen zu bitten, reagierte dieser etwas verlegen. „Na, war doch gar nicht schlecht", musste genügen. Dann fügte er noch hinzu: „Wird sowieso nicht mehr so oft passieren, dass wir zwei uns ein Revier teilen." Auf meinen fragenden Blick hin erklärte er mir, dass für ihn ein Wechsel innerhalb des Hauses kurz bevorstand. Im ersten Moment war ich erschrocken, hatte ich doch gerade erst in ihm eine Art Anker bei hohem Wellengang gefunden. Aber es lag genauso in meiner Natur, sofort in die quirlige Runde zu schauen, um Ersatz zu finden.

Als endlich im Saal gähnende Leere herrschte, die Tische kahl geräumt und die letzten Gläser poliert waren, zog es nun unsere Schar hinaus in die Nacht, um etwas zu erleben.

* * *

Die Urlaubszeit steht bevor und meine Familie zieht es in die Türkei. Wir wollen Sonne und klares Wasser, schöne Strände und etwas Kultur. Also geht es nach Kleinasien, wo die alten Griechen an der Ägäisküste noch ordentlich was zum Entdecken und Besichtigen hinterlassen haben.

Doch bevor wir in das Land am Bosporus aufbrechen können, habe ich noch ein organisatorisches Problem zu klären.

Wenn wir zwei Wochen lang unseren Briefkasten wegen Abwesenheit nicht selbst leeren können, müssen wir jemand anderen finden, der das für uns erledigt. Das allein ist nicht das Problem. Nette Nachbarn oder Verwandte hätte ich sicher für diesen kleinen Dienst gewinnen können. Allein die Befürchtung, was diese dann eventuell aus dem Kasten zögen, bereitet mir Ungemach. Im letzten halben Jahr habe ich noch keinen Monat auf meine Stasigrußkarte verzichten müssen. Daher nehme ich nicht an, dass Gerry die Sommermonate aussparen wird. Es sei denn, er ist selbst auf Reisen, was einen Kartengruß aber prinzipiell nicht unmöglich macht.

Nun will ich nicht gerade während meines Jahresurlaubs in Abwesenheit für mein Outing sorgen und erkundige mich bei der Post nach Alternativen. Da gibt es zum Beispiel die Möglichkeit, die Post für einen gewissen Zeitraum zu lagern und den Zustellungstermin der gesammelten Sendungen anzugeben. So erhalte ich nach Rückkehr aus dem Urlaub alles auf einmal und niemand muss täglich bei uns vorbeischauen, die Werbung wegschmeißen und den Schock verarbeiten, wenn ihm eine meiner Kartengrüße in die Hände fällt. Ich entschließe mich für diese Variante und fahre mit meiner Familie beruhigt in die Türkei.

Nach zwei Wochen auf den ausgetretenen Pfaden der alten Griechen, zwei bis drei Kilo Gewichtszunahme dank der ausgezeichneten Hotelküche, zwei ausgelesenen Büchern und unzähligen Sonnenstunden fliegen wir erholt und mit vergrößerter Allgemeinbildung wieder in Richtung Heimat.

Am ersten Arbeitstag nach unserer Ankunft trifft wie erwartet die gesammelte Postsendung ein. Ich nehme den großen gelben Umschlag entgegen und lege ihn auf den Küchentisch. Da unsere zwei Wochen Urlaub sowohl im Juli wie auch im August stattfanden, konnten es ein oder zwei Karten von Gerry sein. Ich bin gespannt, reiße den Umschlag auf und kippe seinen gesamten Inhalt auf den Tisch. Instinktiv suchen meine Augen etwas grell Gelbes oder leuchtend Rotes, zwei Farbstreifen, die wir heutzutage für gewöhnlich neben einem weiteren schwarzen an hohen Masten hängen sehen können, nur ohne Werkzeug in der Mitte.

Auf den ersten Blick gibt es zwar Gelb und auch Rot, aber nicht in der engen Gemeinschaft, wie ich es erwarte. Ich wühle ein bisschen zwischen den Briefen und Zeitschriften, aber nichts Bedenkliches taucht auf. Wie, wir haben bereits August und ich habe keine Julikarte bekommen? Fast werde ich etwas sauer, schon wegen des rausgeschmissenen Geldes für den Lagerauftrag. Ich überlege. Gut, ein halbes Jahr hat er durchgehalten und nun scheint er es satzuhaben, immer die gleiche Mitteilung loszuwerden. Mir reicht es ja auch. Längst. Wahrscheinlich ist Gerry ebenfalls in den Urlaub gefahren und hat nun einen Schlussstrich unter die Vergangenheit gezogen, denke und hoffe ich.

Ich denke und hoffe vergebens, denn fristgerecht zum 31. August kommt doch noch Gerrys *„Sommergruß"*, in dem er geschickt zwei Monate zusammenfasst. So kann er auch ohne große Abkehr von seiner Gewohnheit, mich mit Karten zu versorgen, seinen Urlaub genießen.

Es wird Spätsommer und noch einmal richtig heiß. Wir warten in der stickigen Büroluft sehnlichst auf den Abend, an dem es sich aber nur leicht abkühlt.

Nach dem Abendessen sitzen wir auf der Terrasse, legen die Beine hoch und entspannen uns vom Tag. Während Mike noch etwas liest, genieße ich den Anblick des Gartens, der nun mit üppigem Grün und Spätsommerstauden in satten Farbtönen prasst. Die Pflanzen in den Kästen auf der Terrasse sind ineinandergewuchert und hängen ausladend mit ihren Trieben über die Ränder.

Ich lehne mich entspannt zurück und denke an meinen ersten Sommer in Berlin.

* * *

Die Eingewöhnungszeit im Hotel und im Arbeiterwohnheim hatte ich geschafft, als die Temperatur die 30 Grad Celsius erreichte.

Das Wohnheim, ebenfalls von den Schweden errichtet, tanzte aufgrund seiner Architektur und Farbe ein bisschen aus der Reihe der anderen Plattenbauten an einer großen Kreuzung in Berlin-Friedrichshain.

Der Lärm zweier vierspuriger Straßen verursachte bei mir, die ich das Wohnen im Grünen gewohnt war, einen vorübergehenden Kulturschock. Lange kann es aber nicht gedauert haben, bis ich in der Lage war, auch bestens bei offenem Fenster zu schlafen. Die jugendliche Unbeschwertheit, verbunden mit anstrengender Arbeit und strapaziösem Ausgehverhalten, ließ mich meist bleischwer ins Bett fallen. Das beständige Rauschen der Autos und das regelmäßige Rumpeln der Straßenbahnen polterten meine Kollegen und mich in den Schlaf.

Wir lebten immer zu zweit in einem Zimmer. Diese waren klein, einheitlich möbliert und bestanden aus ziemlich viel

Schrank aus hellem Holz und orangebraunen Sofas. In der Mitte stand ein Couchtisch und in einer Zimmerecke gab es ein Waschbecken für die schnelle Hygiene.

Durch emsiges Hin- und Herrücken versuchten wir, besonders in den „weiblichen Etagen", etwas Individualität in die Räume zu bringen. Das Haus war etagenweise für Frauen und Männer unterteilt. In der Mitte der langen Flure gab es Sanitärräume sowie ein Fernsehzimmer und eine Küchenzeile.

Cora, die aus Sachsen stammte, und ich bewohnten eines der Zimmer gemeinsam. Wir hatten uns bei der Arbeit kennengelernt und sehr bald angefreundet. Sobald es sich organisieren ließ, zogen wir zusammen und ließen uns so oft wie möglich gemeinsam zum Dienst eintragen.

Auch unsere Freizeit verbrachten wir nun gemeinsam. Ein Schwerpunkt unserer Unternehmungen waren die Bars der anderen Hotels in Ostberlin. Das war die Welt, die wir für exotisch hielten. Da es uns verwehrt war, selbst in andere Länder außerhalb der Warschauer- Pakt-Staaten zu reisen, gingen wir an die Orte, wo das Ausland zu uns kam.

In Grüppchen marschierten wir bevorzugt in die Hallenbar des Hotels Unter den Linden an der Friedrichstraße. Meist saßen wir kaum, als von irgendwoher Drinks für uns bestellt wurden. Das war natürlich unser Plan und es war aufregend, besonders für Landeier wie mich. Die jungen Männer, die dort aufmerksam auf uns reagierten, waren zumeist kleine Botschaftsangestellte, vorwiegend aus arabischen Ländern, der Türkei oder aus Jugoslawien. Auf dieser Seite Berlins waren sie noch interessant und wurden nicht als lästig empfunden. Ihr Geld und ihre Möglichkeiten waren hier gefragt. Und wir waren eine leichte Beute. Mit nicht zu viel hemmender Tugend, großer Unerfahrenheit und Lust auf das Leben muteten sich einige von uns gelegentlich zu schnell zu viele Cocktails zu. Das Ergebnis waren zwielichtige Abenteuer.

Meine erste Erfahrung dieser Art machte ich mit einem großen, dunkelhaarigen, gut aussehenden jungen Mann, der sich als Antonio vorstellte und als Angestellter der italienischen Botschaft ausgab. Er spendierte mir einen Drink und ich bat ihn, sich zu uns zu setzen. Meine Kolleginnen kicherten ein bisschen, aber schließlich versuchten wir es mit einer kleinen Unterhaltung. Ich genoss es, dass er sich bei der großen Konkurrenz für mich entschieden hatte, wenn auch nur vorübergehend. Die Verständigung versuchten wir in holprigem Englisch, aber eine Konversation erwies sich bald als zweitrangig. Er bewohnte ein kleines Appartement in der Nähe der Linden, in das er mich prompt einlud, um die Völkerverständigung auf anderer Ebene voranzubringen. Da auch ein Mädchen vom Lande gewisse Prinzipien hat, ließ ich bei unseren darauffolgenden Verabredungen ein paar Versuche ins Leere gehen, bevor ich mich entschied, seine Wohnung näher kennenzulernen. Natürlich hatte ich mich inzwischen verliebt und hatte das starke Bedürfnis nach Nähe. Dieses Bedürfnis teilte er und wir befriedigten es gemeinsam. Von Natur aus neugierig, warf ich einmal beim Verlassen des Badezimmers einen Blick auf seine herumliegenden Papiere und war perplex: Der liebe Antonio hieß Suleiman und war Türke. Aber ich war nicht kleinlich. Wir trafen uns noch ein paar Mal, doch verlor ich bald das Interesse. Nach ungefähr vier Wochen hörte ich von den anderen, dass er mit einem neuen Mädchen gesehen worden war. Ich fand es nicht weiter schlimm.

Die Monate im Saal vergingen schnell. Nach Dienstschluss begann unser Nachtleben in den Bars der Umgebung. War jedoch kein Reinkommen mehr, feierten wir weiter im Wohnheim in unseren Zimmern. Es gab zu dieser Zeit nur wenige von uns, die schon feste Beziehungen hatten. Die meisten suchten und experimentierten auf dem Weg zur ganz großen Liebe oder zu neuen Erfahrungen.

Gänzlich neu war mir die Liebe zum eigenen Geschlecht, die in unserer Umgebung häufig anzutreffen war und die ich neugierig beobachtete. Da es wohl so war, dass sich Homosexualität in der Gastronomie gehäuft zeigte, brachte mich dies auf die Idee zu einem Selbstversuch.

Es war einer jener Arbeitstage, der mit einem Besuch der Bar im Roten Rathaus abgerundet werden sollte, was nicht frei von Hürden war.

Als Erstes musste es geschafft werden, den Türsteher zu beeindrucken. Da diese nach unserer und deren Auffassung im weitesten Sinne auch Gastronomen waren, stellten sie für unseren Einlass kein größeres Problem dar. Falls man sich nicht sowieso schon kannte, zog man elegant sein Kellnerportemonnaie aus der Tasche, öffnete es umständlich und suchte darin herum. Das war das Signal für den Einlasser, dass er Kolleginnen vor sich hatte. Jetzt war es eine Ehre für ihn, uns hereinzulassen. Da man sich aber auch damals für Ehre nichts kaufen konnte, war es selbstverständlich, mindestens einen Fünfer in seine Jackentasche gleiten zu lassen.

Wir waren an diesem Abend zu viert und bekamen einen schönen Platz an einem der Nischentische. Nach der Bestellung diverser Cocktails sahen wir uns erst mal nach „Material" um. Da eindeutig Frauenüberschuss festzustellen war, konnte das ja ein öder Abend werden, dachte ich, als ich den Blick einer Blondine vom Tisch gegenüber auffing. Ich sah sie an und fand sie auffallend hübsch. Sie hatte langes, leicht gewelltes Haar und ein zartes, etwas blasses Gesicht. Sie sah mich immer wieder mit einem ruhigen, aber aufgeschlossenen Blick an. Fast glaubte ich, nicht gemeint zu sein, und sah hinter mich. Die Plätze waren allerdings gerade frei geworden. Ich versuchte es mit einem Lächeln. Es wurde sofort erwidert. Nun wurde ich nervös. Meine Begleiterinnen unterhielten sich angeregt, sodass sie meine Kontaktaufnahme mit der schönen Blonden gar nicht bemerkten, zumal ich von Zeit zu Zeit etwas zum Gespräch beitrug.

Ich bestellte mir einen weiteren Cocktail und während ich ihn trank, lächelten wir ab und zu hin und her. Normalerweise steht jetzt der Mann auf, dachte ich, und geht zum Mädel rüber, um ein bisschen ins Gespräch zu kommen. War ich jetzt der Mann, fragte ich mich, und was war dies überhaupt für eine merkwürdige Situation? Die Cocktails machten sich bemerkbar und ich wurde mutig. Warum nicht mal etwas Neues wagen, sagte ich mir. Schließlich mochte ich auch den Frauenkörper, also erst mal meinen eigenen. Mit dem kannte ich mich inzwischen ganz gut aus, sodass ich Lust bekam, meine Kenntnisse auf einen fremden Frauenkörper auszuweiten.

Da stand das blonde Mädchen auf und ging zur Damentoilette. Mein Herz klopfte. Dann stand ich auch auf und folgte ihr. Sie stand vor dem großen Spiegel, der über den Waschbecken hing, und kämmte sich das Haar. Als ich eintrat, sprach ich sie sofort an, um meine Unsicherheit zu überspielen. „Bist du ganz allein hier?", dämliche Frage, dachte ich. Wo? Hier auf der Toilette? Sie sah mich aber ganz entspannt an und freute sich offensichtlich, dass ich sie angesprochen hatte. „Na ja, meine Freundin musste los. Aber ich hatte keine Lust, schon nach Hause zu gehen. Ich bin übrigens Melinda." „Jana", erwiderte ich und streckte ihr förmlich meine Hand entgegen. Sie nahm sie und wir lachten verlegen. Gut, dachte ich, was muss jetzt kommen? „Wollen wir zusammen was trinken?", fragte ich sie. „Ja, gern", antwortete sie. Wir gingen wieder zurück in die Bar und ich ging mit an ihren Tisch. Meine Kolleginnen, darunter meine Mitbewohnerin und Freundin Cora, sahen mich merkwürdig an. „Ich komme gleich wieder", rief ich rüber. Sie grinsten, wandten sich dann aber ab. Nur Cora, die meine Experimentierfreude kannte, warf mir einen forschenden und warnenden Blick zu. Dies war der Tatsache geschuldet, dass wir ein Zimmer teilten. Sollte sich jemand Besuch mit nach Hause nehmen, musste der andere irgendwie ausquartiert werden. Nicht, dass das nicht gängige Übung in unserem Wohnheim gewesen wäre. Nur war ich momentan nicht dran. Schließlich musste es gerecht zugehen auf den paar Quadratmetern. Es war Cora deutlich anzumerken, dass sie heute keine Lust darauf hatte, mit ihrem Bettzeug unter dem Arm im Wohnheim auf die Suche nach einer Bleibe für die Nacht zu gehen. Ich wunderte mich nachträglich, dass sie mir das, wovon ich selbst noch gar nichts wusste, überhaupt zutraute.

Wir bestellten erst einmal neue Getränke und erzählten uns aus unserem Leben. Melinda arbeitete als Malerin auf dem Bau, ich konnte es kaum glauben. Was stellten wohl die männlichen Kollegen den ganzen Tag an, um ihre Aufmerksamkeit zu bekommen? Sie lachte über meine Frage und meinte eindringlich, dass sie das überhaupt nicht interessiere. Sollte das bedeuten, dass sie ...? Ich kam mir unaufrichtig vor, aber meine Neugier war entfacht. Jetzt war noch Zeit für einen Rückzieher, überlegte ich, denn aus meiner Sicht ging es hier wirklich nur um ein Abenteuer auf unbekanntem Gebiet.

Cora sah mit ernster Miene zu uns herüber. Doch ich war fasziniert, denn Melinda war so hübsch und für Männer wie geschaffen, glaubte ich. Fand sie irgendwas an mir? Nicht, dass ich mich für unattraktiv hielt, im Gegenteil. Aber ich war eben eine Frau. Die Neugier und der Forscherdrang bekamen Oberwasser. Drüben machte sich Cora mit den anderen bereit zum Gehen. Sie kam kurz zu mir herüber, würdigte Melinda keines Blickes und sprühte Funken bei der Frage: „Kommst du mit?" Ich verneinte und meinte, ich hätte noch Lust, ein bisschen zu bleiben. „Hm, na gut", war ihre Antwort und sie verließ die Bar mit ernster Miene.

Cora und ich lebten nun schon einige Monate gemeinsam in unserem kleinen Wohnheimzimmer und hatten es uns dort gemütlich gemacht. Wir hatten uns schnell aufeinander eingestellt und mochten uns sehr. Wir tauschten unsere Geheimnisse aus und empfanden uns nicht als Konkurrenz, sondern als Verschworene in einer Welt der Doppelzüngigkeit. Für mich war Cora mit ihrer mütterlichen, ruhigen Art die perfekte Ergänzung zu meinem eigenen hektischen und unsicheren Wesen. Ich fand mich beinahe etwas unreif im Vergleich zu ihr. Sie konnte kochen, putzen, fand sich schnell in neuen Situationen zurecht, während ich zwar nach außen immer gut drauf zu sein versuchte, aber in vielen Dingen sehr ängstlich war. Wir ergänzten uns perfekt: Sie war die Beherrschte und Überlegene, ich die Leichtfertige und Unbedachte. Ich fühlte mich bei ihr sicher und umgekehrt inspirierte ich sie mit meiner Abenteuerlust.

Mit dieser Episode ging ich allerdings zu weit. Wie Cora vorhergesehen hatte, brachte ich Melinda mit ins Wohnheim, um dort meine erste Nacht mit einer Frau zu verbringen. Ich fühlte mich nicht ganz wohl in meiner Haut, als ich Melinda den Vorschlag machte, zu mir zu gehen. Sie hatte mir ihre Wohnsituation als zu große Zumutung geschildert und es war ihr peinlich, mich dorthin mitzunehmen. Also gab ich zu all dem Aufreißer-Gehabe noch die Ungerührte, die ihre Freundin nachts eben mal ausquartiert. Als wir im Wohnheim erschienen, schnappte sich Cora, die schon im Bett gelegen hatte, mit bösem Blick ihr Bettzeug und zischte: „Das kann ja wohl nicht wahr sein." Sie knallte die Tür von außen zu. Ich war nun viel zu aufgeregt und durcheinander, als dass ich Coras Abgang hätte würdigen können.

Melinda war vollkommen ruhig und sah mich erwartungsvoll an. Ich erzählte ein bisschen sinnloses Zeug über das Zimmer, in dem wir uns befanden, und war unsicher, was jetzt zu tun wäre. Wir setzten uns auf mein Bett und nun fiel mir nicht mal mehr sinnloses Zeug ein. So zurückhaltend, wie sie sich verhielt, kam ich auf die Idee, dass auch Melinda hier ein Experiment machte. Doch anstatt nun mal aufrichtig zu sagen, dass wir uns wohl ein wenig in etwas hineingesteigert hatten, was wir beide nicht erfüllen könnten, nahm ich kurzerhand ihren Kopf in meine Hände, zog sie zu mir heran und küsste sie. Ihre Lippen waren weich und angenehm und unsere Zungenspitzen streichelten sich vorsichtig. Ich wartete mit geschlossenen Augen auf die wundervolle Erregung, die diese Situation mit einem Mann auslöste. Leider geschah nichts dergleichen. Melinda machte sanft und ruhig mit, allerdings auch ohne erkennbare Leidenschaft. Aber ich wollte noch nicht aufgeben.

Ich sah sie wahrscheinlich eher verlegen als entschlossen an, als ich vorschlug, dass wir uns ausziehen sollten. Die Kerze, die ich wegen des romantischen Lichts auf den Tisch gestellt hatte, warf ihr Flackerlicht auf Melindas schönen zarten Körper. Sie war etwas kleiner als ich, sehr schlank und einfach wunderschön.

Jetzt wünschte ich mir auch von ihr ein wenig Aktivität, vielleicht würde es doch schön sein, wenn ihre zarten Finger meine Brust streichelten. Aber Melinda legte buchstäblich alles in meine Hände. Also kreiste ich vorsichtig mit meinen Fingern über ihre kleinen Brüste und spürte, wie die Brustwarzen härter wurden. Melinda gab keinen Ton von sich. Vielleicht war die Verhärtung auch der Kühle des Zimmers zuzuschreiben. Ich war ratlos. Doch bevor ich das Unternehmen als gescheitert aufgab, machte ich noch einen Vorstoß.

Während ich sie wieder küsste und dabei zur besseren Konzentration die Augen schloss, schob ich eine Hand vorsichtig zwischen ihre Beine. Melinda öffnete sie ein wenig. Mit vorsichtigen Bewegungen massierte ich den Ort, den ich an mir selbst ganz gut kannte, der sich aber jetzt fremdartig und abwegig anfühlte. Melinda blieb weiterhin regungslos und da sich auch bei mir nichts entwickelte, versuchte ich es mit einem gesichtwahrenden Rückzug.

Hinzu kam, dass die Wirkung des Alkohols langsam nachließ. Ich sah Melinda an, sie lächelte ein wenig, doch gesprochen wurde weiterhin nicht. Wir saßen in seltsam ungelenken Posen nebeneinander auf dem orangefarbenen Sofa wie bei einem Spiel, bei dem man auf Kommando der anderen Mitspieler plötzlich in der Bewegung verharren musste. Als wir uns dieser Tatsache bewusst wurden, war uns beiden sehr zum Lachen zumute und wir umarmten uns – wie Schwestern.

✳ ✳ ✳

Ich sehe sie schon von Weitem an den Grundstücken entlangradeln, immer wieder Halt machen und in ihrer großen Posttasche wühlen. Nach und nach werden die Briefkästen meiner Nachbarn gefüttert. Gestern war mein Kasten wieder geflaggt worden. Der schwarz-rot-goldene Tadel rutschte aus einer Werbezeitschrift in meine Hände. Während der Septembergruß mir nur ein mürrisches Kopfschütteln abnötigen konnte, trifft mich der Oktobergruß in einer aktiveren Phase.

„Hören Sie", ich versuche die Postbotin mit einem warmherzig flehenden Blick zu erweichen, „das geht jetzt schon Monate so. Ist Ihnen das noch gar nicht aufgefallen?" Sie sieht mich kurz an, interessiert sich aber nicht besonders für meine Ansprache. „Ich bekomme immer so komische Karten mit einer DDR-Fahne drauf", versuche ich es in beiläufigem Ton.

Sie schaut mich irgendwie geistesabwesend an und erwidert nichts. „Also da versucht jemand, mich zu ärgern oder schlimmer noch, mich bloßzustellen vor anderen, indem er behauptet, ich wäre bei der Stasi gewesen." Ihr Gesichtsausdruck verändert sich nicht. Hat sie nur nicht zugehört oder weiß sie nicht, was ich meine? Weiß sie nicht, dass ich diese Karten bekomme, die sie mir doch in den Briefkasten tut, oder weiß sie nicht, was ich mit Stasi meine? Das Letztere kann wohl kaum der Fall sein. Die Nation verarbeitet gerade das Enttarnen eines Moderators und eines Trainers und die Medien helfen ordentlich dabei. Also tut sie nur so oder was ist hier los?

„Sie können doch die Annahme verweigern", antwortet sie schließlich mit ausdrucksloser Stimme, „und zurücksenden zum Absender." „Geht leider nicht. Denn die sind anonym", antworte ich. „Aber Sie wissen, wer das schickt, ja?"

„Ja, weiß ich."

„Hm, da kann ich auch nicht helfen, ich kann sie nicht verschwinden lassen", sagt sie, ohne dass ich den Eindruck gewinne, dass sie das Thema irgendwie aufwühlt oder interessiert. „Nein, klar, das können Sie nicht, aber danke." Sie nickt kurz, ohne zu lächeln und ohne mich anzusehen und radelt davon.

Etwas verspätet komme ich auf den Gedanken, dass sie vielleicht tatsächlich gar nichts von der Besonderheit meiner Karten bemerkt hat. Sie sind wohl etwas grell mit ihrer Fahne, aber dann umdrehen und lesen, das Postgeheimnis brechen? Wahrscheinlich hat sie auch gar keine Zeit dazu, noch wahrscheinlicher gar kein Interesse.

Dann habe ich es jetzt sicher geweckt.

∗ ∗ ∗

Eine willkommene Abwechslung vom Bankettalltag brachte ein Kurzeinsatz anlässlich des 30. Jahrestags der Gründung der Republik in einem anderen Interhotel der Stadt. Die Betriebe der Interhotelkette halfen sich gegenseitig, wenn wegen der Veranstaltungen der Partei- und Staatsführung, die gern die großzügigen repräsentativen Räumlichkeiten der Hotels in Anspruch nahm, jede Hand gebraucht wurde. Ich meldete mich freiwillig und machte im Hotel am Alexanderplatz neben einer

Menge neuer Arbeitserfahrungen die Bekanntschaft eines Kollegen, der mir meine erste eigenständige Wohnstätte vermittelte. In der Beziehung zu seiner Freundin gab es seit Längerem dieses Pingpong: Mal zog er bei ihr ein, dann wieder aus, dann wieder ein ... und in gerade letzterem Zustand machte er mir das Angebot, sein Untermietsverhältnis zu übernehmen.

Denn obwohl ich mich mit Cora nach meiner missglückten Eskapade wieder vertragen hatte, beinhaltete diese Art des Wohnens doch zu viele Zwänge und Rücksichtnahmen, so dass ich auch für unbequeme Übergangslösungen empfänglich wurde. Cora hatte sich natürlich genauestens berichten lassen, was sich in jener Nacht abgespielt hatte. Nach meiner von ziemlicher Peinlichkeit begleiteten Schilderung saßen wir uns auf unserem Sofa leicht verkrampft gegenüber. Es war Zeit für mich zu gehen, war die Einsicht, die anschließend in der Luft lag. Meine Experimentierlust hatte etwas Solides zwischen uns beiden zerstört.

Mein Kollege, dessen Vorzüge in einer charmanten Dominanz lagen, schlug vor, mir diese Unterkunft mal in Ruhe nach Feierabend zu zeigen, damit ich mich davon überzeugen konnte, ob sie für mich geeignet wäre. Nach damaligem Ermessen war eigentlich alles geeignet, was man abschließen konnte, was Licht und Wasser und man für sich allein hatte. Da gerade kalter Winter war, hatte er etwas Rotwein und Gewürze mitgebracht, um Glühwein zuzubereiten, der den ausgekühlten Raum besser ertragen ließ.

Es erwartete mich ein ebenerdiges, sehr hohes, langes sowie schmales Zimmer mit angeschlossener Toilette und einem Ausgang zum Hinterhof, dessen Karriere hundert Jahre zuvor als Pferdestall begonnen hatte. Die Nachbarställe des Gebäudekomplexes hatten es inzwischen nur zu Garagen gebracht, wobei diese Behausung mit direkter Wand am Haupthaus zur Untermiete zu haben war.

Das Zimmer war möbliert mit allem, was unbedingt nötig war und der Vermieterin wahrscheinlich schon lange im Wege herumgestanden hatte. Mein Lieblingsmöbel wurde ein Rauchtisch aus dunklem Holz. Er bestand aus zwei kleinen Platten, die in zwei Ebenen übereinanderlagen. Die untere in Bodennähe war als Ablage geeignet. Die andere befand sich einen halben Meter darüber. Sie war mit einer Glasplatte versehen, auf der ein Aschenbecher stand. Beide Ebenen waren durch einen gedrechselten Holzstiel miteinander verbunden, auf dem eine Lampe mit gelb bespanntem Stoffschirm thronte.

In einer der hinteren Ecken befanden sich eine Waschgelegenheit, ein alter Kühlschrank und ein Zwei-Platten-Kocher. In der anderen Ecke stand ein Dauerbrandofen, der die Eigenschaft hatte, ungewöhnlich lange die Glut zu halten und daher für lange Abwesenheitszeiten des Mieters äußerst praktisch war. Das ganze Refugium war ziemlich kurios, ein bisschen gruselig, aber zweckmäßig.

So saßen wir dann beisammen, ich auf einem für das Zimmer viel zu großen Sessel und mein Kollege auf dem Rand der Schlafcouch. Auf dem Rauchtisch zwischen uns standen unsere zwei Tassen mit dampfendem Glühwein. Wir unterhielten und amüsierten uns über die Einrichtung und die Tatsache, dass unsere Atemluft in der Kälte des Zimmers kondensierte. Und weil mein Kollege wirklich an alles gedacht hatte, fiel ihm nach ein paar Tassen Wein ein, dass er seinen Kassettenrekorder noch hier hatte. Die Bee Gees sangen und wir plauderten angeregt weiter. Bald war die Kälte kaum noch zu merken und wir fühlten uns von innen beheizt. In dieser Situation bot mein hilfsbereiter Kollege mir an, eine Probenacht in dem Quartier zu verbringen.

Am nächsten frostigen Morgen hatte das Zimmer seine Aufnahmeprüfung bestanden, ich packte meine sieben Sachen im Wohnheim und richtete mich so gut es ging im neuen Quartier ein. Auch die Vermieterin freute sich, wieder eine Not für die horrende Monatsmiete in Höhe von 90 Mark gestillt zu haben.

Wirklich wohl fühlte ich mich hier nie. Das einzige Fenster zum Hof des Nachbargrundstücks war klein, aber vergittert, was im Erdgeschoss schätzenswert war. Ziemlich unangenehm fand ich es, nachts durch den Flur des Treppenhauses des großen alten Mietshauses zu gehen, um auf den Hof mit der düsteren Garagenfront zu gelangen, die nur von einer schummrigen Glühbirne beleuchtet wurde. Ich war immer sehr erleichtert, wenn ich meinen Schlüssel von innen umdrehte. Doch trotz dieser Tatsachen, der Unbequemlichkeiten des Heizens mit Kohle und des unverschämten Mietpreises war ich froh, ein Stück Freiheit gewonnen zu haben.

Es war in diesen Zeiten allgemein äußerst schwierig, an passablen Wohnraum zu kommen. Die beste und sicherste Möglichkeit war es, eine Familie zu gründen. Der Nachwuchs verschaffte die Zuteilung einer Mietwohnung für die junge Familie und wenn man Glück hatte, sogar mit Vollkomfort. Das war dann zum Beispiel eine Dreiraumwohnung in einem Plattenbau mit Badezimmer, welches den Vollkomfort ausmachte.

Nicht alle jungen Familien rissen sich allerdings darum, in diesen Gegenden zu wohnen. Nur wusste man zu genau, in welch erbärmlichem Zustand sich die meisten Altbauwohnungen in den vernachlässigten Altbauten der Innenstadtbezirke befanden. Diese Wohnungen bestachen wohl durch ihre Größe und Individualität, die allerdings häufig allein in der Variation ihrer Baufälligkeit bestand. Jedoch nicht wenige kreative Leute setzten alles daran, in eine dieser Wohnungen zu ziehen, und brachten unendlichen Einfallsreichtum und Mühe auf, um es sich dort nach ihrem Geschmack wohnlich zu machen. Denn schon das Beschaffen der Materialien zum Gestalten der Wohnung war ein Abenteuer.

∗ ∗ ∗

Gerry war einer jener Individualisten, die es nicht schreckte, in den vierten Stock eines Altbaus mit Einschusslöchern aus dem Zweiten Weltkrieg zu ziehen. Noch dazu lag die Wohnung im zweiten Hinterhof. Allerdings war der Anblick aus seinem Wohnzimmerfenster alles andere als düster. Weil sich wegen nicht behobener Kriegsschäden eine Baulücke neben dem Haus auftat, hatte er einen herrlichen Blick auf die Sophienkirche und ein wenig weiter auf den Fernsehturm.

Er hatte sogar rechtzeitig daran gedacht, sich für ein paar Quadratmeter Fliesen beim staatlichen Baustoffhandel anzumelden. Jetzt, ein paar Jahre später, konnte er die Früchte seiner Weitsichtigkeit ernten. Im Kollegenkreis hatte er schon viel über seine Pläne mit der Wohnung erzählt, als er uns eines Tages fröhlich seine fällige Anmeldung präsentierte. Dort stand geschrieben, dass er sich die vereinbarte Menge Wandfliesen an einem bestimmten Datum abholen könne. Keine Rede war hingegen davon, wie sie aussehen würden.

Für die Abholung dieses Schatzes bot ich Gerry meine Hilfe an.

Als wir im Baustoffzentrum eintrafen, mussten wir Schlange stehen. Aber das störte uns nicht weiter, da dies zu den üblichen Einkaufsgepflogenheiten zählte. Oftmals stellten sich die Leute einfach an einer Schlange an, ohne zu wissen, was es geben würde. Dass es etwas Seltenes war, konnte man sich denken, und so schadete es nicht, dabei zu sein. Wirklich ärgerlich war es nur, wenn man endlich an der Reihe war und die Bananen, der Ketchup oder die Orangen, die nicht aus Kuba stammten, ausverkauft waren. Auf diese Weise kauften wir gelegentlich Dinge, die wir eigentlich gar nicht brauchen konnten (hier muss das Wort „Gelegenheitskauf" geboren worden sein). Diese Sachen konnten aber wieder im florierenden Tauschhandel nützlich eingesetzt werden, beispielsweise: Lexikon gegen Wildlederhandschuhe oder Nordhäuser Doppelkorn gegen Rohrzange.

Gerry und ich rückten innerhalb einer Stunde bis zur Fliesenausgabe weiter. Jetzt konnten wir den Verkäufer schon erkennen, der vor sich eine Liste liegen hatte, auf der er die Namen derer abhakte, die ihre Anmeldung bereits eingelöst hatten. Weil wir es aber nicht abwarten konnten, fragten wir einen der Kunden, der mit seiner Zuteilung unter dem Arm an uns vorbeiging, ob wir mal einen Blick hineinwerfen könnten. Denn natürlich war nur eine einzige Sorte Fliesen geliefert worden. Bereitwillig öffnete er den Karton und zum Vorschein kamen matt sandfarbene Quadrate mit einem dunkelgrünen Blattornament. Gar nicht übel, bemerkten wir, und der Mann nickte zustimmend.

Der Mangel und die schleppende Versorgung entwickelten in besonderer Weise eine prosperierende Schattenwirtschaft um das Auto.

Bei Wartezeiten von zwölf Jahren zwischen Anmeldung und Auslieferung für einen Trabant und bis zu siebzehn Jahren für einen Lada konnte aus einem Teenager schon ein Familienvater geworden sein, der den fahrenden Untersatz umso dringender brauchte. Schließlich hatte jener dann wenigstens ausreichend Zeit, um sich den Kaufpreis, der für einen Trabant um die 10000 Mark betrug, zusammenzusparen.

Da jeder Bürger, der über achtzehn Jahre alt war, sich beim VEB IFA-Autohandel für einen Pkw anmelden durfte, existierten in den Familien oftmals mehrere Anmeldungen, die unterschiedlich genutzt wurden. So konnte man entweder den Neuwagen nehmen und den alten mit Gewinn verkaufen. Die Anmeldung konnte aber auch für sich verscherbelt werden, wenn sie alt genug war. Dann hatte man vor Zuteilung schon etwas Geld gemacht und musste nur noch mal mit dem Geschäftspartner los, wenn es an die Auslieferung ging. Man konnte natürlich auch seine neue Karosse abholen und sofort mit einigem Aufschlag weiterverkaufen. Der Mangel auf der einen und die Geduld auf der anderen Seite ließen also verschiedene Geschäftsmodelle zu.

Auf diese Weise wurden Autos zu einer Art Geldanlage, denn wie alt die Kiste auch war, sie konnte in den meisten Fällen mit Gewinn weiterverkauft werden.

Hatte man dann das ersehnte Gefährt, ereilte den Besitzer das nächste Dilemma, wenn eine Reparatur nötig wurde. Die wenigen Werkstätten hatten gemäß den Gesetzen der Planwirtschaft nicht ausreichend Ersatzteile auf Lager und es spielten sich seltsame Szenen zwischen Monteur und Kunden ab.

So waren wir darauf abgerichtet, im Anmelderaum der Werkstatt so lange auszuharren, bis der Monteur, der für unseren Fahrzeugtyp zuständig war, geschäftig durch den Raum ging. So weiß ich noch genau, wie ich bei seinem Anblick aufgesprungen bin, um ihm hinterherzulaufen und ihm möglichst unauffällig einen mittelgroßen Geldschein in die Tasche seines blauen Kittels zu schieben und dabei noch schnell mein Anliegen vorzutragen. Diese notwendige, aber peinliche Aktion führte wenigstens dazu, dass sich mir der im Voraus Belohnte zuwandte.

Nun konnte es passieren, dass der Fehler zwar bald gefunden, das nötige Ersatzteil aber nicht vorrätig und auch vorerst nicht zu erwarten war. Das war der Moment, in dem der Kunde wieder aktiv mit in den Reparaturprozess eingebunden wurde. „Haben Sie nicht jemanden an der Hand, der Ihnen das irgendwoher besorgen könnte?"

Mein erstes Auto war ein zehn Jahre alter Golf, den ich über mehr als drei Ecken vom Erstbesitzer übernehmen konnte. Es war eines jener 10000 West-Autos, welche die DDR Ende der Siebzigerjahre importiert hatten und nach undurchsichtigem Verteilungsschlüssel unters Volk brachten. Sicher nicht unberechtigt war die allgemeine Annahme, dass es sich bei den Begünstigten um verdiente Kader und Funktionäre handelte. Aber auch Leute, die für einen Viertakter eine langjährige Anmeldung besaßen und in der Lage waren, 20000 DDR-Mark hinzublättern, konnten an einen solchen Wagen kommen.

Diesen Golfs folgten in den Achtzigerjahren einige tausend Mazdas, Citroens und Volvos. Das Ganze hatte den höheren Sinn, das Straßenbild etwas internationaler zu gestalten und die allgemeine Unzufriedenheit mit der Versorgung ein wenig zu dämpfen.

Mein himmelblaues Modell war über seine zehn Jahre lange Existenz bestens gepflegt worden und kostete deshalb bei der Anschaffung einfach noch mal seinen Neupreis nebst Vermittlungsgebühr.

Da das sprichwörtlich Gute aus dem Westen kommt und insbesondere die D-Mark unser kleines eingemauertes Land am Leben erhalten konnte, erdachten findige Köpfe im Ministerium für Außenhandel so manche Möglichkeiten, um ein bisschen Mangel im Inland abzubauen und dafür an das Westgeld anderer Leute zu kommen. Die Genex Geschenkdienst GmbH wurde in den späten fünfziger Jahren gegründet und war bis zur Wende ein erfolgreiches Unternehmen. Über den Katalog „Geschenke in die DDR" wurden die Waren angeboten.

Damit hatte der Verwandte oder Bekannte aus dem Westen die Möglichkeit, seinen lieben Ossis genau das zu kaufen, was sie wünschten. Doch handelte es sich bei den angebotenen Waren nicht selten um Dinge aus ostdeutscher Produktion, die nur gegen Westgeld zu haben waren. Die Palette reichte von Lebensmitteln über Kosmetik, Kleidung und Möbeln bis hin zu Autos und Motorrädern. Hier konnte man dann ohne langes Warten einen Trabant für 8000 DM geschenkt bekommen.

Dass dabei die Zwei-Klassen-Gesellschaft noch unterstützt wurde, war der DDR-Führung im Westgeldfieber anscheinend egal. Denn wer die Kontakte hatte und ohnehin Ostern und Weihnachten die herrlich duftenden Westpakete von drüben erhielt oder im Intershop einkaufen gehen konnte, hatte auch bei Genex die Nase vorn.

Ganz persönlich profitierte ich im schwierigen Alter von dreizehn von Genex, als mein Vater eine kleine Erbschaft im Westen machte.

Zu dieser Zeit fuhr meine Familie einen russischen Saporoshez SAS bzw. einen „T34 de luxe" oder „Breshnews letzte Rache", wie Spötter ihn nannten. Für dieses wegen seiner herben Optik und technischen Schwerfälligkeit unbeliebte russische Auto hatten sie sich entschieden, weil die Wartezeit mit etwa fünf Jahren für unsere Verhältnisse sensationell kurz war. Meine Eltern waren einfach froh, endlich etwas Fahrbares zu haben, ich jedoch hatte mich mit den Sticheleien meiner Schulkameraden auseinanderzusetzen.

***

Heute, zwanzig Jahre später, kann man alles kaufen oder anfertigen lassen, vielleicht sogar DDR-Flaggen-Postkarten im Tausenderpack, sofern man das nötige Kleingeld hat und die Geduld bei der Suche nach einem Anbieter.

Als gestandener Ossi erlebe ich auch heute noch Momente, in denen die Warenflut mich schier zu überwältigen droht. Dann ist es einfach gut, nicht zu viel Spielraum bei der Auswahl zu haben und ziemlich genau zu wissen, wonach man sucht, um nicht mit großem Zeitaufwand sinnloses Zeug im Einkaufswagen aufzutürmen.

Ich frage mich, wie viel Geld und Zeit Gerry investiert hat, um einen Stapel DDR-Fahnen-Postkarten zu erwerben. Lagen sie vielleicht einfach nur im Keller eines alten Freundes herum oder hat es richtig Mühe gemacht, sie heranzuschaffen?

Da die meisten Leute nichts umkommen lassen wollen, gibt es wohl so etwas wie einen Verbrauchszwang. Wobei es sich dabei meist um verderbliche Ware handelt, ist es in Gerrys Fall wohl eher so, dass er die wie auch immer beschafften Fahnen-Postkarten unbedingt an den Mann bzw. die Frau, aber auf jeden Fall erst mal zur Post bringen will.

Vielleicht gibt es ja mehrere Begünstigte, überlege ich. In seinem drastischen Brief sprach er immerhin von sechs Stasiratten. Unter Umständen stehe ich also nicht allein auf dem Verteiler für November, Dezember und die nächsten Monate.

∗ ∗ ∗

Meinen Abschied von der schweren Arbeit im Bankettsaal mit seinen Großveranstaltungen bahnte mir indirekt der X. Parteitag der SED.

Wir Angestellten und das Hotel wurden ideologisch und technisch vorbereitet auf die politischen Ereignisse, bei denen es um nichts Geringeres ging als den Bericht des Zentralkomitees der Sozialistischen Einheitspartei Deutschlands und die Direktive zum Fünfjahresplan für die Entwicklung der Volkswirtschaft der DDR in den Jahren von 1981 bis 1985.

2700 Delegierte bestätigten das Zentralkomitee und Erich Honecker einstimmig als Generalsekretär. Das Politbüro wurde von 19 auf 17 Mitglieder verkleinert und ein Wirtschaftsplan mit dem Ziel einer Wachstumsrate von 5 Prozent bis 1985 beschlossen.

Die meisten Menschen in meinem Umfeld erwarteten nichts von der mit großem Getöse eingeleiteten Politgroteske als die üblichen hohlen Phrasen und die Selbstbeweihräucherung der Einheitspartei. Mit Fortschritten oder gar Veränderungen rechneten wir nicht.

Der Parteitag benötigte alle verfügbaren Kapazitäten der besseren Hotels der Stadt in Bezug auf Keller, Küche und Service. Im Vorfeld wurden gegen Auslobung einer Prämie „Systemhilfen" für die Hauptstadt angefragt. So strömten eine Menge junger Hotelangestellter, meist Singles, aus der ganzen Republik nach Berlin, um zu helfen und vor allem, um etwas zu erleben. Wir erwarteten sie mit Spannung.

Ebenfalls angereist waren Delegationen der sozialistischen Bruderparteien der anderen sozialistischen Staaten, um ihre Grußadressen an die Delegierten des X. Parteitags zu überbringen. Und wir im Spreehotel hatten die Freude, die sowjetische Delegation der KPdSU zu beherbergen. Bis es so weit war und die Delegierten eintrafen, wurde alles auf Hochglanz gebracht.

Die Veranstaltung erforderte aber nicht nur einen erhöhten Putz-, sondern auch einen verschärften Sicherheitsaufwand. War es ohnehin klar, dass wir wegen unseres Gästekreises nicht ohne Dauerüberwachung auskamen, die weitestgehend unsichtbar blieb, machten sich die jungen Herren in den schlecht sitzenden Anzügen jetzt kaum mehr die Mühe, unauffällig herumzustehen. Sie waren in ihrer Lächerlichkeit Ziel von Spott und Häme hinter vorgehaltener Hand.

Der Parteitag begann und das Hotel veränderte sich in eine Art Ferienheim mit Vollpension. In allen Restaurants und im Saal wurden einheitliche Speisen serviert. Selbstverständlich waren die Teilnehmer des Parteitags Gäste der SED, was dazu führte, dass auf eine mehr oder weniger gesittete Einnahme des mehrgängigen Menüs eine unkontrollierte Sauferei folgte. Doch erfreulicherweise blieben unsere russischen Freunde dabei stets gemütlich und freundlich.

Mit Bedauern musste ich in jenen Tagen feststellen, dass es mir nach Absolvieren von sechs Jahren Russischunterricht an der polytechnischen Oberschule kaum möglich war, ein paar vernünftige Sätze mit unseren Gästen zu sprechen. Kein Wunder, denn im Unterricht war es neben ein paar Redewendungen über die eigene Person in erster Linie um das politische Leben der Komsomolzen in der Sowjetunion, die Rohstoffvorkommen in Sibirien und die Sehenswürdigkeiten Moskaus gegangen.

Nun kannten die Genossen ihre Sehenswürdigkeiten wahrscheinlich selbst und die Rohstofflage hatte sich unter Umständen seit meinem Schulabschluss ein wenig verändert. Blieb mir noch die Möglichkeit, ihnen meinen Namen, mein Alter und meine Anschrift herunterzubeten. Doch das, so nahm ich an, konnte zu falschen Schlüssen führen.

Lag dann endlich ein interkulturell beeindruckender Arbeitstag hinter uns, zogen wir los, um mit unseren Systemhilfen in den buchstäblichen Feierabend hinauszugehen und ihnen „unsere" Stadt zu zeigen. Da die Auswahl an akzeptablen Diskotheken und Bars eher mäßig war, begegneten wir immer wieder bekannten Gesichtern, mit denen wir die Erlebnisse des Tages begossen und belästerten. Da zwischen den Lokalitäten teilweise weite Strecken lagen, musste etwas zum Fahren gefunden werden. In Ermangelung offizieller Wagen hatte sich zu diesem Zweck ein stabiler Markt der sogenannten „Schwarztaxis" gebildet.

Wer einen Pkw und abends Zeit hatte, konnte sich ordentlich etwas dazuverdienen, indem er zu nächtlicher Stunde einschlägige Gegenden anfuhr. Der potenzielle Kunde stellte sich einfach an den Straßenrand und hielt die Hand hoch. Meist dauerte es keine fünf Minuten, bis eines der wenigen sich überhaupt noch auf den Straßen befindlichen Autos anhielt, sich die Beifahrertür öffnete und eine Stimme fragte: „Wohin?" Man nannte das Fahrtziel, der Fahrer nickte und es ging los. Die Frage des Fahrgastes: „Wat krichste denn?", wurde selten konkret beantwortet, der Fahrer zuckte nur mit den Schultern. Deshalb hatte sich das Ritual entwickelt, vom Rücksitz aus das Fahrgeld zum selbst gewählten Tarif auf den Beifahrersitz zu werfen. Der Fahrer maß dann mit einem kurzen Blick seinen Lohn, nickte zustimmend oder meinte: „Na, tanken muss ick ooch ma." Auf diesen unmissverständlichen Hinweis folgte eine weitere Wurfsendung auf den Beifahrersitz.

Der Parteitag mit seinen vielen Gästen bescherte den Fahrern Hochkonjunktur. Und auch Gerry und ich nahmen schon mal den einen oder anderen am Straßenrand Winkenden für ein paar Mark mit, wenn die Strecke mit unserem Heimweg zu vereinbaren war. Während Gerry weniger wählerisch war, achtete ich darauf, nur Frauen oder Pärchen einsteigen zu lassen.

Als der Parteitag Bergfest hatte, fand ich es an der Zeit für ein Abenteuer. Von den vielen auswärtigen Kollegen, die bald wieder verschwunden sein würden, hatte ich einen in Frage Kommenden bereits identifiziert, wartete aber vergebens darauf, dass ich ihm auffiel. So lief ich ihm mehr oder weniger geschickt mehrmals über den Weg und glaubte schon, er hätte Mitleid, als er mich endlich ansprach. An diesem Abend gingen wir gemeinsam aus und wussten nach einer kräftezehrenden Nacht, dass wir uns wiedersehen wollten.

Also saß ich schon wenige Wochen und viele umständliche Telefonate später in der Deutschen Reichsbahn, die mich in den Thüringer Wald brachte. Dort holte mich mein Freund mit seinem Moped vom Bahnhof ab. Nachdem ich mich etwas skeptisch auf dem Gefährt eingerichtet hatte, rollten wir aber sehr entspannt durch die schöne Landschaft. Vorbei an Fachwerkbauten in bedenklichem Zustand und über grüne Hügel mit herrlicher Aussicht auf eine Stadt zu, die in ihrer Mitte durch Plattenbauten verunziert war und irgendwie darauf zu warten schien, dass ihr jemand die hässlichen Splitter wieder auszog.

Es wurden schöne Tage und lange Nächte und unsere Pläne wurden konkreter. Da die Hotels, in denen wir arbeiteten, zu einem Großbetrieb gehörten und ein Wechsel von Haus zu Haus recht unkompliziert war, kam ich auf die Idee, für eine Weile in den Bergen zu arbeiten.

Die Sache kam unerwartet schnell in Bewegung. Es gab Bedarf im Thüringer Hotel und meine Bewerbung wurde zügig bearbeitet. Ganz üblich war dabei eine Kontaktaufnahme der jeweiligen Abteilungsleiter, um sich über den Wechsel abzustimmen. Aus meiner Sicht der Dinge sollte es dabei keine Probleme geben. So ging ich fröhlich zur Gastronomischen Direktorin des Spreehotels, die mich zum Gespräch gebeten hatte.

„Frau Döhring", begann sie. Es war üblich, auch unverheiratete Frauen mit „Frau" anzureden. Das „Fräulein" gab es nicht mehr. Wir waren Frauen ab Volljährigkeit und so entschieden und emanzipiert wurden wir auch behandelt. „Frau Döhring, Sie können sich denken, warum ich Sie hergebeten habe"? Sicher konnte ich das. Doch ich mochte diesen zutiefst misstrauischen Fragestil nicht. Menschen, die so fragten, hofften doch immer auf zusätzliche Auskünfte. Also sah ich sie nur an und zuckte nichtssagend mit den Schultern.

„Sie wollen uns also verlassen", stellte sie sodann ohne Umschweife fest. Ihre Stimme war wie immer distanziert und kühl, ganz Geschäftsfrau. Musste sie sich wohl im Westfernsehen abgeguckt haben. Sie war nicht groß, sehr schlank und wirkte zäh. Ich schätzte sie damals auf Ende dreißig. Ihr dunkles Haar war halblang und nach innen geföhnt. Meist trug sie ein klassisches dunkles Kostüm mit weißer Bluse. Aufgrund ihres elitären Gehabes kam sie im sozialistischen Kollektiv nicht besonders an. Schließlich hatte man uns von klein auf eingetrichtert, dass wir im Arbeiter- und Bauernstaat alle gleich waren. Sie war ganz und gar nicht gleich und ich merkte ihr deutlich an, dass sie darauf auch besonders stolz war.

„Ja, ich würde gern nach Thüringen gehen." Ich sah sie offen an und wartete ab. Sie genoss den Augenblick, bevor sie ihr Herrschaftswissen mit mir teilte, und sagte dann herablassend: „Sie haben eine Zusage bekommen."

Ja, so war es. Der mündige Bürger hatte sich beworben und die Antwort bekam der Leiter des sozialistischen Kollektivs. Na, wenn schon, ich freute mich, dass es so schnell geklappt hatte. Ich lächelte und wippte ein bisschen mit dem Stuhl, etwas unsicher, was ich nun als Nächstes zu tun hatte.

Sie legte den Kopf leicht schräg und sah mir in die Augen. Dabei wirkte sie mit ihren kühlen hellgrünen Augen etwas bedrohlich wie ein seltsamer Vogel. „Wir haben darüber nachgedacht", sagte sie, ohne zu erwähnen, wer *wir* waren, „ob es Sie interessieren würde, in der Kristallbar zu arbeiten."

Wahnsinn! Ich hätte laut kreischen können, auf einem Bein hüpfen oder ein Rad schlagen. Das gab es doch wohl nicht, ich in die Kristallbar? Wow! Ich musste mich zusammennehmen, die Freude quoll über in mir. Also versuchte ich, so gut es ging, ein neutrales Gesicht zu machen, und fragte: „Wie bitte?" Wenn ich jetzt gehofft hatte, sie würde nun etwas verbindlicher und entspannter, dann wurde ich enttäuscht. Nichts dergleichen passierte. Sie selbst schien auch gar nicht so überzeugt zu sein von dem Angebot. Sie hatte ja auch „wir haben uns überlegt ..." gesagt. Ich traute mich natürlich nicht danach zu fragen, wer auf diese Idee gekommen war. Sie ließ sich dann aber noch dazu herab, mir zu versichern, dass man mit meiner Arbeit sehr zufrieden war und einen Weggang bedauern würde. Ich sollte es mir also überlegen.

Ich sagte, dass ich mich kurzfristig entscheiden würde, und verließ ihr Büro. Sie sah auf ihre Akten, als ich ihr zum Abschied dankbar zulächelte.

Draußen auf dem halbdunklen Flur blieb ich erst mal einen Moment lang stehen und sortierte meine Gedanken. Was sollte ich meinem Freund sagen, überlegte ich. Alles wieder abblasen, sollte er vielleicht unter diesen Umständen lieber nach Berlin ziehen? Wenn ja, wohin? In mein enges Gehäuse ginge es wohl nicht, aber hatte er Lust auf das Wohnheim? Fragen über Fragen, die meine erste Euphorie leicht trübten.

Doch eines stand fest: Dieses Angebot würde ich nicht ausschlagen.

Ungeduldig rief ich ihn wenig später an und erzählte ihm von meinen fantastischen Neuigkeiten. Nachdem er die erste Überraschung verarbeitet hatte, sah auch er die Chancen für sich.

Wir waren jung und hatten in diesem Land nur begrenzte Möglichkeiten. Genau wie es für mich so viel besser war, in der Kristallbar zu arbeiten als im Bankettsaal, so konnte auch er sich gut vorstellen, seiner Heimat den Rücken zu kehren und nach Berlin zu gehen. Recht schnell verliefen unsere Planungen also in entgegengesetzter Richtung. Mein Freund hatte während des Parteitags Arbeits- und Einsatzfreude gezeigt, die ihm nun zugutekam. Die Dinge hätten nicht reibungsloser laufen können. Die Zeit verging schnell und es waren nur noch wenige Wochen, bis wir in Berlin zusammen sein würden.

Da überkam mich aus heiterem Himmel ein Gefühl der Angst und Unsicherheit vor dieser gemeinsamen Zukunft. Wir kannten uns ja kaum, und handelten wir nicht viel zu überstürzt, fragte ich mich immer eindringlicher. Ich haderte mit meiner eigenen Entschlussfreudigkeit und stand nun jeden Morgen mit einem gewissen Unwohlsein auf, wenn ich an die Ankunft meines Freundes dachte.

Doch es war zu spät, um das Ganze rückgängig zu machen. Wir hatten beide unsere Verträge unterschrieben.

Eine Woche vor seinem Umzug nach Berlin entschloss ich mich zu einem ehrlichen Brief, in dem ich ihm mein ganzes

Dilemma so liebevoll wie möglich zu schildern versuchte. Fürs Erste konnte er doch im Wohnheim einziehen und wir könnten unsere Beziehung erst mal ganz frei führen.

Das Resultat war ein Zerwürfnis. Er war furchtbar enttäuscht, setzte jedoch den eingeschlagenen Weg entschlossen fort, freilich ohne mit mir jemals wieder ein Wort zu wechseln.

* * *

Nun war ich also angekommen, plötzlich und unverhofft, an einem exklusiven und lukrativen Arbeitsplatz der Ost-Berliner Gastronomie. Hier gab es angenehme Dienstzeiten, kurze Wege, kleine Lasten, die Klimaanlage ließ uns nicht ins Schwitzen kommen und der Teppichboden schonte die Gelenke. Die Gäste waren überwiegend kultiviert und häufig großzügig. Es gab interessante Persönlichkeiten darunter, hin und wieder einen Promi, und das Publikum war international. Ich war glücklich und fühlte mich ziemlich großartig. Denn zwischen den Servicekräften gab es eine unausgesprochene, aber fühlbare Hierarchie. Alles, was harte Arbeit bedeutete und ich im Bankettsaal ausführlich erlebt hatte, erntete paradoxerweise weniger Anerkennung als das leichtfüßige Bedienen in den Bars mit ein paar Cocktails auf dem Tablett.

Ein zusätzlicher Glücksfall war die Tatsache, dass Gerry auch seit geraumer Zeit hier arbeitete. Während ich zu den älteren Barmännern eine respektvolle Distanz behielt, entwickelte sich zwischen uns eine herzliche Kollegialität, die immer mehr zur Freundschaft wurde.

Die Kristallbar war für jedermann zugänglich, der bereit war, für ein Glas Sekt 11 Mark, für eine Flasche Bier 5,50 Mark und für einen Campari mit Orangensaft 14,40 Mark hinzulegen. Da musste der Durchschnitts-DDR-Bürger schon genau kalkulieren, wie oft er sich diesen Luxus bei einem durchschnittlichen Einkommen von monatlich 600 Mark leisten konnte.

Dafür saßen die Gäste dann auf schweren rotbraunen Ledersesseln an Tischen aus dunklem Holz, die den vieleckigen Grundriss des Hotels widerspiegelten. Die eingelegte Messingtischplatte war verziert mit einem Prägemuster aus kleinen ineinander verlaufenden Kreisen. Betrat man die Bar, lag zur Rechten der Tresen, um den zehn Sessel standen. In der Mitte des Tresens thronten auf Glasregalen in mehreren Reihen übereinander die Flaschen mit den diversen Flüssigkeiten unterschiedlichen Geschmacks und Alkoholgehalts, bereit, sich in farbige und klebrige Cocktails verwandeln zu lassen.

Wieder war ich stark beeindruckt von der prächtigen Ausstattung. Doch wo viel Licht ist, ist auch viel Schatten. Und wenn der warm ist, leben dort gern die Kakerlaken. Einige von ihnen wollten sich allerdings nicht mit einem Dasein hinter den Kühlschränken begnügen, sondern spazierten zu unserem Entsetzen bis auf den Tresen, auf dem sie dank gleicher Färbung zunächst etwas getarnt waren.

Dann galt es, schnell und unauffällig zu handeln. Um die Biester zur Strecke zu bringen, bot es sich an, eine Bierflasche mit Nachdruck auf ihnen abzustellen. Da der Tresen aus dunklem Holz, das Kerbtier selbst und die Bierflasche dunkelbraun waren, ging alles eine ziemlich unsichtbare Melange ein. Der Gast, der am Tresen saß und dem die Flasche inzwischen gehörte, durfte nun auf keinen Fall in die Lage kommen, sich selbst nachzuschenken.

Alle paar Jahre erschienen im Hotel die Kammerjäger, die uns für ein paar Monate Ruhe verschafften. Doch dann liefen sie alle wieder wie gewohnt.

Jahre später führte mich eine Reise zum 45. Breitengrad auch in das Waldorf Astoria, wo ich schockiert eine große

Verwandte der mir vertrauten Kerbtiere über den edlen Teppich rennen sah. Nur in New York ist alles noch viel größer.

* * *

Ein Jahr mit regelmäßigen Grüßen ist vergangen. Ein Wunder oder einfach der Zufall hat es bewirkt, dass ich stets zuerst am Briefkasten bin, wenn die Karte kommt. Dabei gibt es durchaus Tage, an denen es kritisch ist. Einmal in der Woche komme ich mit Mike gemeinsam nach Hause, wenn er mich vom Englischkurs abholt.

Wie ein Gauner lege ich mir dann schon während der Fahrt den Briefkastenschlüssel griffbereit in die Handtasche, um nach der Einfahrt auf dem Grundstück sofort zum Kasten zu eilen, während Mike aussteigt, die Sachen aus dem Auto nimmt und sich in Richtung Eingangstür bewegt. Ich lasse dann zügig die gesamte Post in meine Handtasche fallen, klappe den Kasten zu und schließe die Toreinfahrt. Auf den wenigen Metern bis zum Hauseingang verschaffe ich mir schnell einen Überblick über die Post und kann die mir zugedachten DDR-Fahnen zurückhalten.

Auch die Samstage sind risikoreich, denn Mike geht als Erster vor die Tür, um frische Brötchen zu holen. Bevor er sich ins Auto setzt, wirft er regelmäßig einen Blick in den Briefkasten. Steht die Monatskarte noch aus, muss ich mir etwas einfallen lassen, um ihm zuvorzukommen. Eine Möglichkeit ist der Mülleimer, mit dem ich unverdächtig zur Tonne schlendern kann, um dabei zufällig am Briefkasten vorbeizukommen.

Tatsächlich ist diese klägliche Finte nicht ein einziges Mal nötig gewesen. Aber es ist kein rechtes Glück, immer wieder um ein Geständnis herumzukommen. Meine Lage bedrückt mich mehr und mehr und manchmal wünsche ich beinahe, Mike würde endlich einmal eine Karte in die Hand fallen.

Doch das ist eben das Dilemma. Was wird passieren? Wie würde er mich sehen? Er weiß natürlich, wo meine Vergangenheit stattgefunden hat und dass ich keine Kommunistin gewesen war. Er ist interessiert daran, wie unser Leben hinter der Mauer war, und vieles habe ich erzählt von der Enge, von den Zwängen, von unfreiwillig komischen Ereignissen, von unserer Lebensfreude – trotz allem.

Aber gerade deshalb ist eine Enthüllung umso schwieriger. Werde ich in seinen Augen eine verachtenswerte Opportunistin sein oder wird es genügen, meine Verfehlung mit dem Leben in der Diktatur zu erklären?

Immer wenn wieder ein IM enttarnt wird und die Medien darüber berichten, erstarre ich. Jedes Mal frage ich mich, ob das nicht ein Zeichen für mich ist, ebenfalls mit der Wahrheit herauszurücken. Und jedes Mal schweige ich.

Mike kommentiert Meldungen dieser Art ziemlich deutlich mit Worten wie: „Was auch immer diese Leute damals bewogen hat, sich mit dem System gemein zu machen, kann ich nicht beurteilen. Aber dass sie jetzt ein öffentliches Amt bekleiden, geht natürlich nicht. Die müssen schon die Verantwortung für ihre Vergangenheit übernehmen."

Es gibt nichts, was ich darauf zu erwidern hätte.

Der Druck wird stärker und ich fühle, dass ich ihm nicht mehr lange standhalten werde. Wieder und wieder überlege ich, was genau mich bewogen hat, eine Verpflichtungserklärung bei der Staatssicherheit zu unterschreiben und regelmäßig über meine Mitmenschen zu berichten. Wird Mike verstehen, was ich mir selbst nur mühsam erklären kann?

Denn es gab eben nicht den einen Grund für diese folgenschwere Entscheidung, sondern ein Quantum Erfahrungen, Erlebnisse und Erwartungen.

✳ ✳ ✳

Nicht unbedeutend war sein Beitrag:

Paul fiel mir schon wegen seiner blonden Locken auf, die er bis leicht über die Schultern trug. Er war ein drahtiger Typ, der ständig in Bewegung sein musste. Wenn er in der Kristallbar erschien, ließ er sich meist nur für ein paar Minuten oder eine Zigarettenlänge in einen Sessel am Tresen fallen, unterhielt sich kurz mit einigen anderen Gästen, die ihrerseits täglich mehrere Stunden hier saßen, um ihre Geschäfte abzuwickeln, und verschwand wieder. Er gefiel mir. Seine vermeintliche Unabhängigkeit und das lässige Auftreten faszinierten mich. Mich schien er allerdings nicht zu bemerken.

Er stand in irgendeinem Zusammenhang mit einer Gruppe ganz besonderer Stammgäste. Sie kamen meist schon am Vormittag, wenn der normale Werktätige an seinem Arbeitsplatz war, bestellten Kaffee oder Cola, standen manchmal gleich wieder auf, um dann für eine Weile zu verschwinden, tauchten wieder auf und gingen wieder, rannten hinab ins Parkhaus und Minuten später wieder herauf. Ich fragte mich, warum sie sich so sonderbar verhielten und was der Grund für die Unrast war.

Ein Kollege, der über diese Leute nicht erfreut war, klärte mich auf: „Weißt du", sagte er, „die gehen keiner geregelten Arbeit nach, sonst könnten sie ja nicht um diese Uhrzeit schon hier sitzen und uns auf die Nerven gehen. Die machen irgendwelche Geschäfte, rennen mit ihren Kunden rein und raus, um zu verhandeln, bestellen alle Stunde mal ein Getränk und rauchen den Aschenbecher voll."

Nach und nach kam ich dahinter, dass hier der Handel mit knappen Gütern im Allgemeinen das Geschäftsmodell war. Und davon hatten wir ja reichlich. Wieder entdeckte ich Neues und Faszinierendes in meinem jungen Leben. Das war es also, was mein Vater mit dem Spruch „Und ist der Handel noch so klein, bringt er mehr als Arbeit ein" gemeint hatte.

Man musste offenbar nur schlau und frech genug sein, um aus Angebot und Nachfrage im Halblegalen ein einträgliches Geschäft zu machen.

Über den imaginären Ladentisch ging alles, was gebraucht wurde und schwer zu bekommen war: Winterreifen, Werkzeug, Schmuck, Autos und Westgeld, mit dem die Waren entweder zur Hälfte oder zu einem Kurs von eins zu zehn bezahlt wurden. Vermittelt wurde auf Provisionsbasis und alle hatten etwas von einem gelungenen Geschäft.

Bald kannte ich mich in der Hierarchie unserer Geschäftemacher aus. Da war Zoran, ein gut aussehender Jugoslawe um die dreißig, der den Chef machte. Aufgrund seiner Nationalität konnte er sich frei zwischen Ost- und Westberlin bewegen, was ihm gewerblich einen enormen Vorteil einräumte. Es verging kein Tag an der Bar ohne ihn.

Seine rechte Hand war Mille, ein schnauzbärtiger Berliner und Kettenraucher. Kam jemand, der sich nach Zoran erkundigte, konnte Mille Auskunft geben. Neben dieser Kernzelle lief noch eine Menge Personal herum, das ab und an einen Deal für sich klarmachen wollte und sich zu „Geschäftsbesprechungen" in der Bar einfand. Zu diesem dubiosen Kreis zählte auch Paul, der mich schon wegen seiner auffallenden Erscheinung zunehmend interessierte.

Jedes Mal, wenn er erschien und unkalkulierbar schnell wieder fort war, malte meine Fantasie ein zunehmend strahlendes Bild von ihm. So wurde er zum umherziehenden, verwegenen Vagabunden oder zum einsamen Wolf, der ruhelos durch die Wälder streift. Freiheitsliebend, immer auf der Suche nach der nächsten Herausforderung.

Wie recht ich hatte.

Als ich noch darüber nachdachte, wie ich ihm trotz und gerade des von mir angedichteten Images näherkommen könnte, begegneten wir uns an einem meiner freien Abende in einer Diskothek. Ich war hocherfreut, ihn dort zu sehen, und steuerte spontan auf ihn zu. Paul wirkte leicht nervös, sah sich kurz um, musterte mich dann aber recht ausführlich mit dem überlegenen Lächeln eines Jägers, der seiner nächsten Beute gegenübersteht. Er eröffnete das Gespräch mit dem originellen Satz: „Hallo, kennen wir uns nicht, ach ja, aus der Kristallbar", und: „Du siehst ganz anders aus in Zivil", und (logisch): „Viel besser". Ich war begeistert und wäre es wohl auch gewesen, wenn er noch größeren Blödsinn erzählt hätte, als er anscheinend ohne das Bedürfnis, die Dinge kompliziert werden zu lassen, zur Sache kam: „Ich lasse mich morgen mal sehen", grinste und entschwand. Ich war perplex und ungläubig, ob ich das eben wirklich erlebt hatte. Überaus gespannt erwartete ich den kommenden Tag.

Der Arbeitstag schlich vor sich hin und ich musste mich wegen meiner unruhigen Erwartungshaltung zusammenreißen, die Gäste nicht als zunehmende Belästigung anzusehen. Erst am frühen Nachmittag, als sich meine Schicht allmählich ihrem Ende näherte, erschien Paul wie immer fröhlich und hektisch, sagte ein kurzes „Hallo" zu seinen Bekannten, die auch heute wieder ihr „Tresenbüro" betrieben, und nahm ganz gegen seine Gewohnheit an einem der Tische Platz. Ich brachte ihm seine Bestellung und mehr oder weniger verlegen (ich mehr – er weniger) brachten wir eine Verabredung zustande.

Unser erstes Treffen war weder ein Abenteuer noch romantisch. Meine Unerfahrenheit war der Hektik seines Überfalls nicht gewachsen. Der von mir sehnsuchtsvoll erwartete Paul befriedigte seine Bedürfnisse im Eilzugtempo und es war ihm offenbar völlig schnuppe, wie die Sache für mich lief. Das Einzige, was ihn ernsthaft beschäftigte, war die Tatsache, dass er Männerstrumpfhosen trug und ich annehmen könnte, er hätte seltsame Neigungen. Das Kleidungsstück erklärte er dann mit dem Umstand, dass er bei der gerade herrschenden Kälte aufs Land gefahren war, um sich ein Grundstück anzusehen, das er vielleicht kaufen würde. Überhaupt schien das ein Thema zu sein, das ihn sehr beschäftigte und im Augenblick seine Energie bündelte. Ich erlebte ihn ein seltenes Mal konzentriert und nachdenklich.

Natürlich gab ich nach dem verpatzten ersten Akt nicht auf. Im Gegenteil, nun hatte ich eine Aufgabe, auf die ich mich stürzen konnte. Alles wollte ich so gestalten, dass es ihm bei mir gefiel und er so oft wie möglich in meiner Nähe sein würde. Und natürlich war ich davon überzeugt, ihn ganz allmählich umkrempeln und nach meinen Wünschen erziehen zu können.

Doch Paul kam und ging weiterhin, wie und wann er wollte, und hielt mich mit diesem unsteten Verhalten ständig in Atem. Ich traute mich oftmals nicht, aus dem Haus zu gehen, um nicht sein Kommen zu verpassen. Nach dem Spätdienst im Spreehotel stieg die Anspannung in mir immer höher, ob wohl sein Auto vor meinem Wohnhaus stünde. Schon bald hatte ich ihm meine Schlüssel gegeben, um bloß kein Hindernis zu übersehen. Paul lebte sein Leben, wie es so für die DDR-Bürger von der Obrigkeit eher nicht vorgesehen war. Offiziell arbeitete er als Angestellter in dem Familienbetrieb seines besten Kumpels, der einer der immer weniger werdenden Selbstständigen im Lande war. Doch in der Tat bezahlte Paul einen Obolus für diese Gefälligkeit, die ihn dafür freistellte, seinen Geschäften und der Pflege seiner vielfältigen Kontakte bei freier Zeiteinteilung nachzugehen. Dieser Kunstgriff zum beiderseitigen Vorteil war unbedingt nötig, da in der sozialistischen Gesellschaft selbstverständlich alle Menschen Arbeit hatten und auch haben mussten, da sie sonst als asoziale Elemente verfolgt wurden. Das Aushängeschild der Vollbeschäftigung brachte es dann andererseits mit sich, dass eine Oberschule drei Heizer beschäftigte, die im Sommer während der Arbeitszeit Skatturniere veranstalteten.

Paul verdiente sein Geld durch den Mangel in unserer Planwirtschaft. Sein Naturell, völlig unbefangen wildfremde Menschen anzusprechen, half ihm dabei, eine Menge gewinnbringender Kontakte zu knüpfen. Paul war aufgeschlossen und leutselig, man vertraute ihm. Er fühlte sich niemandem gegenüber der Rechenschaft schuldig und musste sich keinem Kollektiv unterordnen.

Mich beeindruckten dieser Lebensstil, seine Möglichkeiten und sein Auftreten. Ich hörte ihm aufmerksam zu, wenn er aus seinem Leben und von seinen Erlebnissen erzählte. Dabei saß ich dann zumeist auf dem Beifahrersitz seiner wechselnden Autos und leistete ihm Gesellschaft, wenn er sich auf den Weg zu mehr oder weniger vertrauenerweckenden Geschäftsfreunden machte.

Für mich hatte er die Rolle der ihn bewundernden Begleitperson vorgesehen. So lernte ich als Erstes, dass ich bei derartigen Zusammenkünften den Mund zu halten hatte. Es gefiel ihm, wenn seine Gesprächspartner ihn wegen meiner Jugend und meines Äußeren beneideten. Und ich war richtiggehend stolz darauf, als ich es bemerkte. Sogar wenn ich oft stundenlang nur im Auto warten durfte, redete ich mir ein, dass ich mich allein schon wegen des Mitgenommenwerdens glücklich schätzen konnte. Es wäre mir niemals in den Sinn gekommen, ihm deswegen Vorhaltungen zu machen.

Einen Höhepunkt bedeutete es für mich, wenn ich ihn in eine der wenigen uns westlich anmutenden und deshalb angesagten Diskotheken begleiten durfte. Der Türsteher kannte Paul natürlich und ich fühlte mich königlich, als wir an der Warteschlange vorbeirauschten. Diese Bar hatte zwar einen zweifelhaften Ruf als von der Stasi verseucht, aber was kümmerte mich das. Der Besitzer hatte die Einrichtung aus dem

Westen beschafft, die gläserne Tanzfläche war verschiedenfarbig beleuchtet, die Sitzecken aus Leder und die dezente Beleuchtung spendenden Lampen waren gläserne Mädchenfiguren, die eine Kugel in der Hand hielten. Der einzige Nachteil war, dass Paul nirgendwo zu seinem Vergnügen hinging. Er kam auch hierher eigentlich nur, um Leute zu treffen, mit denen er das nächste Geschäft machen konnte. Er setzte mich auf einem Barhocker ab, bestellte mir einen Cocktail und ward erst mal nicht mehr gesehen. Sollte ich aber auf die Idee kommen, mit anderen zu tanzen, konnte es ein ganz schwieriger Abend werden. Das hatte ich inzwischen auch schon begriffen. Also hörte ich der Musik zu, sah mir die Leute an, trank und wartete. Naiv und sehr schick.

✳ ✳ ✳

Gerry und ich arbeiteten nun schon einige Zeit zusammen und immer mehr hatte ich das Bedürfnis, auch außerhalb der Arbeit etwas mit ihm zu unternehmen. Meine Gefühle waren rein freundschaftlich und bezogen auch Gerrys Freundin Sonja ein, die ich inzwischen ein paar Mal kurz gesehen hatte. Sie hatte die gleiche Frische wie er und dazu Charme und eine warmherzige Ausstrahlung.

In meiner Fantasie sah ich uns sogar schon zu viert unterwegs, ausgehen, Spaß haben: Gerry und Sonja, Paul und mich. Unkompliziert und fröhlich sollte es sein. Also legte ich los und traf mit Gerry eine Verabredung für uns alle. Zuerst ins Restaurant und danach weiterziehen, wir würden vor Ort entscheiden, wo wir vielleicht noch tanzen gehen könnten. Ich war ausgelassen und voller Vorfreude.

Nur Paul war nicht begeistert. Sogar das Gegenteil war der Fall. „Was willste denn mit denen?", war seine Frage. Ich verstand ihn nicht.

„Ja, was schon, ein bisschen unterhalten und so ..."

„Worüber denn?" Verunsichert durch diese unerwartete Reaktion, stammelte ich herum. „Die beiden sind sehr nett. Du musst sie einfach mal näher kennenlernen."

„Wozu?", fragte Paul. Vollständig perplex antwortete ich: „Wir könnten doch mit ihnen befreundet sein, wir haben doch noch gar keine gemeinsamen Freunde."

„Ich brauche auch keine weiteren Freunde." Und als ich ihn entgeistert anstarrte, setzte er nach: „Ich brauche sowieso niemanden." Basta. Das war sein Ernst, ja, ganz sicher. Ich schwieg und schluckte. Das muss ich ändern, das wird schon, wirbelten die Gedanken durch meinen Kopf. Trotzig vermeldete ich dann: „Aber wir haben uns schon verabredet und es wäre sehr schön, wenn du mitkämst." Paul sagte lange nichts und sah mit genervtem Gesichtsausdruck an mir vorbei. Ich schwieg ebenfalls und spürte, wie das dunkle Gefühl der Verzweiflung in ganz kleiner Dosis in mir hochkam. Was war er für ein Mensch? Ich liebte ihn und musste ihm klarmachen, wie schön es sein könnte mit guten Freunden. Denn er hatte so gut wie keine. Alle Leute, die er mir bisher vorgestellt hatte, waren eher so etwas wie Geschäftspartner. Wenn er sie traf, so immer zu einem bestimmten Zweck.

Nun hatte er allerdings in mir auch eine hartnäckige Partnerin erwischt. So schnell gab ich nicht auf. Und tatsächlich, nach längerer intensiver Bearbeitung trug ich einen kleinen Sieg davon. Wir würden uns also mit Gerry und Sonja treffen. Doch es war, wie sich herausstellte, kein wirklicher Erfolg.

Als der Abend gekommen war, stand ich pünktlich um sieben Uhr vor dem Restaurant, in dem ich für uns vier reserviert hatte. Ich war die Erste, so war es fast immer. Paul hatte noch etwas zu besorgen, wie er es ausdrückte, und wollte unabhängig von mir erscheinen. Kurz nach mir trafen auch Gerry und Sonja ein. Sie waren bester Laune und in fröhlicher Erwartung auf einen netten Abend. Da Paul noch auf sich warten ließ, gingen wir zu dritt schon mal rein und nahmen an unserem Tisch Platz. Das Restaurant befand sich im Prenzlauer Berg in einer Straße, die man eigens zur 750-Jahr-Feier von Berlin nach Gründerzeitvorbild rekonstruiert hatte. In dieser Häuserzeile wurden im Zuge der Sanierung auch alte Handwerksbetriebe wieder eröffnet und kleine Geschäfte eingerichtet, die mit ihrer Ausgestaltung zum musealen Bild der Umgebung passten. Wir fanden das Ergebnis zwar hübsch anzusehen, aber skurril. Denn schon eine Straße weiter standen die üblichen heruntergekommenen Altbauten, aus deren Dächern dünne Birken wuchsen.

Und wirklich zeigte sich wenige Monate später ein trauriges Bild: Durch die Verarbeitung minderwertigen Materials waren Gefahrenquellen an den Fassaden entstanden. Um einen möglichen Abbruch abzufangen, wurden unter den Balkonen verstärkende Bretterverschläge angebracht, die durch Holzstützen gehalten wurden, die bis auf die Fußwege reichten und dort verankert waren.

Das Restaurant imitierte den Stil des alten Berlin. Die Dekoration glich einem Trödelmarkt und auf der Speisekarte standen Berliner Kartoffelsuppe, Berliner Eisbein, Sülze, Buletten und Schmalzbrot. Als wir das Angebot ausführlich genug begutachtet hatten, erschien der Kellner, um die Bestellung aufzunehmen. Noch nicht erschienen war Paul. Diese kleine Peinlichkeit lächelten und plauderten wir aber vorerst weg. Ein paar Biere und Zigaretten halfen uns dabei. Dabei merkte ich, wie faszinierend es war, Sonja beim Rauchen zuzusehen. Nie wieder habe ich jemanden so vornehm und elegant, und das völlig unbeabsichtigt, die Zigarette halten und daran ziehen sehen.

Während sie so schön rauchte und von ihrer neuen Wohnung erzählte, wurde ich beinahe ein bisschen neidisch auf die Harmonie der beiden. Sie hatten gemeinsame Vorstellungen von der Zukunft, sahen sich glücklich an beim Pläneschmieden. Und ich wartete wieder mal auf Paul und bekam langsam Hunger. Da es nicht nur mir so ging, bestellten wir schon mal.

Und dann schneite er herein. Eine Stunde später als verabredet, ganz aufgelöst, wie immer. Paul faselte nachlässig eine Entschuldigung, lächelte abgehetzt in die Runde und zündete sich erst mal eine Zigarette an. Unsere lebhafte Stimmung fror etwas ein und wurde durch das Essen, das kurz danach serviert wurde, in eine andere Richtung gelenkt. Paul bestellte nur etwas zu trinken. Er hätte keinen Hunger, sagte er zu meiner erneuten Verblüffung. Also saß er abwartend da und sah uns mehr oder weniger gelangweilt beim Essen zu. Gerry versuchte, die Unterhaltung wieder aufzunehmen, und sprach von seinem Surfbrett und dass er es demnächst ausprobieren wolle. Da Paul völlig unsportlich war, ging dieser nette Versuch allerdings ins Leere. Gerry probierte es weiter mit dem universellen Thema Urlaub. Aber auch hier stockte es bald, da Paul behauptete, dafür hätte er gar keine Zeit. Also erzählte ich den anderen, wie mir mein Essen schmeckte. Dies war wieder nur Gesprächsstoff für drei von uns. Paul rutschte unruhig auf seinem Stuhl hin und her. Er müsse noch mal weg, ob uns das stören würde. Ich konnte es kaum fassen. „Wohin denn?", fragte ich. „Nicht weit, noch was erledigen", war die spärliche Auskunft.

Dies also war das Finale meiner Bemühungen, eine Freundschaft zu viert aufzubauen. Paul war bereits aufgestanden und aus seinen Blicken las ich, dass er nicht scharf darauf war, dass ich mit ihm kam. Er küsste mich flüchtig auf die Stirn und schüttelte den beiden für sein kurzes Auftreten etwas zu herzlich die Hände. Das war vermutlich ein echter Gefühlsausdruck, da er es geschafft hatte, nach zwanzig Minuten wieder seiner Wege zu gehen.

Gerry, der die Situation wohl am klarsten überblickte, fand für Pauls Benehmen verständnisvolle und für mich anschließend aufmunternde Worte. Sonja ergänzte seine Strategie, indem sie schon mal Vorschläge für den späteren Abend machte. „Sei nicht traurig, das klappt bestimmt beim nächsten Mal", hörte ich Gerry sagen, der es wohl genauso wenig glaubte wie ich.

Ich jedenfalls hatte Freunde gefunden.

✳ ✳ ✳

Die Kristallbar war nicht nur durch ihre exklusive Atmosphäre ein Gewinn. Der häufige Wechsel der Gäste, verbunden mit Einsatzfreude und Geschwindigkeit, machte eine Goldgrube daraus.

Für Brot und Butter genügte die einheimische Währung. Einen weitaus größeren Reiz übte jedoch die D-Mark auf uns aus, die allerdings offiziell unerreichbar war, da das Regime sie brauchte, um das Land am Leben zu erhalten. Deshalb gab es die strikte Anweisung, alles an frei konvertierbarer Währung abzugeben. Französische Francs oder niederländische Gulden, österreichische Schillinge oder Schweizer Franken, alles wurde gern entgegengenommen. Zu diesem Zweck stand uns eine Umrechnungstabelle zur Verfügung, laut der davon ausgegangen wurde, dass die DDR-Mark mit der D-Mark gleichwertig war. In einem zweiten Schritt wurde dann zum offiziellen D-Mark-Wechselkurs umgerechnet und anschließend in DDR-Mark herausgegeben.

Hinzu kam, dass dem Gast eine doppelseitige Rechnung auf eigens von der Staatsbank zur Verfügung gestellten Rechnungsblöcken ausgestellt werden musste. Die Blöcke an sich sowie ihre Seiten waren durchnummeriert und wurden von der gastronomischen Leitung an die einzelnen Restaurants und Bars gegen Unterschrift ausgegeben. Es wurde peinlich genau Buch darüber geführt, wie viele der Blöcke wo in Gebrauch waren. Der Gast bekam das Original dieser Rechnung und die Bar behielt den Durchschlag. Selbstverständlich musste auch das sogenannte Valuta-Trinkgeld abgegeben werden. Den Gegenwert dafür bekamen wir einen Monat später in Form von Forum-Schecks ausgehändigt.

Diese künstliche Binnenwährung wurde eigens für uns DDR-Bürger eingeführt, um auf diese Weise an die echte D-Mark heranzukommen. Folgerichtig war der Besitz von Devisen seit 1979 per Gesetz für den Ossi verboten. Mit unseren bei der Bank eins zu eins umgetauschten Forum-Schecks sollten wir dann Umsatz im Intershop machen. Dort bekam man Waren aus dem Westen, die allerdings auch vielfach im Osten hergestellt wurden. Es war nach Einführung der Forum-Schecks tatsächlich kaum möglich, direkt mit der D-Mark in den Intershop zu spazieren und eine Tafel Schokolade zu kaufen. Man wurde unverblümt nach dem Pass gefragt, den man nicht besaß, sodass man peinlich berührt wie ein Trottel den Laden wieder verlassen musste. Wollte man wirklich gute Ware fürs gute Geld haben, setzte man eher auf Bekannte und Verwandte, die das Begehrte aus Westberlin oder von weiter her mitbrachten.

Die Geilheit auf die D-Mark dokumentierte der Staat besonders eindrucksvoll, indem er seine Bürger sogar um das Kleingeld betrog. Forum-Schecks gab es nicht kleiner als in 50-Pfennig-Scheinen. War der Wechselgeldbetrag geringer, wurden Schokoladentäfelchen oder Lutscher herausgegeben. Nun schon einmal wie unmündige Kinder behandelt, nannten viele die Schecks aus diesem Grunde und auch wegen ihrer geringen Größe abfällig „Spielgeld".

In der Praxis setzten sich allerdings einige Alternativformen zur staatlich angewiesenen Zahlungsabwicklung durch. Meine erste Zuwiderhandlung ist mir noch so gut in Erinnerung geblieben wie das Rauchen der ersten Zigarette hinten im Garten meiner Eltern. Denn bei beidem war mir sehr schwindlig geworden.

Es waren drei Franzosen, die Cognac bestellten. Ich brachte ihnen das Gewünschte. Scheinbar hatten sie es eilig, prosteten sich nur kurz zu, als hätten sie auf irgendeinen Erfolg anzustoßen, dann rief einer: „L'addition s'il vous plait!" Kurz darauf brachte ich den Zahlteller, auf dem eine Stoffserviette mit der Rechnung lag, und ging wieder. Einer der Männer schob etwas in die Serviette, dann standen die drei schnell auf und verschwanden. Als ich den Tisch abräumte und den Zahlteller anhob, traute ich meinen Augen nicht. Es lag ein wunderschöner brauner Fünfzig-D-Mark-Schein darin. Einen Moment betrachtete ich versonnen das Männerporträt darauf, dann schlug ich die Serviette ruckartig darüber. Ich hatte mich entschieden. Dieses Geld würde ich persönlich eins zu eins umtauschen.

Ein weiteres Erlebnis mit der D-Mark folgte ein paar Wochen später. Wieder einmal setzten sich drei ältere Herren an einen Tisch und bestellten Magenbitter. Ich annoncierte die Bestellung und legte den Bon auf den Tresen. Der Barmann stellte mir drei kleine Flaschen auf mein Tablett und dazu drei Gläser in winziger Tulpenform. Am Tisch angekommen stellte ich zuerst die Gläser auf den Tisch. Dann nahm ich jedes Fläschchen einzeln, öffnete es und schenkte den Inhalt in die Gläser ein. Ich wünschte „Wohl bekomm's", denn es handelte sich ja um so etwas wie Medizin, und ging. Etwas später verlangte einer der Herren die Rechnung. Ich brachte sie und wandte mich zum Gehen. „Nein, nein, bleiben Sie ruhig hier", sagte er und hielt mir einen blauen Geldschein entgegen. „Wissen Sie", sagte er ernst und hielt den Schein in die Höhe, „ich bin selbst einer aus der Familie von denen hier." Er hielt mir das Fläschchen unter die Nase, damit ich den Namen auf dem

Etikett noch mal durchlesen konnte. „Sie haben das eben so schön gemacht", sprach er weiter, „deshalb bekommen Sie das hier", und hielt mir den Hunderter hin, der gewissermaßen ein Tausender war. Ich war wie vom Donner gerührt. „Ach nein, das ist doch viel zu viel", stammelte ich unter Hochspannung. Während ich noch nicht ganz sicher war, ob ich hier veräppelt wurde oder der alte Herr sich schlicht vergriffen hatte, hoffte ich vor allem, dass noch niemand zugesehen hatte, was sich hier abspielte, denn dann wäre er verloren für mich, der schöne Schein. Doch auch das ging gut und schmeckte nach mehr.

Traurige Realität war es in den späten Siebzigern, wie wichtig es wurde, West- oder „Spielgeld" zu besitzen, um überhaupt noch an bestimmte Dienstleistungen oder Materialien zu kommen. Eigentlich gar nicht lustig, aber realitätsnah kursierte ein Handwerkerspruch: „*Forum* handelt es sich?" oder „*Westhalb* kommen Sie?". Ob es sich um Kfz-Reparatur- oder Haushandwerkerleistungen handelte, es waren eindeutig die Mitbürger benachteiligt, die nicht wenigstens ein Drittel oder die Hälfte in Westgeld bezahlen konnten.

Folgerichtig hatten sich die Machthaber hinterhältige Methoden einfallen lassen, um den Untertan nicht an die D-Mark kommen zu lassen. Eine Erfahrung, die auch ich machen musste, als die Gier meine Wachsamkeit überrumpelte.

Es war Vormittag und ich hatte kaum Gäste. Ein großer blonder Mittdreißiger im hellen Anzug bestellte schon im saloppen Hereinkommen einen Campari-Orange. Er sah weder nach Geschäftsmann noch nach Tourist aus und ich wunderte mich schon, dass jemand so früh am Tag und mitten in der Woche auf einen Campari hereinkam. Ich servierte ihm den Drink und er hielt sich eine ganze Weile daran auf. Doch genauso plötzlich, wie er hereingekommen war, brach er wieder auf und gab mir schon im Stehen das Geld. „14,40 bitte", sagte ich freundlich und nahm 20 D-Mark entgegen, die er schon in der Hand bereitgehalten hatte. „Danke", sagte er, lächelte und ging weiter. Ich bedankte mich und sah mich um. Er war schon über alle Berge. Ich drehte den Schein ein paar Mal in der Hand und überlegte, was ich nun damit anfing.

Quittung ausstellen oder nicht, war hier die Frage. Allein aus Sicherheitsgründen und wegen der Plausibilität behielt ich immer nur so viel, dass es insgesamt nicht auffiel, und sah mir die Leute genau an, die mit Westgeld bezahlten. Doch in diesem Fall unterlag ich einer folgenschweren Fehleinschätzung, wie sich bald herausstellen sollte.

Zwei Tage später sprach mich der Barchef an: „Jana, Sie hatten eine Valuta-Kontrolle." Ich erschrak und versuchte mich zusammenzureißen „Aha, na war doch alles in Ordnung. oder?"

„Nein, leider nicht", war seine deprimierende Antwort.

Jetzt hieß es erst mal, sich doof stellen. „Wer soll denn das gewesen und um wie viel geht´s?"

„20 Mark, Campari-Orange."

Nein, das durfte nicht wahr sein, dachte ich, als ich mich sofort an den blonden Kerl erinnerte, der mich also reingelegt hatte. Drückt mir das Geld in die Hand und haut ab, so ein Penner. Aber so kampflos gab ich nicht auf.

„Ach ja", fange ich mein Märchen an: „Weiß ich genau. Campari-Orange." Und ich erzählte den Ablauf aus meiner Sicht mit einem abgewandelten Schluss: „... und dann drückte er mir 20 Mark in die Hand, aber DDR-Mark, das weiß ich ganz sicher. Ein grüner Schein. So wie der Westzwanziger."

Ich holte tief Luft für die nächste Unverfrorenheit: „Na, das ist ja toll, da hat er sich wegen der Ähnlichkeit der Scheine wahrscheinlich vergriffen. Oder er wollte den Zwanziger für sich und lässt mich jetzt die Dumme sein. Kann doch ein einzelner ohne Zeugen alles machen ..." Ich sprudelte noch eine Weile weiter und mein Chef sah mich mitleidig an.

„Morgen ist eine Aussprache bei der gastronomischen Direktorin. Da werden wir das klären. Bleiben Sie nur ganz ruhig jetzt, wenn Sie sich nichts vorzuwerfen haben."

Natürlich hatte ich mir etwas vorzuwerfen (vor allem, diesem Typen auf den Leim gegangen zu sein) und wenn ich hier nachgab, konnte ich eine ganze Menge Ärger bekommen. Also hieß es: leugnen, leugnen, leugnen.

Mit Pauls moralischer Unterstützung ging ich am kommenden Tag zur Aussprache.

Der Raum war dank der Anwesenheit der Direktorin angenehm kühl, für Hitze sorgte schon mein Pulsschlag. Außerdem zugegen waren der Barchef und zwei meiner Kollegen. Die vielen Beteiligten sollten für ein Höchstmaß an Einschüchterung sorgen, was allerdings scheiterte, da wir in diesen Dingen eher eine verschworene Gemeinschaft waren.

Die Chefin trug den Fall vor und ich wurde aufgefordert, etwas dazu zu sagen. Mit größtmöglicher Unschuldsmiene trug ich die Version vor, die auch mein Chef schon gehört hatte, der freundlicherweise dazu nickte, als könne er es bestätigen. Dann fragte die Direktorin die beiden anderen Kollegen, ob sie sich vorstellen könnten, dass ich das Westgeld genommen hätte. Beide versicherten ihr, dass sie mir so etwas niemals zutrauen würden.

Schließlich erhielt ich die Auflage, eine selbstkritische Stellungnahme zu verfassen. Ich schrieb genau auf, was ich schon zweimal erzählt hatte, und bekam dafür ein halbes Jahr – ein halbes Jahr Versetzung in das Hotelrestaurant. Es hätte schlimmer kommen können.

Ein persönliches Anliegen war es mir anschließend, eine ausführliche Personenbeschreibung des Kontrolleurs an die vielen Kollegen weiterzugeben, die sie brauchen konnten.

✳ ✳ ✳

Unser Gästekreis war vielfältig.

Es kamen Leute, die das Besondere suchten und vielleicht auch ein bisschen besonders waren. Jedenfalls ließen sie sich nicht einschüchtern durch die Glitzerwelt inmitten der Eintönigkeit. Es gab Lehrer darunter, Buchhalter, Leute aus dem Kunst- und Kulturbetrieb, Geschäftsleute, Büroangestellte und Wissenschaftler.

Ich erinnere mich an einige Schauspieler, Sänger und Regisseure. Einer unserer Spitzendramaturgen kam hin und wieder auf einen Whisky bei einer guten Zigarre, oft in Begleitung junger Damen, wahrscheinlich Studentinnen seines Fachs, die an diesem Abend noch etwas lernen wollten.

Zu unseren Gästen zählten auch eine Menge alleinstehender Damen jeden Alters. Einige von ihnen kamen regelmäßig und konnten geduldig bei einem Tee über Stunden ausharren, bis sich ein geeigneter Gesprächs- und nicht selten auch Geschäftspartner gefunden hatte.

In der Frühzeit des Faxgerätes bereiteten uns einige Westberliner Händler durch ihr eigenartiges Benehmen viel Unterhaltung. Sie nahmen Platz und gaben uns mit ihrer Bestellung gleichzeitig Bescheid, dass sie ein eiliges Telefax erwarteten. In diesem Fall würde die Telefonistin ihnen ein Zeichen geben. Zu diesem Zweck hatten sie sich einen Tisch ausgesucht, von dem aus sie die Telefonzentrale gegenüber der Rezeption gut im Auge behalten konnten.

In der Wartezeit wurden stapelweise Unterlagen auf dem Tisch ausgebreitet und bei langem Palaver vom einen zum anderen geschoben. Kam von drüben das vereinbarte Zeichen, sprang einer der Männer auf und raste los, als ob sein weiteres Leben vom Eintreffen des Faxes abhinge oder sich das Fax nach wenigen Sekunden in Luft auflöste.

Wobei etwas dran war an dieser Annahme, denn in den folgenden Wochen konnten wir live miterleben, dass das

Nichteintreffen der Nachrichten einen sichtbaren wirtschaftlichen Niedergang für die Truppe bedeutete. Hierfür genügte schon ein Blick aufs Trinkgeld.

Das Mobiltelefon befand sich zu dieser Zeit noch im Schoß der Evolution. Im Nachhinein will ich mir gar nicht vorstellen, wie es wohl geklungen hätte, wenn alle unsere Gäste, die hier quasi ihre Geschäftsräume hatten, parallel mit dem Handy telefoniert und SMS empfangen hätten.

Eine tägliche Konstante waren Diplomaten oder Angestellte der Vertretungen aus dem arabischen Raum. Ausnahmslos Männer, in jedem Alter, kamen und gingen, hielten sich kurz oder länger in der Bar auf, wechselten die Gesprächspartner, spielten mit ihren Gebetsketten und rauchten viel. Im Gegensatz zu den Barmännern, die an ihren Umsatz dachten, störte es mich wenig, wenn ich an einem Tisch innerhalb von drei Stunden zwei Tee und ein Mineralwasser servierte und dazu ungefähr achtzehn Mal den Aschenbecher wechseln musste. Sie waren angenehme, zurückhaltende Gäste, die nichts tranken, was ihnen nicht bekam, und immer großzügig bezahlten. Noch dazu waren sie immer präsent, auch zu den umsatzschwachen Zeiten.

Durch den ständigen Kontakt wurden wir mit einigen allmählich vertraut und wir unterhielten uns ein bisschen, wenn Zeit und Sprachkenntnisse es zuließen. So machte mich ein älterer rundlicher Palästinenser mit den Pistazien bekannt, als er meine neugierigen Blicke auf seinen Tisch sah, wo er aus den Schalen einen kleinen Berg aufgetürmt hatte. Als er mir ein paar anbot, hatte ich keine Ahnung, was ich mit den sonderbaren Nüssen, deren Schale immer einen Spalt offen stand, anfangen sollte. Er erklärte es mir mit Hingabe und brachte mir bei seinem nächsten Besuch eine kleine Tüte davon mit, die ich wie einen Schatz mit nach Hause nahm, um auch Paul damit bekannt zu machen.

Auch das Gewürz Kardamom, mit dem ich nie zuvor in Berührung gekommen war, brachten mir die Wüstensöhne näher. Sie taten die Kapseln in ihren Tee und forderten mich auf, es auch mal zu probieren. Doch ich empfand es nicht unbedingt als Aufwertung des Geschmacks.

Die Plaudereien mit Diplomaten hatten handfeste Vorteile, da sich jene ohne Kontrollen zwischen Ost- und Westberlin frei bewegen konnten. Je nachdem, wie vertraut wir inzwischen miteinander umgingen, gaben wir schon mal Bestellungen auf und ließen uns Tontechnik, Schallplatten oder Erdbeeren im Winter mitbringen.

War solch eine Bestellung aufgegeben, hieß es aber, geduldig abzuwarten. Denn so freundlich und bereitwillig so mancher von den Botschaftsangestellten unsere Wünsche entgegengenommen hatte, so unverbindlich war das Lieferdatum. Insgesamt lebten wir nicht schlecht mit diesen speziellen Gästen und ihren Möglichkeiten, bis in diese Sorglosigkeit plötzlich eine beklemmende Geschichte drang.

Wir nannten ihn Tarek, wie wir es von seinen Begleitern aufgeschnappt hatten. Er war schon älter, hünenhaft, mit grauem Vollbart und dunkelrandiger Brille. Man sagte, er käme aus Syrien. Tarek kam fast täglich und saß immer an einem Tisch, von wo aus er die ganze Bar im Überblick hatte. Er war selten allein. Entweder hatte er Gesellschaft von jungen Männern oder seiner um Jahrzehnte jüngeren Freundin.

Ich hatte ihm in ein paar Monaten wohl schon über hundert Glas Tee serviert, als das Gerücht aufkam, er wäre der Mann, der das Attentat bei den Olympischen Spielen 1972 in München organisiert hätte. Eine ungeheuerliche Anschuldigung, die im Kollegenkreis heftig diskutiert wurde.

Terror, Kriege und Gewalt gab es in meiner Welt nur im Fernsehen oder in der Vergangenheit. Die beiden Weltkriege mit ihren Katastrophen drangen zum ersten Mal in mein Bewusstsein und in meine Fantasie, als mir meine Oma davon erzählte. Doch sie war eine alte Frau und für mich als Kind war das alles ewig her. Es berührte mich zwar, wenn sie von ihrer Trauer um ihre Brüder oder den Ängsten bei den Bombenangriffen erzählte. Doch das blieben Dinge der Vergangenheit, die fern waren.

Als Kind hatte ich vom Terror der RAF in der Bundesrepublik mit Entführungen und Morden gehört. In den Nachrichtensendungen sah ich die Toten auf der Straße neben den zerstörten Autos liegen. Ich sah die Betroffenheit der Politiker, hörte die Diskussionen um erhöhte Sicherheitsvorkehrungen und die Berichterstattung über die Ermittlungen. Aber dies passierte auf dem Bildschirm und in dem Deutschland, das für uns unerreichbar war.

Aber dies hier war greifbar und lebendig. Saß hier jemand, der einen terroristischen Überfall organisiert hatte? Hier vor mir, gemütlich im Ledersessel, mit jovialem Gesichtsausdruck, ruhig und freundlich, mit einem Glas Tee und einer Zigarre. Nicht auf dem Bildschirm, nicht nur in meiner Fantasie. Ich musste unbedingt mit Gerry darüber sprechen.

„Wenn das stimmen sollte", sagte ich zu ihm, „dann weiß das doch auch die Polizei. Warum nehmen die ihn nicht fest?"

„Da mach dir mal nicht zu viel Gedanken drüber", war seine Antwort. „Unsere Polizei hat doch kein Interesse daran. Die wollen es sich nicht mit anderen Ländern verscherzen, von denen sie mühsam völkerrechtlich anerkannt worden sind", meinte er, da er sich offenbar schon ausführlicher Gedanken gemacht hatte. Und er fügte noch hinzu: „Hier ist der doch absolut sicher und hat genug Kohle, um sich bei uns ein schönes Leben zu machen. Er darf nur nicht den Fehler machen und rüberfahren." Er lachte abfällig. „Aber muss er ja nicht. Er hat hier seine Mädels und versorgt wird er von den Jungs, die immer um ihn herum sind."

Den so Bezichtigten betrachtete und bediente ich fortan mit Unbehagen. Sollte das Gerücht stimmen, hatte er es sich in der Tat hier gemütlich gemacht. Wie auf der Flucht wirkte er jedenfalls nicht. Im Gegenteil, manchmal wirkte die Szenerie, als würde ein verdienter Kader hier seine Audienzen abhalten. Tarek saß stundenlang bei seinem Tee, ließ die Gebetskette durch die Finger rinnen, während über Stunden immer wieder junge Männer erschienen, sich zu ihm setzten und andächtig seiner Rede zuhörten.

Ich konnte eigentlich nicht glauben, dass sich niemand für diesen Mann interessierte. Hätte hier nicht unsere Kriminalpolizei tätig werden müssen? Waren wir ein Land, das so jemanden unbehelligt ließ? Ich fragte mich, was hier noch alles für Typen herumliefen. Dann kam ich auf die Idee, mich mal genauer umzusehen, wenn Tarek wieder seine Teestunde abhielt. Ich vermutete, dass er von der Stasi beobachtet wurde, da ich mir nicht vorstellen konnte, dass dieser Apparat einen Terroristen jemals ganz aus den Augen lassen würde. Aber was gab es für Gründe, ihn nicht des Landes zu verweisen, sondern seinen Aufenthalt zu dulden und womöglich zu finanzieren? Woher wusste man, dass er nicht wieder Grausames plante? Also wuchs meine Überzeugung, dass er unter ständiger Beobachtung stehen würde. War es in diesem Fall nicht günstig, dass es überhaupt staatliche Überwachung gab? Oder verwechselte ich da etwas? Und wo waren dann die Überwacher? Ich sah mich immer gründlich um, wenn Tarek da war, doch ich konnte nichts Auffälliges feststellen.

Ich erzählte Gerry von meinen Schlussfolgerungen, der aber nur abwinkte. „Die erkennst du doch nicht", sagte er, „könnte jeder sein. Und so dämlich rumstehen wie die Typen an den Straßenecken, wenn irgendwas in der Stadt los ist, werden die hier bestimmt nicht. Wir sind hier von allen Seiten einsehbar. Hier die Fensterfront, drüben die Hotelhalle. Solche Leute benehmen sich unauffällig, wechseln sich ab und so." Ich staunte über seine Ausführungen. Trotzdem war mir die Situation weiterhin nicht geheuer und ich wollte wachsam sein.

Als ich Paul davon erzählte, war der nur mäßig interessiert. „Kümmere dich mal nicht um solche Sachen, das machen schon andere", war sein Rat. Und als ich keine Ruhe gab: „Was willst du denn erreichen? Dass sie auf dich aufmerksam werden, wenn du einen großen Wirbel machst? Verbrenn dir lieber nicht den Mund." Er lächelte etwas herablassend und ergänzte dann um seine Grundüberzeugung: „Glaub mir, es ist das Beste, sich aus Dingen herauszuhalten, die einen nichts angehen."

Heute frage ich mich, inwiefern er zu diesem Zeitpunkt ein Experte war. Damals fragte ich mich, warum es ihn so kalt ließ, welche Leute in unserem Land unbehelligt blieben. Wollte er mich nur schützen?

Mein Widerspruchsgeist und meine Vorsicht mussten sich fortan gegenseitig tolerieren. Ich war offenbar an einem Platz, an dem es nicht immer mit rechten Dingen zuging. Aber es war auch ein sehr attraktiver und einträglicher Platz, zu einträglich vielleicht, um genau hinzusehen und sich selbst Ärger zu machen. Und Paul war inzwischen mein wichtigster Ratgeber. Er war über zehn Jahre älter als ich und kannte sich mit vielen Winkelzügen unseres Lebens aus.

So akzeptierte ich Licht und Schatten und genoss gelegentlich sogar ein bisschen den Nervenkitzel im täglichen Einerlei.

Über zehn Jahre später erfuhr ich durch die Medien, dass wir uns in Tarek nicht geirrt hatten.

✳ ✳ ✳

Das Oderbruch ist eine Landschaft von herber Schönheit. Weit geht der Blick über Äcker und Felder, ab und an von schmalen Landstraßen durchschnitten. Die Feldwege sind gesäumt von Buschwerk und alten Obstbäumen. Ab und an findet man aufgetürmte Hügel aus Feldsteinen, die beim jährlichen Pflügen abgesammelt werden. Geht der Blick über ein weites Feld, liegt manchmal mittendrin in einer Senke eine einsame Insel aus hohen Bäumen mit einem kleinen Teich und dichtem, hohem Gras. Je näher man der Oder kommt, liegen die Dörfer immer weiter voneinander entfernt. Lange kann man auf der einsamen Landstraße fahren, bevor wieder ein Ortseingangsschild erscheint.

Beinahe dreißig Jahre ist es her, dass mir Paul dort voller Stolz sein frisch erworbenes Stück Land zeigte. Zu dieser Zeit verrotteten in den Dörfern die Gotteshäuser und die alten Umfriedungsmauern der Kirchhöfe vor sich hin. Aus den großen Scheunen der verjagten Gutsherren wuchsen Bäume, falls sie nicht schon in sich zusammengefallen waren. Auch die wenigen verbliebenen Gutshäuser verharrten in morbider Starre. Sie waren über die Jahre verschiedenartig als Schulen, Büros der Landwirtschaft, Lagerhallen oder Werkstätten kaputtgenutzt worden.

Es war Frühsommer, als Paul mich einlud, sein Grundstück im Oderbruch zu besichtigen. Ich war sehr gespannt. Er holte mich am Vormittag ab und ich stieg in seinen nagelneuen Mazda, der sich außerordentlich gut machte zwischen all den Wartburgs und Trabis. Als ich im Auto saß, interessierten mich zunächst die leuchtend grünen Anzeigen des Armaturenbretts. Auch den bequemen Sitzen und der eleganten Innenausstattung zollte ich ausreichend Beachtung. Paul gefiel meine Euphorie.

So fuhren wir durch Berlin und verließen die Stadt in Richtung Osten. Es folgten einige typische Vorstadtgemeinden, dann wurde es immer ländlicher. Besonders gezeichnet im Wortsinn war ein Ort, in dem eine Zementfabrik stand. In den

Zweigen der Büsche und Bäume, die die Landstraße säumten, hing weißlich grauer Zementstaub, der nur bei starkem Regen abgewaschen wurde. Die Häuser am Straßenrand trugen eine ähnliche Panade, wodurch sie kränklich und abstoßend aussahen. Die Filteranlagen des Produktionsbetriebs waren nicht in der Lage, die Umwelt vor den Emissionen zu schützen.

Weiter ging es und die Gegend wurde dünner besiedelt. Felder und Waldstücke wechselten sich auf weitem Flachland ab. Das Wetter war noch kühl, aber die Sonne stand schon recht hoch am Himmel und versprach einen warmen Tag. Die Straße war zum größten Teil asphaltiert, nur einige Kilometer erinnerte der Belag mit kleinen Pflastersteinen an vergangene Zeiten und die Strapazen der Reisenden in Pferdekutschen. Unser Weg führte durch einen dichten Wald. Laubbäume säumten die Allee, die schnurgerade vor uns lag.

Wir passierten ein Dorf, dessen große Kirche aus rotem Backstein auf einem Hügel stand und um das Land herum zu wachen schien. Kurz darauf hatten wir unser Ziel erreicht. Der Weg krümmte sich nach ein paar hundert Metern und plötzlich standen wir auf einer Anhöhe mit einem alten Hof, der von zwei Seiten mit alten Gehöften umgeben war und sonst in ziemlicher Abgeschiedenheit lag.

Ich war überwältigt von der Größe des Geländes und sah mich schweigend um, während Paul mir die Dimensionen mit ausholenden Bewegungen näher erklären wollte. Schließlich nahm er meine Hand und wir gingen vom Hof hinab durch einen alten Garten, den ich an den alten Obstgehölzen und den zugewachsenen Beeten noch als solchen erkennen konnte. Das Gelände fiel noch weiter ab und führte über eine bucklige Wiese mit hohem Gras. In einer Senke vor uns lagen mehrere lang gestreckte Teiche, die von alten knorrigen Weiden eingerahmt wurden. In einem befand sich sogar eine winzige Insel, auf der ein paar Büsche standen.

Wir standen am Ufer und sahen über das Wasser. Durch den Sonnenschein ermutigt, flogen einige Insekten über das glitzernde Wasser. Vogelgesang war zu hören und nur ab und an das Geräusch eines vorbeifahrenden Autos auf der Landstraße. Ich dachte nach: Hatte Paul, der so sehr seine Unabhängigkeit liebte und betonte, mich hierher mitgenommen, weil er von einer gemeinsamen Zukunft träumte? Hier an diesem wunderschönen Platz wollte ich keine Sekunde daran zweifeln. Wir waren hier, er und ich, und sonst niemand. Ich genoss den Augenblick.

In meine Überlegungen hinein fragte er: „Gefällt es dir hier?"

„Es ist herrlich", antwortete ich, „so natürlich und so abgeschieden, als wäre man in einer anderen Welt ..." Ich wollte meine Glücksgefühle noch in passende Worte kleiden und die Romantik der Situation unterstreichen, als mich Paul sanft auf den sandigen Boden der Uferzone zog.

„Hier?", fragte ich und sah mich nach allen Seiten um.

„Hier ist doch niemand weit und breit", er wollte sich jetzt nicht aufhalten lassen. Schließlich gab ich nach und fühlte wenig später den rauen Sand und ein paar Grasbüschel auf meiner Haut. Neben mir lagen meine Sachen verteilt. Neben unseren Atemgeräuschen hörte ich nur das Zwitschern der Vögel, die in den Weiden saßen.

Gern wäre ich noch ein wenig an den Teichen geblieben, eins mit der Umgebung und der erfüllenden Situation. Doch Paul wollte weiter. Denn nun ging es an die Besichtigung der Gebäude. Ich war gespannt, welche Pläne Paul damit hatte. „Hier werde ich ein wenig Substanz stehen lassen und dann größer bauen." Wir befanden uns im Wohnhaus. Paul ging herum und sprach von baulichen Details, Materialien, die man brauchen würde, von Maßen und Wandstärke, Dachüberstand ... ich grübelte, wie er das alles bewältigen wollte.

Auch fragte ich mich, was für ein Mensch er wohl war, wenn er dies hier zu seiner Lebensaufgabe machen wollte. Und dass es eine solche war, nahm ich auf jeden Fall an. Hier war es einsam, die große Stadt zwei Autostunden entfernt. Im Ortskern, den man auch nur mit dem Auto schnell erreichen konnte, gab es zwei Gaststätten, einen Konsum, einen Fleischerladen und zwei Bäcker. Wahrscheinlich noch einen Sportverein und die Freiwillige Feuerwehr. Das war es dann aber auch schon. Paul war Mitte dreißig und eher nicht der Typ des intellektuellen Aussteigers. Was trieb ihn an, auf diesem Fleckchen Erde Quartier zu machen? Wollte er es den anderen zeigen? Seht her, ich habe etwas Besonderes, das ihr so schnell nicht nachmachen könnt!

Es war schon sehr schwer, in der DDR besonders zu sein und es auch noch zu zeigen. Das Bedürfnis danach hatten wir natürlich trotzdem. Nicht wenige suchten mühsam nach Möglichkeiten, sich von den anderen abzuheben. Da wir nicht alle zu herausragenden Wissenschaftlern oder Künstlern taugten, wurde versucht, mit Äußerlichkeiten Aufmerksamkeit zu erregen.

Wir brauchten also Dinge, die die anderen nicht hatten. Und diese Dinge waren schwer zu bekommen, sonst hätten die anderen sie ja auch gehabt. Manche versuchten es mit teurem Schmuck, hier konnten Erbstücke zum Einsatz kommen. Andere kauften sich übertheuerte Klamotten und Schuhe und stolzierten damit in den wenigen schicken Restaurants oder Bars herum. Besonders toll war es, ein ausgefallenes Auto zu fahren.

Auf dieser Besonderheitsskala kämen nun eigentlich die Immobilien. Doch mit ihnen hatte es auch seine Tücken.

Es gab Grundstücke, die seit Generationen im Familienbesitz waren und die einem nicht streitig gemacht werden konnten. Dann gab es die sogenannten Westgrundstücke, deren Eigentümer vor 1961 in den Westen gegangen waren. Diese

Grundstücke waren nun im Besitz des Staates, der sie verwaltete und vermietete. Die Leute, die darin wohnten, wussten um ihren Status, und je nach Temperament und Möglichkeiten gestalteten und pflegten sie ihr Heim wie das eigene.

Problematisch waren große Mietshäuser. Wer eines hatte, wollte es nicht selten loswerden. Es war mit erheblichem Aufwand verbunden, die Hütte instand zu halten, und der Eigentümer durfte nicht erwarten, dass er seine Investitionen mit der Miete wieder hereinbekam. Der Quadratmeter Wohnraum unterlag einer staatlich regulierten Mietpreisbindung und kostete in der Regel unter einer Mark.

Einen Immobilienmarkt gab es kaum. Wohnraum war knapp und wer in einem Haus wohnte, hatte in der Regel keinen Grund, das ändern zu wollen. Lediglich wenn die Eigentümer wegstarben und es keine Erben gab, stand mal eine Immobilie zum Kauf.

Entsprechend erstaunt war ich über das große Stück Land, das Paul mir hier präsentierte.

Hier waren die Eigentümer offensichtlich schon länger fort und die Gebäude dem Verfall preisgegeben. Der Staat hatte wohl auch kein Interesse daran und so war es möglich geworden, dass es nun durch einen neuen Besitzer aus dem Dornröschenschlaf erweckt werden konnte.

Die staatliche Verwaltung dazu zu bringen, das Grundstück zu verkaufen, hatte jedoch viel Zeit, Laufereien und eine ordentliche Dosis Vitamin B gekostet, wie Paul einräumte. Was das genau für Vitamine waren, damit wollte Paul aber nicht herausrücken. Aber wichtiger als die Erkenntnis, ob Beziehungen oder Bestechung bei der Beschaffung geholfen hatten, war es für mich herauszufinden, welche Rolle ich hier spielen würde.

Am späten Nachmittag hatte ich alles gesehen, was zu Pauls neuem Reich gehörte. Jedoch war mir neben der ländlichen Romantik nicht verborgen geblieben, was für ein Haufen Arbeit hier wartete. Aber im Moment war mein Enthusiasmus noch groß und ich sah mich im Geiste an allen Ecken anpacken, um aus dem Wildwuchs ein schönes Heim zu machen. Paul würde die Baumaterialien organisieren und die Arbeiter. Vieles könnte er selbst machen. Ich konnte Hilfsarbeiten verrichten, kochen, putzen, mich um Kleinigkeiten kümmern. In meinen Träumen suchte ich schon die Farben für Anstriche heraus und richtete die Räume ein.

In den ersten Monaten ging es auch ganz gut voran. Paul hatte sein Organisations- und Kontakttalent auf einer großen Abrissbaustelle in Berlin eingesetzt und durch geschickten Tauschhandel diverse Baustoffe und Baumaschinen organisiert.

Das Transportproblem löste er durch die Anschaffung eines Kleinlasters, den es offiziell nur für Personen gab, die damit ein Gewerbe ausübten. In erster Linie waren dies Handwerker, in seinem Fall war es eine Band, die ihre Instrumente und Technik darin herumfuhren. Da sich die Band aus Erfolglosigkeit getrennt hatte, suchten sie nun nach einer Möglichkeit, wenigstens den Laster zu Geld zu machen. Paul kam mit ihnen ins Geschäft und vergrößerte so seinen Fuhrpark um ein Nutzfahrzeug, das laut den Papieren aber weiterhin der Band gehörte.

Ausnahmsweise durfte ich mal dabei sein, als Paul die Bauarbeiter nach deren Feierabend in einer Eckkneipe abpasste und ziemlich unverfroren anfragte, was denn in Sachen Baumaterial zu machen sei. Die Maurer und Zimmerleute saßen beim Bier und waren zunächst verwundert über sein Ansinnen. Doch nachdem er weitere Biere spendierte, ergab sich allmählich ein konstruktives Gespräch. Pauls Frage nach Abrissmaterial konnten die Arbeiter jedoch nur mit einem Schulterzucken beantworten. Der Brigadier, auch nach Feierabend eine Autorität, musste gefragt werden. Dieser schien sofort seine Möglichkeiten zu erkennen. Der muskulöse Vorarbeiter übersah die Lage ziemlich schnell und bat uns diskret zur Seite. Jetzt war Paul in seinem Element. Langsam tasteten sich die beiden vor, indem Paul mal so anmerkte, was für Material er für seinen Bau benötigte und was er bereit wäre, springen zu lassen. Der Brigadier nickte zum Zeichen, dass er verstanden hatte. Er schob abwägend die Unterlippe vor und zog die Stirn kraus, als würde er angestrengt kalkulieren. Schließlich entschied er sich zunächst einmal für eine Flasche guten Scotch Whiskys, womit sein guter Wille gefördert werden konnte. Nach Erhalt dieser Eröffnungsprämie wollte er dann mal sehen, wie sich die Geschäftsbeziehung weiter entwickeln könne.

Ich besorgte den Whisky in den nächsten Tagen im Intershop.

Der Sommer kam und mit ihm viel Zeit für uns auf dem Lande. Ich entwickelte eine schwärmerische Leidenschaft für das Projekt. Der Standard war gering, was mich aber nicht störte. Das Wasser kam aus einem Brunnen auf dem Hof und wurde mit einer Handpumpe mit langem Schwengel nach oben befördert. Im verwilderten Garten stand ein altes Plumpsklo, das seit Jahren nicht mehr genutzt worden war. Wir übernachteten in einem alten Bauwagen, den Paul aufgetrieben hatte.

Die Ruine des Bauernhauses verschwand allmählich und Paul errichtete neue Grundmauern für das neue Haus. Für knifflige Sachen holte er sich Fachleute aus den umliegenden Dörfern, die er durch Besuche der Dorfkneipen nach und nach kennen- und schätzen lernte. Überhaupt war das Kennenlernen eines seiner Talente. Seine Umtriebigkeit beschränkte sich nicht nur auf das Auffinden von Handwerkern. Alles, was nützlich erschien und gut zu gebrauchen war, wurde besorgt. Paul war dadurch viel unterwegs. Autofahren, Organisieren und Sammeln gehörte zu seinen Leidenschaften.

So kannte er die Dörfer und Städtchen des Oderbruchs bald recht gut. Eine Menge Verbindungen und Beziehungen hatte er auf diese Weise in kurzer Zeit aufgebaut.

An meinen freien Tagen war ich dort draußen und kümmerte mich vor allem um Essen und Trinken und schonte Paul nicht mit ungeduldiger und steter Nachfrage, wann was fertig sein würde. Bei schönem Wetter genoss ich es auch oft, einfach nur in der Sonne zu sitzen, zu lesen und die schöne ruhige Gegend zu genießen.

Als die neuen Grundmauern standen, stagnierte die Bauphase. Die schwierige Aufgabe, geeignetes Holz für den großen Dachstuhl zu besorgen, band Pauls Kräfte. Hier konnte nach einigen Verhandlungen die Abrissbrigade aus Berlin wieder behilflich sein, die diesmal größere Summen Westgeld als Bezahlung forderte.

In der Zwischenzeit hatte meine Wohnsituation auch eine neue Wende genommen.

Aus Pauls großem geschäftlichen Bekanntenkreis war jemand auf einen frisch geschiedenen Berliner gestoßen, der aus einer ihm vom VEB Wohnungswirtschaft zugewiesenen Wohnung Kapital schlagen wollte, weil er sie eigentlich nicht brauchte. Wohnraum wurde staatlich zugeteilt und jeder Erwachsene konnte sich bei der Wohnungsverwaltung dafür anmelden. Nach einem undurchschaubaren System wurde dann frei werdender oder neu gebauter Wohnraum zugeteilt. Beziehungen konnten nicht schaden, mangels Angebot aber auch nicht allzu viel nützen. Wurde eine Ehe geschieden, mussten die Paare häufig noch jahrelang zusammenwohnen, weil es einfach keine freien Wohnungen gab, in die einer der beiden fortziehen konnte.

Unser frisch geschiedener Mann wohnte schon bei seiner neuen Freundin und hatte beschlossen, die ihm zugeteilte Wohnung zu Geld zu machen.

Das funktionierte, indem er die Sache vorsichtig ein bisschen herumerzählte, bis sich ein Interessent gefunden hatte. So wurde ich die „Verlobte" eines mir bis dato völlig unbekannten Menschen. Wir einigten uns auf die horrende Summe von 5000 Mark und setzten einen Untermietsvertrag auf. Daneben zahlte ich noch eine Vermittlungsgebühr an den über drei Ecken Bekannten in Höhe von zehn Prozent.

Nach einer Schamfrist von ein paar Monaten ging ich erneut zur Wohnungsverwaltung, um den Damen dort glaubhaft zu machen, dass ich leider von meinem Verlobten verlassen wurde, der bereits zu seiner neuen Freundin gezogen war (die einzige Stelle an der Geschichte mit Wahrheitsgehalt). Weil man mich in unserer sozialistischen Gesellschaftsordnung nicht einfach auf die Straße setzen konnte, wies man mir nach ein paar Wochen die Wohnung förmlich zu.

✳ ✳ ✳

„Jana, es möchte Sie jemand sprechen in Zimmer 4060." Ich sah meinen Chef fragend an. Er war der Leiter der Bar, Anfang 50, grau meliert und für seine Zielgruppe sehr attraktiv. Außerdem war er eloquent und nicht selten witzig.

„Was soll ich denn dort?", fragte ich ihn verwundert.

„Na ja, es gibt dort noch ein paar Büros, den Chef vom Dienst und so", war seine Antwort.

„Und da will man *mich* sprechen?" Ich machte mir Sorgen, ich hatte nichts verbrochen oder jedenfalls nichts davon bemerkt.

Ich sah ihn an und wartete auf irgendeine Erklärung, aber der Chef zuckte nur unbeteiligt mit den Schultern und sagte dann noch: „Ja, was weiß ich, Jana, vielleicht hängt es mit Ihrem Fund in der vorigen Woche zusammen. Erinnern Sie sich, als Sie mit Jonathan Dienst hatten?"

Ja, es fiel mir wieder ein, und ich hatte gehofft, dass sich die Sache erledigt hatte. Und warum wusste mein Chef eigentlich davon? Wo ich mich doch noch an Jonathans deutliche Ermahnung erinnerte?

Vor einigen Tagen hatte ich einen Packen Unterlagen auf einem der Tische gefunden. Ein paar Gäste, die Arabisch sprachen, hatten lange bei Tee und Zigaretten darüber zusammengesessen und erregt diskutiert. Es hatte mich schon gewundert, dass gerade die Papiere, um die es doch wohl in dem Gespräch ging, achtlos liegen geblieben waren. Ich nahm sie mit nach hinten ins Office und breitete sie auf dem Klapptisch aus. Der Text war in englischer Sprache verfasst. Dazu gab es ein paar technische Zeichnungen, die ich nicht zu deuten wusste. Hinzu kam, dass die Bar noch sehr belebt war und ich keine Zeit hatte, mich in die Unterlagen zu vertiefen. So ließ ich sie erst mal liegen und hoffte, die Gäste würden sie bald vermissen und abholen. Da aber nichts dergleichen geschah, wandte ich mich an Jonathan, meinen Kollegen, der den Bardienst hatte, mit der Frage, was wir nun damit machen sollten. Er sah sich die Sache nachdenklich an und beschloss, damit zum Chef vom Dienst zu gehen. Der Chef von Dienst war eine Institution für alle besonderen Fälle, die sich rund um die Uhr im Hotel ergaben und für die Lösungen gefunden werden mussten. Die Herren und Damen in dieser Position saßen in der Hotelhalle gut sichtbar für alle an einem massigen Schreibtisch und waren Ansprechpartner für kleine und große Störfälle, sowohl für die Gäste als auch die Mitarbeiter. Es wurde gemunkelt, dass sie im Bedarfsfall den direkten Kontakt zur Stasi hatten.

Jonathan faltete alles zusammen und beförderte die Akten zum Chef vom Dienst. Von meiner Position an der Bar konnte ich ihn nur sehen, aber nicht hören. Die beiden schienen sich nach kurzem Gespräch einig und Jonathan kehrte zurück.

„Wenn wir hier mit allem fertig sind, müssen wir noch etwas erledigen", sagte er etwas unpräzise zu mir und wandte sich seiner Abrechnung zu.

„Was denn?", war meine Frage.

„Wir müssen zu Protokoll geben, wie wir das Zeug gefunden haben."

„Beim CvD?"

„Ja, so ungefähr."

Ich verstand ihn nicht so genau, aber Jonathan konnte ein Gesicht aufsetzen, das klarmachte: Jetzt kommt nichts mehr. Also wartete ich ab.

Eine halbe Stunde später war das Geld gezählt, die Bar sauber und abgeschlossen. Ich postierte mich vor dem Tresen und wartete darauf, was nun geschehen würde. Jonathan trug seine Aktentasche unter dem Arm und kam zu mir nach vorn. Gemeinsam gingen wir in die Hotelhalle und zu den Aufzügen. Wortlos drückte er den Knopf für den Fahrstuhl und sah ernst auf die geschlossene Tür vor uns. Ich war inzwischen ein bisschen sauer über seine Geheimniskrämerei, aber auch gespannt darauf, was nun passieren würde.

Wir fuhren in die vierte Etage und Jonathan klopfte an eine Zimmertür. Es wurde sofort geöffnet und ein Mann im braunen Anzug mit sorgfältig gescheiteltem dunklen Haar öffnete die Tür.

„Kommen Sie doch bitte herein", sagte er freundlich und wir folgten seiner Aufforderung. Ich sah mich um und zu meinem Erstaunen war dies hier kein Hotelzimmer, sondern ein Büro. Gleich vorn am Eingang stand ein Schreibtisch, an den wir uns setzen sollten. Jonathan hatte bisher noch kein Wort gesagt und setzte sich mit treuherziger Miene umständlich hin. Ich fand es jetzt zunehmend aufregender und konnte mir schon vorstellen, welcher Institution der Herr hier angehörte.

„Mein Name ist Strahl und ich bin hier im Haus für die Sicherheit der Gäste verantwortlich", sagte er.

Genau, dachte ich, so siehst du auch aus. Stasi also, hier in der vierten Etage haben sie sich also verschanzt. Ob es hier Wanzen gibt? Meine Gedanken wirbelten umher, mir war ganz heiß und ich hörte Herrn Strahl fragen:

„Sie haben die Papiere gefunden?" Er hatte sich mir zugewandt und ich nickte freimütig. „Dann erzählen Sie mal, wer die liegen gelassen hat und wann. Alles, was Ihnen so dazu einfällt."

Ich überlegte kurz und sagte ihm das Wenige, was es dazu zu sagen gab. Er notierte sich etwas dabei und Jonathan sah mich an wie ein Lehrer seinen Schüler vor der Prüfungskommission. Er war total verkrampft und wirkte ängstlich. Ich dagegen fand die Situation eher ein bisschen abenteuerlich.

Nach ein paar Minuten war auch schon alles vorbei. Herr Strahl ließ uns noch ein Papier unterzeichnen, auf dem zu lesen war, dass wir über Fund und Fundauswertung absolutes Stillschweigen zu bewahren hatten. Wir unterschrieben, verabschiedeten uns und fuhren wieder nach unten. Die Tür vom Fahrstuhl hatte sich gerade geschlossen, als Jonathan das erste Mal wieder unaufgefordert zu sprechen begann: „Was wir hier eben erlebt haben, das darfst du niemandem erzählen, nicht einmal deiner Mutter!" Ich runzelte die Stirn und verstand die Dimension nicht, die sein Verbot hier auftat. Deshalb ließ ich das auch nicht unwidersprochen: „Was ist denn passiert, waren das Umsturzpläne? Oder die Zeichnung einer Wunderwaffe ...?", versuchte ich mich über das Ganze lustig zu machen. Doch Jonathan, auch sonst nicht gerade für seinen Humor bekannt, duldete keinen Spaß. „Du hast darüber absolut zu schweigen, das hast du gerade unterschrieben und es hat sicher seine Gründe." Ich war platt. Er hatte richtig dichtgemacht. „Ja, ist schon okay", sagte ich noch, um ihn versöhnlich zu stimmen. Was war nur mit ihm los, fragte ich mich. Und was waren das für Papiere, dass solch ein Aufhebens darum gemacht wurde?

Ich habe es nie erfahren.

✳ ✳ ✳

„Ich übernehme die Tische dann so lange für Sie." Mein Chef riss mich aus meinen Überlegungen. „Ja, danke", antwortete ich, etwas unsicher in der Erwartung des Kommenden. Also machte ich mich auf den kurzen Weg, quer durch die Hotelhalle zu den Aufzügen. Ich fuhr in die vierte Etage, stieg aus und orientierte mich anhand der Zimmernummern. 4060, da war ich. Ich klopfte an die Tür, mein Herz klopfte in meiner Brust. „Bitte", klang es von innen. Ich trat entschlossen ein. Was ich vorfand, hatte ich inzwischen schon geahnt. Es war wieder so ein Hotelzimmer, das sich in ein Büro verwandelt hatte.

Mein Gegenüber war dieses Mal ein freundlicher, unauffälliger Mittdreißiger im schlecht sitzenden hellen Anzug. Was *er* war, konnte ich mir nun vorstellen, aber was machte *ich* hier? Mein Pulsschlag gewann an Geschwindigkeit. Jetzt saß ich also allein einem von *denen* gegenüber. Von denen, über die im Verborgenen getuschelt und gelästert wurde, über die man lieber lachte, um keine Angst haben zu müssen.

Er bat mich, Platz zu nehmen, setzte sich mir gegenüber an seinen Schreibtisch und zeigte mir seinen Dienstausweis. Es war eine kleine braune Karte aus harter Pappe, die sich aufklappen ließ. „Ministerium für Staatssicherheit der DDR, Hauptmann Gerber", las ich und gefror kurzzeitig vom Scheitel bis zur Sohle. Nun war ein Irrtum amtlich ausgeschlossen.

„Sie können sich sicher vorstellen, warum wir Sie hergebeten haben?" *Wir*, dachte ich, was heißt denn *wir*? Er muss also gleich klarstellen, dass er nur ein Rädchen in der allmächtigen Organisation ist. Hier sitzt also nicht einfach er; hier sitzen sie! Und wollen mich sprechen. Ich lächelte, so freundlich wie ein stocksteifer Eiszapfen es konnte, und antwortete mit mir unbekannter Stimme: „Nein, eigentlich nicht."

Der dunkelblonde Hauptmann mit den eigentlich angenehmen, aber auch unauffälligen Gesichtszügen lächelte und nahm eine aufgeräumte Haltung an. „Wissen Sie, es ist so ...", begann er und sorgte in den nächsten zehn Minuten, während denen er Ausführungen mit warmer, eindringlicher Stimme machte, dafür, dass ich mir vorstellen konnte, Inoffizielle Mitarbeiterin der Staatssicherheit werden zu können. Ich erinnere mich an die Anspannung, die ich spürte, während ich aufmerksam zuhörte. Er erklärte mir, weshalb es gerade so wichtig war, mit *mir* zusammenzuarbeiten. Es war alles ganz schlüssig. Man hatte erfahren, dass an der Kristallbar Drogengeschäfte laufen sollten, und wollte dies zum Wohle des Volkes natürlich verhindern, besser noch vorbeugen. Hauptmann Gerber machte an dieser Stelle allerdings keine genaueren Ausführungen darüber, was man schon wusste, wie weit die Ermittlungen waren, ob es konkrete Verdachtsmomente gäbe, nein, alles blieb im Allgemeinen, im Nebel des Gefährlichen und Bekämpfenswerten.

Als würde er mich bereits kennen und wissen, wie ich funktioniere, dachte ich später. Denn sofort, nachdem das Stichwort „Drogen" gefallen war, fing meine rege Fantasie an, Bilder zu malen. Ich sah mich im Geiste wachsam, aber unauffällig die Tische überblicken und jenen, die an dieser Schweinerei verdienen wollten, durch meinen verborgenen Einsatz den Garaus machen. Ich wäre die Retterin jener wankelmütigen Menschen, die durch Drogenkonsum dem wahren Leben entfliehen wollten und die Konsequenzen noch gar nicht ahnten. Dank meines Einsatzes mussten sie dies auch nicht erst. Etwas von dem Leid und Elend dieser Menschen würde ich also in meiner geheimen Mission abwenden.

Meinem ersten Reflex waren Zweifel oder Ängste fremd. Außerdem fühlte ich mich geschmeichelt. Ich war wichtig. Ich wurde gebraucht und für geeignet empfunden. Hatte man meine Kolleginnen und Kollegen auch schon gefragt oder war ich hier die Auserwählte? Das Letztere wollte ich tatsächlich gern annehmen. Es war schön, sich besonders zu fühlen.

Hinzu kam die spontane Abenteuerlust. Das war doch mal was, ein bisschen Detektiv zu spielen, wie James Bond oder all die coolen Typen, die man aus Filmen und Büchern kannte.

Natürlich wusste ich, dass die Stasi ganz normale Mitmenschen ausspionierte, um herauszufinden, wie linientreu und politisch einwandfrei sie waren. Wir waren der Tatsache ständig gewahr, dass unter denen, die wir nicht kannten, und auch unter denen, die wir kannten, ein Stasispitzel sein konnte. Andererseits aber war es nicht so, dass dieses Wissen unser Leben unerträglich gemacht hätte, denn wir waren ja daran gewöhnt.

Die erste Begegnung mit Unbekannten unterlag allerdings einer Regel der Vorsicht: Behutsam wurde in einem ersten Abtasten die politische Einstellung des Gegenübers erspürt. Dann versuchte man je nach Temperament und Sympathie für den anderen früher oder später klarzumachen, in welche Richtung man selbst dachte. Für mich war dies ein anerzogenes Ritual. Zigmal hatte ich miterlebt, wie Leute, die zum ersten Mal zusammenkamen, zielstrebig mit Andeutungen und mehrdeutigen Bemerkungen herauszufinden versuchten, welche politische Grundeinstellung der andere hatte.

Hin und wieder kam es vor, dass wir Bekannte oder Bekannte dieser Bekannten verdächtigten, für die Stasi zu spionieren. Diese Leute wurden dann gemieden und wenn es sich nicht vermeiden ließ, achteten wir darauf, in ihrer Gegenwart zumindest nichts Negatives über den Staat oder den Sozialismus zu äußern.

Vielleicht war das ein Überlebensinstinkt in der Diktatur. Stieß man mit kritischen Bemerkungen über Versorgung, Reisemöglichkeiten oder mit aktuellen Nachrichten, die man nur aus dem Westfernsehen haben konnte, auf Unverständnis, ging die Unterhaltung meist recht einsilbig weiter. Nun war zumindest wahrscheinlich, dass es sich hier um einen „Überzeugten" oder „Hundertprozentigen" handelte, mit dem man sich meist nicht weiter abgeben wollte. Wurde dagegen auf Sticheleien gegen das System dankbar eingegangen oder diese sogar noch ausgebaut, wähnten wir uns erst mal unter Gleichgesinnten, ohne jedoch eine grundsätzliche Wachsamkeit zu verlieren.

Viele dieser Gedanken schossen mir hier, als ich Hauptmann Gerber gegenüber saß, durch den Kopf. Hinzu kam plötzlich noch ein Impuls aus einer ganz anderen Richtung.

Die Stasi wollte also, dass ich ihr nützlich bin, überlegte ich. Konnten sie mir dann vielleicht auch nützlich sein? Wenn ich der mächtigen Organisation angehörte, würde diese dann mit mir nicht besonders großzügig umgehen? Bedeutete ein solches Arrangement nicht auch einen großen Vorteil für mich und mein Leben? Und etwas weiter gedacht: für meinen unkonventionell lebenden Freund? Verlockend für den Moment.

Auf die rechtschaffene Idee, aufgrund meiner Erziehung und negativen Haltung zu diesem Staat rundheraus und strikt jede Mitarbeit abzulehnen, kam ich natürlich auch. Aber der opportunistische Teil in mir meldete sofort Bedenken der Art „Chance vertan" an. Es stand also zur Wahl: Ehrbar und anständig bleiben und die Konsequenzen abwarten oder Zähne zusammenbeißen und mitmachen? In dieser Gesellschaft gab es eine Menge Leute, die ihre Nische gefunden und sich dort nett eingerichtet hatten. Mein Freund Paul und ich gehörten inzwischen auch dazu und dieser bescheidene Wohlstand wollte erhalten bleiben.

Ich dachte an meinen guten Job, in dem ich unverschämt viel Geld verdiente. Würde man mich stillschweigend woandershin versetzen, wenn ich nicht kooperierte? Ich wusste nicht, wen ich fragen sollte. An wen sollte ich mich wenden, wessen Erfahrungen heranziehen? Es gab kein Internet, in dem ich im Verborgenen hätte forschen können, oder Selbsthilfegruppen für unentschlossene Stasispitzel.

Aufgewühlt, aber auch neugierig auf mich selbst verließ ich das Stasizimmer mit der Vereinbarung, *es* mir bald zu überlegen. Hauptmann Gerber hatte formvollendet vor mir Aufstellung genommen und mir mit gewinnendem Lächeln die Hand zum Abschied geschüttelt. Er gab mir Zeit für die vermeintlich freie Entscheidung, eine Verpflichtungserklärung zu unterzeichnen.

So ging ich zurück an meinen Arbeitsplatz und in die Bedenkzeit.

Mein Chef fragte mich nichts, als ich zurückkam. Nicht, worum es ging, nicht, wen ich getroffen hatte, rein gar nichts. Ich wunderte mich ein bisschen darüber, war aber eher erleichtert, denn was hätte ich ihm erzählen sollen? Er übergab mir wieder meine Tische und ich versuchte, mich ganz gelassen zu geben. Doch ich war alles andere als bei der Sache. Völlig abgelenkt durch meine vielfältigen Überlegungen lief ich zwischen den Tischen umher und brachte manche Bestellung durcheinander.

Warum ich?, fragte ich mich immer wieder. Wurde ich schon länger beobachtet und mein Charakter eingeschätzt? Hielten sie mich für besonders geeignet? Hatte mich gar jemand empfohlen? Auch wenn diese Überlegungen zu nichts führen konnten, drehte und wendete ich das Erlebte hin und her.

Selbstverständlich war mir absolutes Stillschweigen auferlegt worden und genauso selbstverständlich verschwendete ich keinen Gedanken daran, mich an dieses Gebot zu halten.

Ich konnte es im Gegenteil gar nicht abwarten, Paul von den Neuigkeiten zu erzählen.

Die Stunden bis zum Feierabend waren an diesem Tag besonders zäh und wollten nicht enden. Was sollte ich tun? Diese Frage hämmerte in meinen grauen Zellen scheinbar immer auf die gleiche Stelle und ich bekam Kopfschmerzen.

Ich hatte viele Bekannte und einige Freunde, Verwandte, Kollegen. Wen auch immer ich ins Vertrauen ziehen würde, könnte selbst Zuträger sein. Das hätte bedeutet, dass ich schon gleich das erste Verbot überschritten und mich zudem unnötig geoutet und unmöglich gemacht hätte.

Meine Eltern? Sie zu fragen, was ich tun sollte, schied schon deshalb aus, weil sie an meinem Verstand und ihrer Erziehung gezweifelt hätten. Niemals hätten sie mir zugeraten. Im Gegenteil, all ihre schlimmen Erfahrungen während und nach der Zeit des Mauerbaus hätten sie mir noch einmal erzählt und dringend appelliert, mich mit diesem Dämon nicht einzulassen. Mir war klar: Sollte ich mich trotzdem dazu entschließen, dürften sie es niemals erfahren.

Einen besonderen Reiz hatte die Tatsache, dass ich wie Tausende andere glaubte, es käme ja niemals heraus. Wie auch? An eine Änderung des politischen Systems in der DDR dachte ich da ganz zuletzt. Mein Geburtsjahr 1961 stand in untrennbarem Zusammenhang mit der Zäsur der deutschen Teilung. Der Mauerbau hatte Tatsachen geschaffen. Während meine Eltern immer noch mit ohnmächtiger Wut dieses Jahres und besonders des 13. Augusts gedachten, war ich in dieses eingezäunte Land hineingeboren worden und hatte gelernt, darin zu leben.

Meiner unbeschwerten Kindheit folgte eine Schulzeit, in der viele Kinder wie ich quasi ein Doppelleben führen mussten. Meine Eltern, die nach dem Schock des Mauerbaus langsam wieder Fuß gefasst hatten und sich ein normales Leben einrichten wollten, konnten mir nicht verschweigen, wie es wirklich in ihnen aussah. Sie hassten den Staat, der sie gezwungen hatte, in ihm zu leben. Und das vermittelten sie mir auch. Tagsüber auf den Arbeitsstellen waren sie gezwungen, sich angepasst oder zumindest nicht deutlich konträr zu verhalten. Zu Hause lebten sie aber nach der Devise, die Wahrheit beim Namen zu nennen und ihr Kind über die Umstände dieses eingemauerten und bevormundeten Lebens aufzuklären. So wurde es für mich zur Normalität, quasi in zwei Ebenen zu leben. Zu Hause konnte ich ganz normal sein und aussprechen, was auch immer ich dachte oder mich bewegte.

Vor der Tür veränderte sich die Lage. Nun wurde geheuchelt oder geschwiegen, je nachdem. Es fing schon damit an, dass es nicht möglich war zu erzählen, was ich im Fernsehen gesehen hatte. Nur meinen Freundinnen, bei denen ich sicher war, dass sie genauso lebten wie wir. Dabei war es für mich doppelt schwer, da meine Eltern gar kein Ost-Fernsehen anschalteten. Ich durfte also über das West-Fernsehen kaum ein Wort verlieren und wusste über die eigenen Sender rein gar nichts.

Das machte mir besonders große Schwierigkeiten in den Unterrichtsstunden am Montag, in denen häufig über aktuelle politische Themen gesprochen wurde. Nachdem ich durch Nichtwissen ein paar Mal aufgefallen war, fragte ich meinen Vater am Sonntagabend, ob er mir nicht mal das Wichtigste erzählen könnte, was man auch im Osten wissen durfte. Das tat er dann und ich fühlte mich ein wenig besser gerüstet.

Dass ich zum Glück nicht die Einzige mit diesen Problemen war, fand ich erst nach und nach heraus. Das Erstaunlichste daran war, dass wir eine Mehrheit waren. Doch es gab auch die anderen, die Kinder der linientreuen Eltern, die uns ihre Überlegenheit auch gern spüren ließen, was noch zunahm, je älter und bewusster wir uns dieser Unterschiede wurden.

Schon als Kind gehört man gern zur Gruppe und will nicht ausgegrenzt sein. Das wusste auch unsere Klassenlehrerin in der ersten Klasse bereits sehr genau, als sie mit Nachdruck verkündete: „Heute ist Pionier-Nachmittag, bitte kommt alle um fünfzehn Uhr in Raum drei, außer Jürgen, Angela, Bernd und Jana, die gehen ja zur Christenlehre." Sie grinste dazu verächtlich in unsere Richtung.

Damals war ich froh, nicht die Einzige zu sein, die nicht zu den Jungpionieren durfte. Meine Eltern hatten es mir verboten, weil sie diese Organisation zu sehr an die Pimpfe der Nazizeit erinnerte. Weil ich diese Ausgrenzung, die von der Schule sehr deutlich betrieben wurde, nicht mehr aushalten konnte, nervte ich meine Eltern dann allerdings so lange, bis ich wenigstens in der vierten Klasse zu den Thälmann-Pionieren durfte.

Aber mein Vater war noch nicht fertig mit meinen Lehrern. „Frag deinen Staatsbürgerkundelehrer doch mal, warum der antifaschistische Schutzwall nicht auf die Gegner des Sozialismus, sondern nach innen ins eigene Land gerichtet ist", regte er an. Vielleicht hatte er es gar nicht so ernst gemeint mit dieser Provokation, aber als pubertierende Dreizehnjährige mit einem gewissen Drang in den Mittelpunkt fühlte ich mich ermuntert, den ohnehin unsympathischen griesgrämigen Lehrer mit den Längsfalten im Gesicht mal ein wenig zu ärgern.

Mit pochendem Herzen meldete ich mich in der nächsten Staatsbürgerkundestunde und stellte ihm die bewusste Frage. Was für ein Moment! Erst waren alle Augen auf mich, dann auf ihn gerichtet. Es herrschte Grabesstille. Er holte tief Luft und hatte trotz geschulter Rhetorik tatsächlich ein wenig Mühe, diese entlarvende Frage zugunsten des sozialistischen Systems zu beantworten. Ganz nebenbei war er natürlich durch meine Frage vom eigentlichen Thema, der wissenschaftlichen Überlegenheit des Sozialismus über den Kapitalismus, abgekommen.

Durch meinen Vorstoß ermuntert, sprangen mir noch ein paar Mitschüler mit ähnlich häuslichem Hintergrund zu Hilfe und legten mit systemkritischen Fragen nach. Unser Lehrer verhedderte sich mit den Antworten und wirkte zunehmend unsouverän. Die eine Hälfte der Klasse genoss den Spaß, die andere Hälfte starrte wütend vor sich hin. Ein schöner Nebeneffekt war es zu sehen, wie schnell fünfundvierzig Minuten vergehen, wenn der Unterricht interessant wird.

Als ich zu Hause von meiner Heldentat berichtet, erschraken meine Eltern zwar etwas, jedoch bemerkte ich auch ein wenig Stolz auf ihre Tochter.

Mit dem Zeugnis erhielt ich dann die Quittung. Die Note für „Gesamtverhalten" war eine Drei, für ein Mädchen beschämend. In der begleitenden Beurteilung hieß es: „Es hat Jana keine besonderen Anstrengungen gekostet, die gezeigten Leistungen zu erreichen. Kritische Äußerungen sollte sie besser durchdenken. Gesellschaftlich muss sich Jana mehr engagieren." Die Rache der Herrschenden hatte nicht auf sich warten lassen.

Aber ich war nicht allzu niedergeschlagen, denn ich fühlte mich moralisch im Recht und legte mich in den nächsten Jahren richtig ins Zeug. Das Lernen fiel mir tatsächlich nicht schwer und ich zählte im Abschlussjahr zu den vier Besten der Klasse. Leider wurden aus unserer Klasse nur drei Schüler zur Erweiterten Oberschule zugelassen. Zufällig war ich Nummer vier.

Die Schule achtete darauf, dass jeder der Schüler nach dem Abschluss einen Lehrvertrag in der Tasche hatte. Wenn man selbst nichts hinbekam, wurde sich darum gekümmert. Ich war fünfzehn, als ich mich für eine Kellnerlehre in einem Interhotel entschied. Meine Gründe waren, dass mir nichts anderes einfiel, die Beratung meiner Umgebung eher darauf hinauslief, was alles nicht möglich war, und dass meine beste Freundin es auch machte.

Diese Ausbildung war begehrt, weil man Trinkgeld verdienen und die Arbeitsstelle ein angenehmer Ort sein würde. Ein weiterer Vorteil war, dass man auch ein gutes Grundgehalt erwarten durfte. Dahinter steckte die Theorie, dass es in der sozialistischen Gesellschaft eigentlich keine Knechte und Herren geben sollte. Wenn jemand sich also freiwillig zum Diener machte, sollte dies wenigstens anständig bezahlt sein.

Von den Bewerbern wurde ein guter Notendurchschnitt erwartet und eine gute allgemeine Beurteilung. Mit Ersterem hatte ich keine Probleme, aber die besagte Beurteilung wurde noch einmal Thema im Vorstellungsgespräch. Ich versuchte zu erklären, dass vieles missverstanden worden sei und ich einfach mit meiner Familie viel zu beschäftigt gewesen war, um mich noch mehr gesellschaftlich zu engagieren.

Vier Wochen musste ich warten und zittern, bis die Zusage kam. Damals hatte ich mir geschworen, bloß nicht noch mal irgendetwas anzustellen oder von mir zu geben, womit ich mir selbst das Leben schwer machen könnte.

Mit diesem Stapel Erinnerungen und unter dem Eindruck meiner aufregenden Begegnung mit einem Hauptmann der Staatssicherheit fuhr ich nach Hause zu meinem Freund Paul.

✳ ✳ ✳

Heute bin ich glücklich verheiratet und die Jahre mit Paul gehören der Erinnerung an. In diesem Jahr werden wir unseren siebten Hochzeitstag feiern. Doch zuvor feiern wir Mikes Geburtstag. Da sich der Monat Januar nicht für eine Gartenparty eignet, weil kurz nach Weihnachten und Silvester alle Freunde und Verwandten feiermüde sind, plane ich eine Wochenendreise als Geschenk.

Das Bauhaus in Dessau wird es sein. Eines der Ziele, die unsere Schublade „Da müssen wir auch mal hin" nun verlassen würde. Mit Hotelbuchung und Reiseplan stelle ich ein Überraschungspaket zusammen.

Mein Geschenk kommt gut an und wir freuen uns auf ein Wochenende mit Kultur, Entspannung und Zweisamkeit.

Als wir aufbrechen, strahlt die Wintersonne über einige Schneelaken, die entlang der Autobahn schon auf dem Rückzug sind. Das Thermometer steht knapp unter null und für die nächsten Tage soll es auch so mild bleiben.

In Dessau angekommen, checken wir im Hotel ein, machen einen Rundgang durchs Haus und brechen sogleich wieder auf, um das legendäre Bauhaus zu besichtigen. Wir sind begeistert von der Kreativität der Meister, die sich hier verewigt haben, von den Formen und Farben der von ihnen gestalteten alltäglichen Dinge mit ihrem geradlinigen Stil. In der frischen Winterluft wandern wir vom Bauhaus zu den Meisterhäusern und nach deren Besichtigung weiter zum Kornhaus am Elbufer. Nach einer Wanderung durch den Stadtpark nutzen wir den späten Nachmittag zum Faulenzen im Wellness-Club unseres Hotels. Ausgeruht und frisch gebadet schreiten wir zum Abendessen ins Restaurant. Auch hier werden wir nicht enttäuscht. Küche und Service scheinen sich vorgenommen haben, den perfekten Tag abzurunden.

Wenn es einem so gut geht, hat man Lust auf mehr. So lassen wir uns zu guter Letzt auf die Barhocker der Hotelbar fallen, um dem perfekten Tag den Rest zu geben.

„Ist das eigentlich ein Neubau oder gab es das Hotel auch schon vor der Wende?", will Mike wissen.

Ich lege die Cocktailkarte für einen Moment beiseite und zucke mit den Schultern. Da ich die Frage nicht beantworten kann, suchen wir nach Spuren. Vielleicht handelt es sich um den Umbau eines alten Kerns oder eine Rekonstruktion? Der Platz im Park und die Nähe zum Theater scheinen der ideale Standort für ein Hotel zu sein, das war wohl auch schon früher so.

Wir beschließen, den Barmann zu fragen, der aber in dieser Minute alle Hände voll zu tun hat, da eine Reisegruppe von einem Ausflug zurückgekehrt ist. „Es gab zu DDR-Zeiten nach meiner Erinnerung in jeder größeren Stadt ein Haus der Interhotel-Kette. Vielleicht ist dies hier mal so etwas gewesen", überlege ich weiter. „*Ein* besseres Hotel", sagt Mike nachdenklich wie zu sich selbst. „Und für wen war das *eine* bessere Hotel dann bestimmt?", fragt er weiter. Ich lache. „Für die Privilegierten von damals, nehme ich an", mutmaßt er. „Ja, das zum einen", sage ich „und für kulturinteressierte Touristen, möglichst mit dem richtigen Geld." Denn Dessau bietet nicht nur etwas für Bauhausinteressierte. Ganz in der Nähe liegt die Wörlitzer Parklandschaft, die jährlich Tausende anzieht. Ich berichte von westdeutschen Busreisegruppen, die seinerzeit erst im Spreehotel Quartier gemacht hatten, um Berlin zu besichtigen, und zwar beide Teile, und dann noch weitere Ziele in der DDR ansteuerten; unter anderem den Wörlitzer Park.

„Das muss doch auch deprimierend gewesen sein", greift Mike das Thema wieder auf. „Die schauen sich hier alles an und fahren dann wieder zurück. Ihr aber musstet hierbleiben, für euch gab es im anderen Deutschland nichts zu besichtigen", er schüttelt den Kopf. „Gott sei Dank, dass das alles vorbei ist. Sonst hätte ich dich nie kennengelernt", sagt er liebevoll.

Der Barmann, der wieder die Übersicht hat, wendet sich uns nun aufmerksam zu. „Ich hätte gern einen Manhattan", verkünde ich. „Sehr gern", ist die Antwort und ein verschmitztes Lächeln gibt es dazu für die ungewöhnliche Bestellung. Die Cocktail-Klassiker „Martini" und „Manhattan" haben wohl inzwischen ein etwas angestaubtes Image und sind seit Jahren durch Caipirinha oder Cosmopolitan von den Spitzenplätzen verdrängt worden. Mike bestellt sich ein Bier.

Wir stoßen an auf den gelungenen Tag und plaudern über das Gesehene und Erlebte. Besonders die Besichtigung der

Meisterhäuser und was wir über die einzelnen Persönlichkeiten erfahren hatten, gab reichlich Gesprächsstoff.

Ich bestelle mir einen weiteren Cocktail und für Mike gibt es noch ein Bier.

Über die schnörkellosen Fassaden des Bauhausstiles wandert unsere Unterhaltung auf Umwegen zu den Plattenbauten der DDR. „Gar nicht individuell", sage ich, „aber praktisch." Ich spreche wieder einmal ausführlich darüber, warum es für so manchen DDR-Bürger höchst erstrebenswert war, eine Wohnung mit Vollkomfort in der Platte zu ergattern.

Mike hört interessiert zu und nickt. Die DDR und meine Vergangenheit ist ein Thema, über das wir häufig reden. Wir sind ein Volk und haben die letzten Jahrzehnte denkbar verschieden gelebt. Ob wir je wieder eins werden und den trennenden Ballast ganz abschütteln können, beschäftigt Mike. Er spricht von Michail Gorbatschow und wie seine Politik den Stein ins Rollen brachte.

Ich höre seine Worte gerade nur von fern und bin in meinen eigenen Gedanken versunken, seit Mike das Wort „Ballast" verwendet hat. Ich trinke einen Schluck von meinem Manhattan. Der Geschmack des Cocktails, den ich das letzte Mal vor der Wende getrunken habe, zieht mich weiter zurück in die vergangene Zeit.

Meine Erinnerungen, mein Makel, alles rückt zusammen und verdichtet sich in meinem Kopf mithilfe des Alkohols zu einem wattigen Gefüge, das sich langsam, aber sicher in den Vordergrund schiebt und deutlich nach außen drängt. Ich sehe meinen Mann mir gegenüber auf dem Barhocker sitzen, so glücklich darüber, dass wir uns gefunden haben und so reinen Herzens dankbar für den Untergang des Sozialismus, dass ich beinahe nicht mehr an mich halten kann. Mach jetzt reinen Tisch, brüllt es aus dem Nebel in mir. Bring es hinter dich. Los!

Als hätte eine unsichtbare Kraft die Regie übernommen, sagt Mike plötzlich den von mir gefürchteten Satz: „Ein Glück, dass du dich nicht mit denen gemein gemacht hast."

In meinem Innern blitzt und donnert es gleichzeitig. Das Blut braust mir durch die Adern und dröhnt in meinen Ohren, als ich langsam sage: „Doch. Ich habe mich doch mit denen gemein gemacht." Mike sieht mich seltsam an, als verstünde er nicht.

„Ich war bei der Stasi."

Schnell presse ich diese Brocken heraus, endlich, endlich, nicht laut und auch nicht besonders leise. Ich empfinde den Klang meiner Stimme monoton und dumpf. Mechanisch fahre ich fort: „Es tut mir leid, es tut mir so leid, aber es muss jetzt einfach raus. Ich habe schon viel zu lange gewartet, ich kann nicht mehr ..." Gleichzeitig mit den Worten fließen Bäche von Tränen über mein Gesicht.

„Was?", Mike starrt mich an.

Das Unwetter in mir hat die Kette gesprengt, die ich fest um mein Geheimnis gezogen hatte. Und wie nach einem reinigenden Gewitter setzt nun der Platzregen ein. Es gießt wie aus Eimern. Ich schluchze und hocke elend auf meinem Barhocker. Nun ist er also da, der Moment der Wahrheit.

Mikes Blick, der fest auf mich gerichtet ist, wirkt fremd, verständnislos, irritiert. „Geben Sie mir bitte einen Cognac", wendet er sich an den Barkeeper. „Und ...", er zögert noch einen Moment, um dann entschlossen fortzufahren „ ... eine Schachtel Zigaretten."

Ich hocke einfach nur noch da, warte auf nichts, sehe kaum etwas. Irgendwie ist mir, als hätte ich kein Gefühl mehr in den Armen und Beinen. Ringsherum existiert nichts mehr. Ich fühle mich, als hätte ich eine Natter ausgekotzt. Nach einer furchtbaren Anstrengung liegt sie dort am Boden im Dreck, neben mir, aber nicht mehr in mir. Ich habe mich von ihr befreit.

„Das darf doch nicht wahr sein", höre ich Mike wie aus der Ferne sagen. Er schüttelt dazu mechanisch den Kopf, als könne er das Gehörte auf diese Weise wieder verscheuchen. Er sieht mich an oder vielmehr durch mich hindurch. Meine Schlaffheit wechselt langsam in eine innere Unruhe. Was wird jetzt? Was wird jetzt, wirbelt es mir durch den Kopf.

Eines ist klar: Etwas ist vorbei.

∗ ∗ ∗

Paul war noch nicht zu Hause, als ich eintraf. Ich hängte meine Jacke auf und legte meine Handtasche beiseite. Schade, dachte ich, heute wäre es mal besonders schön gewesen, wenn er vor mir zu Hause wäre. Aber das war gar nicht seine Art. Paul war viel unterwegs, schon allein wegen seines abgelegenen Grundstücks. Er wusste natürlich, wann ich Feierabend hatte, aber nur in ganz seltenen Fällen war er schon da, wenn ich heimkam. Zu Anfang hatte ich mir darüber keine Gedanken gemacht. Dann, nachdem wir schon länger zusammen waren und er seit einigen Monaten bei mir wohnte, beschlich mich der Gedanke, dass er auch gar nicht die Absicht hatte, als Erster hier zu sein. Denn was sollte er hier tun? Die Hausarbeit war traditionell ganz meine Sache. Fernsehen? Er hielt nicht viel davon, vor der Glotze zu sitzen. Viel lieber war er unterwegs, Besorgungen machen, Erledigungen, etwas organisieren. Hier zu Hause war es ihm einfach zu langweilig, insbesondere dann, wenn kein Gesprächspartner da war.

Mit der Zeit hatte ich mich aber daran gewöhnt und war momentan nur verstimmt, weil ich ungeduldig darauf wartete, meine Story loszuwerden.

Ich spazierte durch die Räume und sah mir die Gegenstände an, die mich täglich umgaben. Im Wohnzimmer machte ich halt vor dem Rokokosekretär und betrachtete das Porzellan, das Paul zusammengetragen und auf dem Möbelstück dekoriert hatte. „Alles nur zweite Wahl, das andere geht sofort in den Westen", hatte er damals beim Auspacken gesagt. Er liebte das Zwiebelmuster und die wertvollen Möbel. Zum Sekretär gehörten noch ein Tisch und eine Glasvitrine. „Sieh mal, wie viel kunsthandwerkliche Arbeit allein in den Einlegearbeiten steckt", erklärte er mir einmal am Beispiel des Tisches. „Das macht auch den Wert aus", sagte er und strich beinahe zärtlich über das Holz.

Paul und mich verband die Liebe zu schönen alten Dingen. Während mich von Kindheit an Schlösser, Burgen und andere alte Gemäuer faszinierten, war Pauls Interesse mehr auf bewegliche Objekte gerichtet.

Neben dem Sammeln für den Eigenbedarf ging es ihm auch ganz wesentlich um die Verwertbarkeit am Markt. Damit befand er sich ungünstiger Weise in direkter Konkurrenz zu dem nach Westgeld lechzenden Staat. Die Abteilung Kommerzielle Koordinierung, die dem Ministerium für Außenhandel unterstand, beschäftigte sich mit allen Arten des Beschaffens harter Währung. Eine Möglichkeit war das Aufspüren von Antiquitäten bei Privatpersonen auch mithilfe des Ministeriums für Staatssicherheit oder den Steuerbehörden. Nicht selten wechselte der Kunstgegenstand dann zwangsweise den Besitzer, nachdem dieser auf verschiedene Weise diskreditiert wurde. Anschließend standen seine Möbel in den darauf spezialisierten Intershops, um endlich Devisen einzuspielen.

Eine Möglichkeit zum Auffinden interessanter Objekte waren die Trödelmärkte, die gelegentlich in den Dörfern stattfanden. Dort wurde nicht nur Trödel verkauft, sondern auch viel Selbstgenähtes oder -gebasteltes, Konsumgegenstände aus den sozialistischen Bruderländern, die hier nicht zu haben waren und die man erfolgreich eingeschmuggelt hatte, und eine Menge Kleinigkeiten aus Nachlässen.

Auf meinem Spaziergang durch die Wohnung, den ich immer wieder unterbrach, um nach Schritten im Hausflur zu horchen, machte ich nun im Schlafzimmer halt vor einer Gründerzeitkommode. Ich musste schmunzeln, als ich daran dachte, wie sie in unseren Haushalt gekommen war.

Damals liebte ich es, mit Paul übers Land zu fahren. Ich konnte mich einfach treiben lassen, die Landschaft genießen und mal nicht darüber nachdenken, wie mäßig der Baufortschritt leider war. Zudem machte er es immer spannend, indem er mir nicht verriet, wohin es gehen würde und zu welchem Zweck.

So rollten wir also wieder einmal durch die Landschaft und hielten nach zweistündiger Fahrt in einem kleinen Dorf mitten auf dem platten Land vor der Dorfkneipe an. Ich freute mich, denn ein wenig Hunger und Durst hatte ich inzwischen auch.

Im Hineingehen roch ich Bierdunst und Zigarettenqualm, aber auch Düfte, die sich von der Küche her durch den Tabakrauch quälten. Draußen war es heller Tag und in der Gaststätte ziemlich düster, vor den Fenstern hingen graugelbe Gardinen. Dickfleischige Kübelpflanzen verdeckten den Rest des eindringenden Lichtes. An einem Stehtisch angekommen, bestellte Paul beim Wirt: „Zwei Kaffee bitte", oder? Er sah mich fragend an. Ich interessierte mich eher für den Inhalt der in Kunstleder eingelegten Speisekarte, die ich mir vom Tresen genommen hatte, und las das übliche Angebot, das mit einer Schreibmaschine auf ein dünnes Einlegeblatt getippt worden war: Bockwurst mit Brot, Bockwurst mit Salat, Soljanka. Letztere wahrscheinlich aus Bockwurst ohne alles, überlegte ich und fand, dass mein Hunger doch nicht so groß war.

Paul wendete sich an den Wirt: „Wir sind auf der Suche nach alten Möbeln. Sag mal, wen können wir hier im Dorf denn mal ansprechen?"

Aha, dachte ich freudig. Das also war das heutige Abenteuer.

„Wir wollen bald zusammenziehen", fuhr Paul fort und dabei zeigte er auf mich, „können aber nicht viel ausgeben für die Einrichtung", sprach er weiter. Ich nickte dem Wirt freundlich zu.

Der Angesprochene zuckte mit den Schultern, wandte sich dann aber den ohnehin schon aufmerksam gewordenen Stammgästen zu und gab Pauls Frage weiter: „Er sucht alte Möbel, wat meint ihr, woer ma fragen soll?"

Nun hatten wir die Aufmerksamkeit aller Gäste. „Bei Dribbeck vielleicht", machte einer der Männer einen Vorschlag, „Ja, oder beim alten Türow", meinte ein anderer.

Jetzt fiel mir auf, dass in der Kneipe außer mir keine einzige Frau war. Die Männer musterten mich und kamen nun zu uns herüber.

„Wat suchste denn jenau?", war die Frage eines Gastes, der im Blaumann zu uns herüberschlurfte.

„Na ja, alles eigentlich. Schränke, Stühle, Lampen, was man so braucht für die Wohnung", antwortete Paul.

Mitten in die Diskussion hinein, wer wo was noch rumstehen hatte und günstig an uns abgeben könnte, tönte es aus der hinteren Ecke: „Und dit willste denn in Berlin verscherbeln, wa?"

Die Stimme gehörte einem Mann, der soeben erst die Schenke betreten und das Kennzeichen auf unserem Auto gesehen hatte. Paul blickte kurz in die Runde, schüttelte jovial den Kopf und erzählte allen Leuten von seinem Bau und den üblichen Schwierigkeiten, die man so hatte:

„Na ja, brauch ich euch ja nicht zu erzählen, kennt ihr ja alles, haha." Er verstand es, die Stimmung wieder zu seinen Gunsten zu drehen, denn nach dem Zwischenruf waren die Leute hellhörig geworden. Berliner gehörten auf dem Lande und erst recht in entfernteren Bezirken der DDR zu den Hassobjekten. Man beneidete sie für die bessere Konsumsituation und empfand sie als vom Staat verhätschelt.

Paul hatte ein paar Namen und Adressen aufgeschnappt und plauderte mit ein paar Handwerkern noch ein bisschen übers Bauen. Dann war unser Kaffee ausgetrunken, Paul zahlte, wir grüßten noch kurz in die Runde und verließen das Lokal.

Nach kurzer Fahrt waren wir an einer der Adressen, einem Bauernhaus direkt an der Hauptstraße, angekommen. Paul klingelte und heraus kam ein alter Mann in Arbeitshosen und mit einer dicken grauen Strickjacke bekleidet. „Guten Tag", Paul begrüßte ihn freundlich, „wir sind auf der Suche nach alten Möbeln, die nicht mehr gebraucht werden und die wir vielleicht günstig abkaufen könnten."

Inzwischen war auch ich ausgestiegen und nickte dem alten Herrn freundlich zu.

„Was suchen Se denn?", war seine Frage.

„Ach, alles Mögliche, Schränke, Lampen ...", Paul zuckte ein wenig die Schultern hoch. Der Alte grübelte. Mir war das Ganze jetzt doch ein wenig peinlich und ich malte mit meinem Schuh Kreise in den Sand auf dem Gehweg. Dann hörte ich, wie der Mann sagte: „Also da is noch wat hinten im Stall, aber schön isser nich mehr." Dabei machte er eine einladende Bewegung mit dem Arm und deutete nach hinten auf seinen Hof. So gingen wir gemeinsam in ein großes, etwas baufälliges Gebäude hinter dem Wohnhaus.

Im Innern war es ziemlich dunkel und unsere Augen mussten sich erst an die Lichtverhältnisse gewöhnen. Ich sah Gatter für Tiere, die aber leer waren. An einer Wand lehnten Holzbretter, daneben befand sich eine Halterung mit Gartengeräten. In einer Ecke standen ein rostiger Mähbalken und Einzelteile von Landmaschinen. Paul schlenderte interessiert durch das Gebäude und sah sich alles genau an. Der Bauer ging in den hinteren Teil des Stalls und blieb vor einem dunklen Gegenstand stehen, der sich als Kommode mit drei Schubfächern entpuppte. „Is dit wat für Sie?", hörte ich ihn fragen. Paul war in die Hocke gegangen und betrachtete das Stück eingehend. Er zog an den Schüben, die sich nur mühsam öffnen und schließen ließen. Nach einer Weile erhob er sich wieder und hatte plötzlich sein Portemonnaie in der Hand. Ich hatte die ganze Zeit kein Wort gesagt, der alte Mann auch nicht. Jetzt regte er sich aber und seine Miene nahm einen erfreuten Ausdruck an. Paul hielt ihm ohne weitere Umstände einen Schein vor die Nase, der Alte nahm ihn und nickte.

So kamen wir zu dieser noch völlig intakten Kommode aus der Gründerzeit, die nach der Befreiung vom Staub der Jahrzehnte im Stall zu einem bildschönen Wohnmöbel auferstanden war.

Ich ging in die Küche, denn langsam bekam ich Hunger. Allerdings war nicht viel los im Kühlschrank, denn auch in dieser Beziehung war Paul eigen. Er hielt nicht viel vom trauten Heim und Herd. Viel lieber aß er in Restaurants, wo man mit dem Zubereiten nichts zu tun hatte und darüber hinaus wieder unter Menschen war. Die Schwierigkeit war eher, in den wenigen guten Restaurants, überwiegend in Hotels, einen Platz zu bekommen. Da machte es sich gut, dass ich Kollegen kannte, die uns durchwinkten, oder dass man sich an Pauls Trinkgeld erinnerte.

Plötzlich hörte ich Geräusche an der Wohnungstür. Ich sprang auf und ging ihm entgegen. Paul rauschte herein und küsste mich flüchtig auf die Wange. „Du glaubst nicht, was mir heute passiert ist", platzte ich heraus.

„Aha?", er war ganz Ohr.

„Dann erzähl mal", sagte er, während wir uns in die Küche an den kleinen Tisch am Fenster setzten. Ich holte tief Luft, setzte eine wichtige Miene auf und berichtete von meinem Erlebnis.

„Ich bin heute angesprochen worden", legte ich los und machte an dieser Stelle eine bedeutungsvolle Pause. Scheinbar hatte ich den richtigen Gesichtsausdruck getroffen, denn nach nur einem kurzen fragenden Stirnrunzeln war Paul im Bilde: „Echt, im Hotel?"

„Ja, ich war dann bei einem von denen auf dem Zimmer, die sitzen in der vierten Etage", fuhr ich hastig fort. Paul trank einen Schluck Bier, das er sich zuvor aus dem Kühlschrank genommen hatte, und sah mich ernst an. „Okay, der Reihe nach", sagte er.

Ich berichtete so genau wie möglich, wie sich meine Begegnung mit dem Hauptmann der Staatssicherheit abgespielt hatte. Ab und an fragte Paul etwas nach, ruhig und konzentriert. Als ich mit meinem Bericht fertig war, nahm ich mir auch ein Bier. Meine Aufgeregtheit legte sich langsam.

„Und der hat dir seine Klappkarte vor die Nase gehalten?", Paul staunte erkennbar. Das machte mich stolz. „Ja".

„Und dann hat er dir was vom Drogenhandel in der Kristallbar erzählt?"

„Nein, nicht nur in der Kristallbar. Eher so im Allgemeinen, aber es könnte auch bei uns in der Bar passieren. Ich soll eben die Augen offen halten."

Paul sah nicht gerade begeistert aus, eher abwägend.

Ich war wichtig für diese Leute, war das gut? Konnten wir beide das gebrauchen? Soll ich es machen … für uns? Das waren die Fragen, die mich jetzt bewegten. Fest stand, dass ich zusagen würde, sollte Paul mich darum bitten. Oder, falls dies sein Stolz nicht zuließ, zumindest andeuten würde, dass er es für hilfreich hielt. Wir wussten beide, dass es Gelegenheiten gibt, in denen so eine Hilfe nützlich werden könnte.

Die Geschichte mit der Fahrerflucht war erst ein paar Monate her. Man hatte ihm nach diesem Delikt für ein Jahr den Führerschein und ein paar hundert Mark abgenommen. Es gab allerdings Stimmen, die meinten, damit wäre er glimpflich davongekommen.

Das Ganze hatte sich abends auf einer Landstraße ereignet. Paul hatte ein paar Bier getrunken und somit die Null-Promille-Grenze überschritten. Nach einigen Kilometern sah er einen Polizisten mit ausgestrecktem schwarz-weißen Stab auf die Straße treten. Zuerst fuhr er langsamer und deutete an zu Halten, um dann aber Vollgas zu geben und knapp an dem Posten vorbeizurasen.

Bis die Streife sich in ihren Wartburg geworfen hatte und ebenfalls losgerast war, hatte er schon einen ordentlichen Vorsprung herausgefahren. Schließlich schaffte er es, die Polizisten abzuschütteln, und erschien dann völlig aufgelöst bei mir im Hotel. Die Kristallbar war voller Gäste und ich hatte alle Hände voll zu tun. Paul brachte mich mit seiner Geschichte völlig durcheinander und die nächsten Arbeitsstunden wurden eine Quälerei. Ich konnte es nicht fassen, was er angerichtet hatte. Während ich schlampigen Service bot, zermarterte ich mir das Hirn, wie ihm noch zu helfen wäre.

Wir brauchten auf die Konsequenzen nicht lange zu warten. Die Polizei erschien am nächsten Tag vor unserer Haustür und nahm Paul den Führerschein ab. Man hatte ihn anhand des Kennzeichens schnell ermittelt und übergab ihm eine Vorladung zur Vernehmung im Polizeirevier.

Da er es nun nicht mehr selbst durfte, fuhr ich Paul zu diesem Termin. Inzwischen hatte sogar in der Lokalzeitung etwas über den Vorfall gestanden. Es hieß, dass sich der Polizist nur mit einem kühnen Sprung zur Seite vor dem herannahenden Wagen retten konnte. Nun konnten wir mal gespannt sein, was die Genossen daraus machten. Mordversuch? Paul war ein Nervenbündel und ich versuchte, ihn ein bisschen zu beruhigen, was absolut erfolglos war, da wir uns inzwischen zusammengereimt hatten, dass er und sein Lebenswandel nicht unbemerkt geblieben waren und die Staatsmacht nun eine Gelegenheit hatte, ihn sich mal gründlich vorzunehmen.

Sie taten es sechs Stunden lang. Sechs Stunden saß ich ängstlich wartend und zunehmend verunsichert im Auto vor dem Polizeirevier und malte mir die verschiedensten Abläufe aus. Nach drei zähen Stunden des Wartens nahm ich meinen Mut zusammen und ging zum Pförtnerhäuschen, um nach Pauls Verbleib zu fragen. Aber der Wachmann wollte oder konnte mir auch nicht weiterhelfen. Enttäuscht und eingeschüchtert setzte ich mich wieder hinters Lenkrad. Ich machte das Radio mal an, dann wieder aus. Ich hatte nichts zum Lesen dabei, aber darauf hätte ich mich auch kaum konzentrieren können. Was war denn da nur los, fragte ich mich immer wieder. Was tun die stundenlang dort? Was reden sie? Gibt es vielleicht noch viel mehr, was man ihm zur Last legt? Hatte man ihn vielleicht einfach schon in Haft genommen? Man müsste mir darüber natürlich nicht Bescheid geben. Würde ich ihn jetzt verlieren? Ich weinte still vor mich hin.

Irgendwann drehte ich mich eher unabsichtlich zur Seite um in Richtung Wachhäuschen und endlich, endlich sah ich ihn von Weitem kommen. Mir fiel ein Stein vom Herzen. Nun würde ich erfahren, was los war und was sie die ganze Zeit mit ihm gemacht hatten.

Ich bestürmte Paul sofort mit tausend Fragen, als er endlich wieder neben mir saß. „Ach, fahr los, ich muss das alles erst selbst verdauen", war seine schroffe Antwort. Als ich ihn irritiert ansah, ergänzte er bloß noch: „Ich habe erst mal zwei Stunden warten dürfen, bis sie sich bequemt haben, mich ins Sprechzimmer zu holen." Wir fuhren schweigend nach Hause.

„Was soll ich nun machen, soll ich unterschreiben?", fragte ich Paul, nachdem mir in Erinnerung an diese Geschichte ein Schauer über den Rücken gelaufen war.

„Meinst du, ich muss wieder in den Saal zurück, wenn ich ablehne?"

„Schwer zu sagen", antwortete Paul. Er überlegte.

„Sie werden dich schon eine Weile beobachtet und Erkundigungen eingeholt haben. Vielleicht glauben sie, dass du Interessantes aus der Bar berichten kannst. Da läuft ja einiges."

Ich nickte und atmete schwer. Paul zündete sich eine Zigarette an und blies den Rauch hörbar aus. „Wäre eigentlich mal ganz interessant zu hören, was die so wissen wollen", dachte er laut nach.

„Du meinst, falls sie sich auch für uns interessieren?", hakte ich nach. Paul kniff ein bisschen die Augen zusammen. „Das würden sie dir so genau wohl nicht sagen."

„Kann es vielleicht sein, dass sie sich tatsächlich eher für dich interessieren und dass gar nicht die Bar im Mittelpunkt steht?", versuchte ich es noch einmal deutlicher. Paul lachte kurz auf. „So interessant bin ich wohl auch wieder nicht."

Ich war mir da nicht so sicher.

Ein interessantes Leben an der Grenze der Legalität. Wenn ich es auch damals so nicht formuliert hätte, war mir instinktiv klar, dass es ständig eine Bedrohung für unseren Lebensstandard gab. Und war hier nicht die Möglichkeit, aktiv etwas zu unserem Schutz zu tun? Indem man den Dämon einbezog und ihn so beruhigte? Bei dem Gedanken kam ich mir ungeheuer clever vor.

Und es war natürlich so: Paul verschaffte mir den Zugang zu einem schönen Leben. Seine Beziehungen und sein Geld öffneten Türen. Wie weit dürfte er noch gehen mit seinen Geschäften und seinem Lebenswandel? Stand er schon auf irgendeiner Liste? Täglich trieben diese Fragen mich um.

Schließlich träumte ich von einer intakten Familie, von Ehe und Kindern. Wenn das Haus erst einmal fertig war, konnte ich mir schon vorstellen, in der Zukunft ein Leben auf dem Lande zu führen. Während Paul sich um unseren Lebensunterhalt kümmern würde, zöge ich die lieben Kleinen auf. Oder waren das nur Hirngespinste?

„Mach es!", hörte ich ihn plötzlich entschlossen sagen. „Wer weiß, was die sich einfallen lassen, wenn du ablehnst. Und was willst du auch als Grund angeben? Wenn du aus der Kristallbar wieder rausmüsstest, das wäre doch Mist."

„Na ja, da müssen sie aber eine Begründung haben, mich wieder zu versetzen, oder?" Paul lachte kurz höhnisch auf und sagte nur: „Ja, genau." Er schüttelte nur mit dem Kopf. Ich sah ihn an, dann an die Zimmerdecke, atmete langsam aus und erwiderte: „Okay."

Nun wartete ich darauf, dass Hauptmann Gerber sich wieder bei mir meldete.

✳ ✳ ✳

Mike gibt mir ein Taschentuch, damit ich die Tränen aus meinem Gesicht wischen kann. Ich sitze immer noch zusammengesunken auf meinem Barhocker und hoffe auf Gnade. Alles ist raus aus mir, das drückende Geheimnis und sämtliches Wasser. Als Mike mich endlich in die Arme nimmt, fühle ich mich wie ein kleines Mädchen, das etwas sehr, sehr Schlimmes gemacht hat, dem aber verziehen werden kann. Ich verfärbe sein Hemd mit meiner Wimperntusche, aber das ist im Moment nicht wichtig. Er hält mich im Arm, er wird mich nicht zurückweisen, ist jetzt das bestimmende Gefühl in mir, das mich langsam beruhigt und wieder klarer sehen lässt.

Als wir uns voneinander lösen, versuche ich es mit einem vorsichtigen Lächeln. „Du machst Sachen", sagt Mike, der sich nach mehrjähriger Enthaltsamkeit nun schon die zweite Zigarette anzündet. Sein Blick ist jetzt aufmerksam und forschend. „Erzähl mal der Reihe nach", bittet er mich.

Ich habe selbst Schwierigkeiten, eine genaue Abfolge der Ereignisse wiederzugeben. Alles hing mit allem zusammen. Das Aufwachsen in einer Welt der Doppelzüngigkeit, meine besondere Arbeitsstelle, die Beziehung zu Paul, das Versprechen von Vorteilen und schließlich die fortwährende Anstrengung, alles zu verdrängen.

Mit der ersten Erleichterung über Mikes Reaktion sprudele ich zusammenhanglos heraus, was mir in den Sinn kommt. Geschichten aus der Vergangenheit, die zu meiner Entscheidung beigetragen haben. Episoden aus der Kristallbar. Ich weine, beruhige mich etwas, rede, trinke, versuche ein vorsichtiges entschuldigendes Lächeln, weine wieder und rede, rede. Mike sitzt mir ernst gegenüber und hört aufmerksam zu. Ab und zu fragt er etwas, hakt nach.

Ich brauche noch etwas zu trinken. Der Barmann mixt mir einen weiteren Cocktail. Ohne hinzusehen, greife ich danach und nehme einen tiefen Schluck. Ich sehe jetzt ins Glas, als stünde dort die Fortsetzung, und sage: „Und dann kam im vorletzten Sommer die erste Karte." Mike sieht mich fragend an.

„Von Gerry", setze ich hinzu.

Mike sieht mich nicht weniger fragend an. Mit hastigen Worten erkläre ich ihm mein Verhältnis zu Gerry.

Mike legt mir seine Hand auf den Arm und sagt: „Jetzt mach mal langsam, was ist mit diesem Gerry und was für eine Karte?"

„Nicht nur eine Karte", ich sage es wie zu mir selbst und leere mein Glas vollständig.

Meine Erregungskurve steigt nun wieder und während ich von den ständigen Grußkarten und meiner Angst, dass Mike eine solche mal in die Hände fallen könnte, erzähle, überwältigt es mich wieder. Diesmal ist es das wunderbare Gefühl, mich nach so langer Zeit des Schweigens zu erleichtern.

Als der zweite Wolkenbruch vorüber ist, beginnt eine lange Nacht. Ich erzähle.

∗ ∗ ∗

„Wir können uns ruhig duzen", war einer der ersten Sätze aus Hauptmann Gerbers Mund. Wenige Augenblicke zuvor war ich in einem der Zimmer eines Berliner Luxushotels angekommen und hatte auf einem bequemen Sessel gegenüber meinem Führungsoffizier Platz genommen.

Diese unvermittelte Offerte verblüffte mich. Was sollte das jetzt so plötzlich? Nach der distanziert steifen Begrüßung und des Angebots, Platz zu nehmen, fühlte ich mich etwas überrumpelt.

Ich konnte diese Überlegung jetzt aber nicht gebrauchen, denn ich war ohnehin durcheinander und kam mir vor wie in einer Parallelwelt. Das war vielleicht gar nicht ich, die sich zum Mitmachen entschlossen hatte. Das war gar nicht ich, die sich vor wenigen Minuten betont lässig an der Rezeption vorbei zu den Aufzügen bewegt hatte, wohl wissend, dass die Angestellten jedes Recht hatten, mich anzuhalten und nach meinem Zimmerausweis zu fragen. War ich es, die gerade in der Sommerhitze ihren alten Golf in eine Parklücke am Bahnhof Friedrichstraße gelenkt hatte? Die sich verwegen und interessant vorkam in der Erwartung dessen, was sich gleich abspielen würde? War ich diejenige, die die Spannung dieser ungewöhnlichen und ziemlich unerhörten Situation auch noch genoss?

Ich musste es wohl sein, denn ansonsten fühlte ich mich an wie immer. Und diese leise entfernte Stimme, die ganz weit in mir irgendetwas rief, das ich nicht verstand oder nicht verstehen wollte, würde auch noch Ruhe geben und mich weitergehen lassen auf meinem eingeschlagenen Weg.

Der Hauptmann sah mich abwartend an.

Für einen Moment spürte ich wieder diese Unsicherheit. Es war noch Zeit, einfach aufzustehen und ein „Tut mir leid, das ist alles ein Missverständnis" oder sonst was zu sagen, die Zähne zusammenzubeißen und abzuhauen. Oder ich könnte ganz aufrichtig sein und ihm erzählen, wie ich mit dieser Entscheidung gerungen habe, dass es schlaflose Nächte gegeben hatte, dass mein Partner mir zu- und mein Gewissen mir abgeraten hatten. Einfach so, ganz ehrlich, der war doch nett, der würde das verstehen und dann ...

Dann holte ich tief Luft, sagte: „Ja klar, kein Problem", und lächelte falsch.

„Also dann: Micha", hörte ich ihn sagen.

„Jana", sagte ich.

Wir lächelten wieder ein bisschen.

„Na dann", fuhr Micha fort und griff zu einer Flasche Rotkäppchensekt, die in einem Kühler auf ihre Öffnung wartete.

„Oh", war meine Reaktion, denn erst jetzt nahm ich wahr, dass wohl aus Gründen der Feierlichkeit ein paar Häppchen und etwas zum Anstoßen bereitstanden.

Da saß ich ihm nun gegenüber, dem Micha, dem freundlichen Mann mit der harmlosen Ausstrahlung, meinem Führungsoffizier der Staatssicherheit.

Micha hatte die Flasche geöffnet und uns zwei Gläser eingeschenkt. Wir stießen an, ohne zu sagen, worauf, und ich spülte ruckartig den halben Inhalt meines Glases herunter. Der Alkohol am Vormittag sorgte für ein wenig Entspannung und ich erinnerte mich, wie es zu dieser Verabredung gekommen war.

Einige Tage zuvor erhielt ich in der Kristallbar einen Anruf. Eine Frauenstimme, die sich mit „Vermittlung" meldete, sagte mir freundlich: „Guten Tag", und: „Herr Gerber möchte Sie sprechen." Zu diesem Zeitpunkt war mein erstes Zusammentreffen mit dem Stasihauptmann bereits einige Wochen her gewesen und wenn ich auch nicht richtig daran glaubte und meinen Entschluss bereits schon gefasst hatte, war ein wenig Hoffnung in mir gewachsen, dass man mich doch wieder vergessen oder als untauglich eingestuft hatte. Dem war also nicht so, stellte ich fest, als Herr Gerber ans Telefon kam und mir kurz Zeit und Ort mitteilte, an dem ich mich einige Tage später einfinden sollte.

Micha unterbrach meine Gedanken und wies mit einer einladenden Handbewegung auf die Canapés. „Bitte", sagte er. Obwohl ich es schwierig fand, in dieser unnatürlichen Situation etwas zu essen und mein Magen auch eher mit dem Sekt harmonierte, nahm ich brav eines der Häppchen. Micha hatte scheinbar weniger Hemmungen und griff herzhaft zu. So verging die erste halbe Stunde unseres merkwürdigen Zusammenseins.

Ein Glas Sekt später plauderten wir über den Alltag in der Kristallbar. Er hatte eine Art, die mich bereits nach kurzer Zeit unbefangener werden ließ. Es fiel mir gar nicht schwer, ihm wie einem Kumpel Anekdoten meines Arbeitsalltags zu erzählen. Er fragte nach den Gästen und ob ich schon Prominente zu Gesicht bekommen hätte. Ich erzählte von einigen Politikern und Künstlern und taute immer mehr auf dabei.

Dann ging die Rede ins Private. Micha erzählte von seinem Wochenendhaus und von den Schwierigkeiten, Baustoffe zu bekommen. Wir lachten gemeinsam über die kritische Versorgungssituation. Ich plauderte über mein Auto und wie ich es mithilfe eines Bastlers, der nach West-Vorlagen Spoiler baute, nachträglich aufgemotzt hatte. Ich erzählte ihm, dass mein Freund einen Autolackierer kannte, der den Golf kornblumenblau werden ließ.

Es war wohl eine gute halbe Stunde vergangen, als Micha in einer Redepause zu ein paar Bögen Papier griff, die auf einem seitlich neben ihm stehenden Schreibtisch lagen. Er schob die beinahe leere Canapéplatte und den Sektkühler beiseite und breitete die Bögen auf dem Tisch aus. „Jetzt müssen wir ein bisschen was schreiben, es muss ja alles seine Ordnung haben", dazu lächelte er jovial und teilte mir ein leeres liniertes Blatt zu.

Von ihm diktiert, schrieb ich eine formelle Verpflichtungserklärung, in der ich niederlegte, zum Wohle des Volkes der DDR aufmerksam und wachsam zu sein und alle von mir gemachten Beobachtungen, die der DDR schaden könnten, meinem Führungsoffizier zu melden usw., usw. Es war diese geschraubte unnatürliche Parteisprache, die ich seit meiner Schulzeit kannte und die immer wieder unseren Alltag streifte. Phrasenhaft und für den gesunden Menschenverstand einfach unglaubwürdig musste nachgeplappert werden, was sich die Parteiführung an kruden Formeln ausgedacht hatte. Leerformeln in immer ganz großen Dimensionen: „Alle Macht dem Volke", „Von der Sowjetunion lernen, heißt: siegen lernen", „Vorwärts zum zigsten Parteitag der SED", „Vorwärts immer, rückwärts nimmer".

Der letzte Absatz der Erklärung enthielt die Versicherung, dass ich mit niemandem über diese Verpflichtungserklärung und meine Beziehungen zum Staatssicherheitsdienst sprechen würde, weder heute noch zukünftig.

Als der Text fertig geschrieben war und nur noch meine Unterschrift fehlte, erhielt ich einen Decknamen. Ich lachte ein bisschen verlegen darüber und fragte nach der Notwendigkeit. „Nun, sieh mal", erklärte Micha, „wenn ich mit den von dir geschriebenen Berichten zum Beispiel einen Autounfall habe und die Blätter fliegen über die Straße, dann könnte im schlimmsten Fall jeder lesen, wer für uns tätig ist. Also haben wir das System der Decknamen eingeführt. Dieser Name dient also nur zu deinem Schutz."

„Cornelia Astrid" setzte ich unter meine Erklärung. Diesen seltsamen Namen hatte er im vorab schon für mich ausgewählt. Dann gratulierte er mir herzlich und mir liefen vor Peinlichkeit Schauer über den Rücken.

„Ja, dann sind wir auch schon so weit." Er klang fröhlich und verbreitete Aufbruchstimmung. Ich nahm meine Tasche, ging noch einmal ins Badezimmer und verabschiedete mich dann.

„Wie geht es jetzt weiter?", wollte ich noch wissen.

„Ich rufe dich im Hotel an und sage dir dann, wann und wo", war seine Antwort.

„Gut, also dann", ich schüttelte ihm die Hand und ging erledigt zum Aufzug.

Wieder auf der Straße, wieder in der vertrauten Welt, setzte ich mich ins Auto. Ich war nicht nüchtern und kannte die Vorschriften. Nach kurzem Zögern startete ich den Motor. Weit hatte ich es nicht, denn in einer Stunde musste ich arbeiten und das Spreehotel war nur wenige Autominuten entfernt. „Wenn die mich jetzt erwischen", dachte ich trotzig, „soll der mich doch raushauen. Schließlich wusste er, dass ich mit dem Auto da war, und hat nicht gezögert, mir Sekt einzuschenken. Und wenn der keine Möglichkeiten hat, wer dann?"

Ich hatte meine Zugehörigkeit akzeptiert.

∗ ∗ ∗

Nach der langen Nacht in Dessau machen wir uns am nächsten Vormittag auf die Rückreise. Auf dem Weg nach Hause fahren wir noch zu einem Ort, an dem es auch um Vergangenheitsbewältigung geht.

In der Nähe von Gräfenhainichen sind auf dem Gelände eines ehemaligen Braunkohletagebaus ein technisches Museum und ein einzigartiger Veranstaltungsort entstanden. Weil der Braunkohleabbau nach der Wende keine Zukunft mehr hatte, setzten sich engagierte Menschen vor Ort für die Erhaltung und Präsentation der mächtigen Maschinen ein, die jahrzehntelang die Kohle aus der Erde geholt hatten. So entstand Ferropolis.

Während wir um die stählernen Kolosse der verschiedenen Baggertypen wandern, umweht uns der Wind der Vergangenheit. Sowohl der älteren Vergangenheit, als der Braunkohleabbau hier volkswirtschaftliche Notwendigkeit war, sowie der jüngeren Vergangenheit, der letzten Nacht.

Mike weiß nun Bescheid. Er ist sehr nachdenklich heute und wohl dabei, eine Meinung und eine Haltung zu meiner Geschichte zu entwickeln.

„Da haben sie dir aber einen schönen Bären aufgebunden, mit den Drogen", sagt er unvermittelt. „Aber gut, es passt ja in die Zeit." Ich nicke.

„Ist der denn sonst auch in dem Hotel herumgelaufen?", will er wissen. Ich schüttele den Kopf.

„Und du weißt nicht, ob sich noch andere Kollegen aus der Kristallbar verpflichtet haben?" „Nein, um Himmels willen, das hätte doch keiner erzählt", ist meine Antwort.

So geht es weiter und weiter, Frage für Frage, Schritt für Schritt. Und während ich rede, ist mir, als werfe ich eine Schaufel Abraum nach der anderen aus meiner inneren Halde in ein Endlager.

Wir stehen vor einem 27 Meter hohen Eimerkettenbagger, der im Jahr 1962 gebaut worden war, und unsere Unterhaltung rückt allmählich von der Stasivergangenheit in die Gegenwart. So wie die Eimer sich endlos an ihrer Kette drehen, so konstant erscheinen die Denkzettel von Gerry.

Mike fragt mich nach den Karten und wie ich mich fühle, wenn ich sie bekomme. Wo sie jetzt sind. Uns ist klar, dass kein Ende absehbar ist. Denn dass Mike nun eingeweiht ist und mein Geständnis nicht unsere Trennung zur Folge hatte, kann an Gerrys Routine nichts ändern. Nur, was tun? Wir sind gemeinsam ratlos.

Sollen wir es jetzt einfach gemeinsam hinnehmen? Einfach raus aus dem Briefkasten und rein in den Mülleimer? Oder wäre endlich eine Reaktion angebracht? Ich entschließe mich dazu, Gerry einen Brief zu schreiben. Den Text halte ich kurz und nicht sehr emotional. Am Anfang bitte ich ihn einfach um Entschuldigung und mache ihm klar, dass ich seine Enttäuschung über meinen Vertrauensbruch verstehe. Er soll die Gewissheit haben, dass er mich mit seinen Karten zum sehr gründlichen Nachdenken und selbstverständlich zur Reue angeregt hat. Gleichwohl bitte ich ihn am Ende darum, nun mit dem Schreiben aufzuhören. Irgendwann muss ja mal Schluss sein.

Dann warte ich gespannt darauf, was passieren wird, und male mir aus, in welcher Situation er meinen Brief wohl bekommt. Aber ich warte vergebens. Gerry reagiert nur insoweit, als er die Änderung meines Nachnamens, die sich inzwischen ergeben hat, wohl zur Kenntnis genommen hat, weil er seine Karten fortan entsprechend adressiert.

Meine Zeilen scheinen ihn ansonsten nicht weiter beeindruckt zu haben. Stur geht es weiter.

✳ ✳ ✳

Wie bei unserem letzten Treffen, das ich als seltsame Aufnahmefeier in Erinnerung hatte, vorhergesagt, rief Micha einige Tage später wieder an. Zunächst war wieder die Vermittlung am Apparat, schließlich kam er ans Telefon.

„Können wir uns in der nächsten Woche treffen, passt es dir am Donnerstag?" Ich hatte nichts vor und mit meinem Dienstplan klappte es auch.

„Ja, am Nachmittag kann ich." Micha schlug eine Zeit vor und nannte mir eine Adresse in der Prenzlauer Allee. Ich stutzte, schrieb mir aber die Anschrift auf und verstaute den Zettel schnell in meiner Handtasche.

„Also bis dann, Tschüss." Er hatte aufgelegt.

Da ich mangels eigenen Telefonanschlusses diese Anrufe immer während der Arbeit bekam, versuchte ich so unbeteiligt wie möglich zu tun, nachdem ich aufgelegt hatte. Allerdings nahmen meine Kollegen kaum Notiz davon, wie sollten sie auch ahnen, wer dort in der Leitung gewesen war.

Am vereinbarten Tag machte ich mich auf den Weg zu der Adresse in der Prenzlauer Allee. Ich fuhr ein paar Stationen mit der Straßenbahn und ging noch ein Stück zu Fuß vorbei an einigen Wohnhäusern des neunzehnten Jahrhunderts, die vor dem Krieg und dreißig Jahren sozialistischem Realismus sehr repräsentativ gewesen sein mussten. Nun fehlte es ihnen großflächig an Stuck in den Fassaden. Einige der Balkone sahen so altersschwach aus, dass ich Bedenken gehabt hätte, sie zu betreten.

Nach einer Querstraße lockerte die Bebauung auf und statt der über hundertjährigen kamen ein paar Bauten der Fünfzigerjahre ins Blickfeld, zweckmäßige Vorläufer der späteren Plattenbauten. Dreistöckig mit vier Aufgängen pro Haus standen sie ein gutes Stück von der Straße entfernt und waren mit Rasenflächen umgeben. Hinter den Häusern standen auf den Grünflächen Pfähle mit Wäscheleinen. Es gab genug Parkplätze für die wenigen Mieter, die ein Auto hatten, und einen sonnigen Kinderspielplatz.

Ich suchte die Tür mit der Nummer 5, den Namen „Kloster" und klingelte. Kurz darauf ertönte der Summer und ich öffnete die hellbraune Tür. Da ich nur eine halbe Treppe hinaufmusste, stand ich sogleich vor einer Wohnungstür. Auf dem Boden im Hausflur vor dieser Türe standen ein Paar Herren- und ein Paar Damenschuhe. Bevor ich diese jedoch genauer in Augenschein nehmen konnte, wurde mir die Tür geöffnet und eine kleine Frau mittleren Alters mit Dauerwelle stand vor mir.

„Ich bin hier verabredet", sagte ich verblüfft, denn mir war die Situation nicht klar.

„Ja, ich weiß, kommen Sie bitte herein", sagte sie leise und freundlich. Ich folgte ihrer Aufforderung und befand mich im kleinen Flur der Wohnung, von dem einige Türen abgingen. Sie öffnete mir die nächstgelegene Tür und bot mir an, mich dort ins Zimmer zu setzen. Ich wählte einen Stuhl in der Nähe des Fensters und sah mich um.

„Micha kommt gleich", sagte die Frau und schloss die Zimmertür.

Langsam setzte ich mich und sah mich um. Das musste wohl mal das Kinderzimmer gewesen sein. Es war länglich und schmal, ein sogenanntes halbes Zimmer. An einer Längsseite stand eine Liege mit einer Patchworkdecke in blassen Farben. Ich saß auf einem Polsterstuhl, von dem es noch einen zweiten gab. Dazwischen stand ein Tischchen mit einer gemusterten Tischdecke. An der Wand über der Liege waren ein paar Regale angebracht, die auch ich aus meiner Kindheit kannte. Es waren die immer gleichen und auch im Handel immer vorrätigen, mit blassgrünem Sprelacart überzogenen Pressspanbretter, die auf schmalen Metallträgern ruhten. Eine russische Matrjoschka mit ihren vier kleineren Schwestern zierte das untere Brett.

Ich betrachtete meine Beine und Hände, als hätte ich gern die Gewissheit, dass ich es wirklich war, die hier saß. Seltsam surreal waberte der Gedanke „konspirative Wohnung" in mir. Gleich darauf musste ich grinsen. „Konspirative Wohnung" hörte sich nach knisternder Geheimdienstatmosphäre an, nicht nach abgewohntem Kinderzimmer.

In diesem Moment klingelte es und Frau Kloster ging zur Tür. Ich straffte mich etwas in der Erwartung des Kommenden. Kurz darauf öffnete sich die Zimmertür und abgehetzt kam Hauptmann Gerber herein. Er entschuldigte sich für seine

Verspätung, schaute heiter im Zimmer umher und ließ sich auf den anderen Stuhl fallen. Unter den Achseln seines hellblauen kurzärmligen Hemdes hatten sich leichte Schweißflecken gebildet. Er nahm Platz und Frau Kloster erschien noch einmal im Zimmer, um uns zu fragen, ob wir Kaffee haben möchten.

Ich zuckte mit den Schultern und ließ das Micha regeln. Er hatte mit seinem Erscheinen eine unerwartet gelöste Atmosphäre mitgebracht, wie ich es eigentlich nicht erwartet hatte. Sofort dachte ich darüber nach, dass es doch nicht so schwer sein würde, ihn gleich beim Vornamen anzureden. Und mit der Frage, die mich brennend interessierte, platzte ich auch sofort heraus. „Sag mal, was ist das hier eigentlich und was sind das für Leute? Wohnen die richtig hier?"

Micha lächelte und erklärte mir: „Du kannst ja schlecht in die Dienststelle kommen und es geht auch nicht immer in den Hotels. Daher haben sich ein paar Leute von uns bereit erklärt, ihre Wohnungen für diese Treffen zur Verfügung zu stellen. Das ist unauffällig, du könntest doch hier jemanden besuchen wollen. Niemand merkt, warum wir hier sind."

So weit die Theorie, dachte ich. Es gibt doch immer Nachbarn, die auf alles aufpassen, und was die wohl denken, wenn dieser unauffällig gekleidete Mann hier immer mal wieder aufkreuzt und vorher oder nachher weitere Personen. Da man die Wohnung auf jeden Fall getrennt verließ, sah alles umso unnatürlicher aus und Beobachter könnten leicht die richtigen Schlüsse ziehen und die ganze schöne Tarnung war für die Katz.

Allerdings, was sollten sie mit einem solchen Wissen anfangen? Sie könnten es bestenfalls im Bekanntenkreis herumerzählen, bis einmal der Falsche darauf aufmerksam würde. Dann hätten sie sich in Schwierigkeiten gebracht und die Stasi würde einfach die Wohnung wechseln.

Frau Kloster erschien wieder und servierte uns den Kaffee komplett mit Milchkännchen und Zuckerdose. Mit einem angedeuteten Lächeln verschwand sie wieder.

Micha nahm Schreibmaterial aus seiner Tasche und füllte auf einem Formular einige obere Felder aus. Er schrieb ein paar Abkürzungen, Buchstaben und Zahlen auf das Blatt und sah dann auf.

Meiner Meinung nach konnte dieses Treffen nicht lange dauern, da ich keine Beobachtungen gemacht hatte, die auf Drogengeschäfte hingewiesen hätten. Ich trank einen Schluck Kaffee und sagte laut, was ich gerade überlegte. „Hm", machte er nur und sah mich nachdenklich an.

Im selben Moment fühlte ich mich unwohl. Es war mir unangenehm, dass wir uns extra in dieser merkwürdigen Wohnung trafen und ich nichts liefern konnte. Also begann ich ein bisschen über die Erlebnisse der letzten Tage in der Bar zu erzählen.

Zurzeit wohnte eine Gruppe ehemaliger KZ-Insassen im Hotel, die anlässlich eines internationalen Treffens zusammenkamen. Es waren alte Menschen, die trotz ihrer furchtbaren Erinnerungen angeregt miteinander plauderten und lachten. Auf ihrer Kleidung trugen sie die Abzeichen der Häftlingskleidung. Bei einigen sah ich Tätowierungen auf den Unterarmen. Das Schicksal dieser Menschen berührte mich umso mehr, wenn ich mich an die sogenannten Jugendstunden zur Vorbereitung auf die Jugendweihe erinnerte. Ich war damals vierzehn Jahre alt und unsere Schulklasse fuhr zur Erweiterung unseres Geschichtsverständnisses in das Konzentrationslager Sachsenhausen bei Oranienburg. Was ich dort gesehen hatte, hinterließ Entsetzen und Traurigkeit. Es hatte keinen zweiten Besuch gegeben, da der erste sich dauerhaft in mein Gedächtnis gebrannt hatte.

Das Thema wühlte mich auf und ich bemerkte nur allmählich, dass mein Zuhörer gelangweilt wirkte. Ich unterbrach mich und Micha schien aufzuatmen.

Dann schob er mir ohne weitere Einleitung das von ihm vorbereitete Blatt Papier über den Tisch. Es trug die Überschrift „Treffbericht".

„Wenn dir noch keine Elemente im Zusammenhang mit dem Drogenhandel aufgefallen sind, kümmern wir uns heute um etwas anderes", begann er. „Es interessiert uns auch, was die Menschen in unserem Land fühlen und denken, ihre Pläne, ihre Zuverlässigkeit ... du verstehst?" Er nickte mir leutselig zu bei seinen Worten.

Natürlich verstand ich. Die Weltanschauung also. Ein ganz einfaches Thema. Entweder man hatte die marxistisch-leninistische Weltanschauung oder man tat jedenfalls so, dann war alles gut. Und wenn nicht, war man ein Feind des Sozialismus. Ganz einfach also. Was Marx und Lenin einst erdachten, verfolgte uns vom Kindergarten an. Diese Thesen, verwoben mit den Heldentaten von Lenin, wurden unseren Köpfen bei jeder Gelegenheit eingehämmert. Seltsamerweise passten sie in jeden Unterricht, wenn ein linientreuer Lehrer es so wollte.

Kurioserweise wurde diese Einstellung von einigen Verbohrten sogar bei Heiratsanzeigen nachgefragt. So konnte man dann lesen: „Mann, 40, blond, 1,70, NR, NT mit m.-l. WA, sucht Partnerin, Haarfarbe egal, bis Mitte 30, NR und m.-l. WA."

Und nun sollte es offenbar meine Aufgabe sein, Elemente mit falscher Weltanschauung aufzuspüren.

„Hm, tja, das ist ja ein ziemlich umfassendes Thema", begann ich umständlich und tat so, als müsste ich angestrengt nachdenken.

Dabei war alles so erschreckend banal. Es passierte genau so, wie wir es uns immer ausgemalt hatten. Der Spitzel, von dem niemand weiß, dass er einer ist, gibt willkürliche Informationen an die Stasi weiter. Er kann die Wahrheit berichten, die Tatsachen verdrehen, Geschichten erfinden. Ganz nach Sympathie für die nachgefragten Personen. Die Verratenen können sich nicht wehren, nichts richtigstellen, sich nicht verteidigen. Man kann nur vermuten, wer ein Zuträger ist, und hoffen, dass man nicht selbst zum Ziel des Aushorchens wird.

Bevor diese Gedanken ernste Zweifel an meinem Entschluss aufkommen ließen, hörte ich Micha in die Stille sagen, dass ich doch mit einem der Barmänner anfangen könnte: „Wie lebt er, was macht er im Urlaub, ist er mit seiner Arbeit zufrieden? Schreib doch einfach mal deine Einschätzung auf", bat er mich.

Ich versuchte, meine Fassung zu behalten, indem ich eine Weile das leere Blatt anstarrte. Ich sah kurz auf, Micha wartete, und senkte den Blick wieder in Richtung Papier. Irgendetwas musste ich jetzt machen, irgendetwas, das meine wütende Energie ableitete. Vielleicht den Daumennagel in das Holztischchen krallen, sodass es Micha nicht sehen konnte. Oder die Zähne ganz fest aufeinanderbeißen. Doch dann könnte er sehen, wie meine Kieferknochen arbeiteten. Ich entschied mich dafür, meine Absätze in den Teppich zu bohren, so fest es nur ging. Es dauerte etwa zehn Sekunden, dann hatte diese kleine Aktion dafür gesorgt, dass Micha mir nichts anmerkte und der Teppichboden eine Delle hatte.

Ich war also ohne Umwege im Denunziantentum angekommen. Beinahe wünschte ich mir, die Übergabe von Rauschmitteln oder Geldkoffern beobachtet zu haben. Stattdessen saß ich jetzt hier und musste erleben, wie ich rasant vom hohen Ross des Spezialagenten zum elenden Schnüffler im Bekanntenkreis mutierte.

Micha wartete und ich grübelte, um Zeit zu gewinnen. Ich dachte an Paul und seine Geschäfte, an die Kristallbar und das

Geld, das dort zu verdienen war. Wenn ich jetzt ablehnte und alles wieder rückgängig machen wollte, was wäre dann? Würden sie dann bei Paul genauer hinsehen oder mich zurückversetzen in den Bankettsaal? Ich schwitzte und trank noch mehr Kaffee.

Micha sah mich an und nickte mir aufmunternd zu. Wahrscheinlich wusste er genau, was in dem Möchtegernkundschafter ihm gegenüber gerade vor sich ging. Dieses Hin- und Hergerissensein von Leuten wie mir, die gar nicht so genau wissen, warum sie hier sitzen. Die Angst hatten vor Nachteilen, wenn sie ablehnten, jedoch über ausreichend Opportunismus verfügten, um schließlich doch einzuknicken. Und die sich immer etwas von dem Arrangement versprachen.

Es war wohl so eine Art Eingewöhnungsphase, die vorbeigehen würde. Micha brauchte bloß abzuwarten und freundlich zu bleiben.

Ich dachte nach. Mein Kollege, der hier auf der Tagesordnung stand, war ein ausgesprochen netter, umgänglicher Typ. Wir konnten gut zusammenarbeiten, er war hilfsbereit und fair. Die Gäste mochten ihn auch und über sein Privatleben wusste ich nicht viel. Seine politische Grundeinstellung kannte ich natürlich schon. Damals genügten die richtigen paar Worte, eine bestimmte Betonung, Sarkasmus statt Beschwerden, um bald zu erkennen, in welche Richtung jemand dachte und fühlte.

Kürzlich hatte er seine Mutter verloren und als er davon erzählte, musste er weinen. Einen Mann in seinem Alter hatte ich zuvor noch nie in Tränen gesehen. Und natürlich kannte ich ein paar seiner Schwächen. Sollte ich jetzt aufschreiben, dass er gern Bier trank und dass er viel rauchte? Ich fragte mich, was man mit solchen Informationen anfangen konnte?

Nach einigen Minuten gab ich mir einen Ruck. Was soll's, dachte ich. Schließlich war es im Grunde egal, was ich da hinschrieb. Micha brauchte einen ausgefüllten Bogen Papier für seine Vorgesetzten.

Entschlossen griff ich zu dem Blatt Papier und nach fünfzehn Minuten war ein neuer Held der Arbeiterklasse geboren.

Micha lächelte zufrieden, als ich ihm das Blatt zuschob. Zu meiner phrasenreichen und fantasievollen Geschichte von der positiven Einstellung zum sozialistischen Staat, der Einsatzbereitschaft am Arbeitsplatz, dem gesellschaftlichen Engagement und der persönlichen Bescheidenheit passte meine Unterschrift ganz ausgezeichnet: Cornelia Astrid.

Er war fertig, mein erster Bericht. Ich war erleichtert und ich glaube, Micha war es auch.

∗ ∗ ∗

Es ist wieder Sommer und mein notorischer Kartensender muss im Urlaub sein, denn ich bekomme auch in diesem Jahr einen vom Monat unabhängigen pauschalen „Sommergruß für meinen Ex-Stasispitzel". Mike hat die Karte aus dem Briefkasten gefischt und legt sie mir mit leichtem Kopfschütteln auf den Frühstückstisch.

„Er hat keine Exit-Strategie", murmelt er dazu und nimmt sich ein Brötchen.

„Wie meinst du das?" Ich bin neugierig.

„Nun", antwortet Mike, „er weiß eben nicht, wie er aus der Nummer wieder rauskommen soll." Ich höre zu.

„Als er herausbekommen hat, dass du über ihn bei der Stasi berichtet hast, war er natürlich verletzt und wütend. Dann hatte er diesen originell boshaften Einfall mit den Karten und hat sich voller Begeisterung einen Packen davon besorgt und angefangen, sie zu schreiben. Vielleicht ja nicht nur an dich."

Ich trinke einen Schluck Tee und ergänze: „Ja, stimmt, in seinem Brief war von sechs Stasiratten die Rede. Und wer weiß, vielleicht verschickt er sechs Karten pro Monat. Dann habe ich womöglich noch einige Leidensgenossen."

Mike nickt und sieht unschlüssig über den Tisch. „Ja, das macht man ein paar Monate, eventuell ein Jahr. Doch dann ist eigentlich die größte Wut abgebaut und man beruhigt sich ... eigentlich."

„So einer ist er dann wohl nicht", antworte ich resigniert.

"Weil er eben keine Exit-Strategie hat", wiederholt Mike.

„Vielleicht rufe ich ihn an und sage ihm, dass ich alles ganz ehrlich bereue, nur leider nicht mehr rückgängig machen kann", überlege ich laut, spüre jedoch sofort, wie halbherzig der Gedanke ist. Weil ich nicht sehr an einen Erfolg glaube, möchte ich mich auch nicht zu Worten hinreißen lassen, die nicht mehr zurückgenommen werden können. Wir werden nie wieder Freunde sein und Gerry ist unversöhnlich. Welche Ansprache also sollte ihn überzeugen, Ruhe zu geben?

Exit-Strategie, das Wort beschäftigt mich weiter. Den Ausstieg, das Ende zu finden, wie hätte das denn für mich ausgesehen, ohne die politische Wende im Land? Würde ich wohl heute noch in miefigen Wohnungen herumsitzen und mir Geschichten ausdenken oder Leute ohne ihr Wissen analysieren? Ist das vielleicht Gerrys Ansatz: mir die Unmöglichkeit eines Ausstiegs und seine Konsequenzen vor Augen zu führen?

Die restliche Zeit des Frühstücks verbringen wir schweigend. Jeder geht seinen Gedanken nach, die Gerry ausgelöst hat.

✳ ✳ ✳

Vier Wochen nach dem ersten konspirativen Treffen bekam ich wieder einen Anruf. Paul hatte ich nach meinem ersten Treffen alles genauestens erzählt und mich danach etwas erleichtert gefühlt. Es gab zumindest einen Menschen, dem gegenüber ich meinem Gewissen Luft machen konnte.

Paul sah die Sache gar nicht so negativ: „Du weißt dadurch zumindest in etwa, was die Brüder so interessiert und was sie vielleicht schon wissen. Wo man besonders aufpassen muss und so." Paul machte dazu eine wegwerfende Handbewegung. „Klar, das wird jetzt wohl so weitergehen. Der Gerber wird dich nach allen Kollegen ausfragen. Der muss sich doch auch irgendwie beschäftigen und seinen Job rechtfertigen."

So hatte ich es noch nicht gesehen, aber es klang schlüssig.

Bei unserem nächsten Treffen in der Wohnung der Familie Kloster öffnete mir Micha selbst die Tür. Es war außer ihm niemand da und Micha bewegte sich wie selbstverständlich in den Räumen, als er in der Küche Kaffee kochte. Ich nahm wieder in dem Kinderzimmer Platz und sah mir die Buchrücken in dem Regal an. Als Micha mit dem Kaffee erschien, deutete ich auf ein Buch und sagte: „Licht über weißen Felsen, habe ich auch gelesen."

„Die gehören dem Sohn", antwortete Micha, „der ist jetzt bei der NVA."

„Na, dann braucht er das Zimmer ja kaum, denn Urlaub ist bei der Fahne ja selten", fügte ich hinzu.

„Er macht drei Jahre und will dann studieren", erklärte er mir. Genau, dachte ich, wenn er sich nämlich nicht für drei Jahre Armee und damit für eine Unteroffizierslaufbahn verpflichtet hätte, wären seine Aussichten auf einen Studienplatz gleich null. Ich sprach meine Gedanken nicht aus.

Für junge Männer, die Abitur gemacht hatten und sich dann für ein Studium außerhalb von Theologie interessierten, war es unumgänglich, bei der NVA einen Wehrdienst von drei Jahren zu absolvieren.

Micha öffnete seine Aktenmappe, um mir ein Berichtsformular auf den Tisch zu legen. „Gibt es von deiner Seite Interessantes?", war seine Frage.

„Es gibt einen der Stammgäste, er ist wohl West-Berliner", begann ich, „der saß in der letzten Woche mit ein paar anderen am Tisch und fummelte immer mit einer Tablettenschachtel herum."

„Hm"?, Micha sah mich aufmerksam an.

„Immer wenn ich etwas servierte, nahm er die Schachtel außer Sichtweite und die Diskussion am Tisch verstummte", erzählte ich weiter.

„Schreib mal auf, bitte", unterbrach er mich und deutete auf das Blatt Papier.

Ich hatte nichts anderes erwartet und war froh, überhaupt irgendetwas Bemerkenswertes liefern zu können, also nahm ich das Blatt und notierte meine Beobachtungen. Vielleicht, so meine Überlegungen, enthielten diese Tabletten irgendwelche Betäubungsmittel und dieser Mann wollte sie in Umlauf bringen. Gleich redete ich mir ein, dass ich natürlich etwas dagegen unternehmen müsste.

In meinem Bericht hielt ich fest, dass ich nur einige Buchstaben auf der Medikamentenschachtel sehen konnte, der Name fing eventuell mit Mo oder Ma an und endete mit in oder erin. Genauer ging es nicht. Wie der Mann hieß, konnte ich auch nicht sagen. Wenn ich es richtig verstanden hatte, redeten die anderen Gäste ihn mit „Manne" an.

Als ich fertig war und mir den Text noch mal durchlas, fand ich es doch recht mickrig. Was sollte man damit anfangen? Micha hingegen schien ganz zufrieden und bat mich, bis zum nächsten Mal herauszufinden, wie der Gast genau hieß. Wenn er Stammgast war, konnte das doch so schwer nicht sein? Ich sagte es zu und fand es ein bisschen spannend, eine konkrete Aufgabe zu haben.

Micha nahm den Bogen an sich und verstaute ihn in seiner kunstledernen Aktenmappe. Entspannt kreuzte er die Arme und legte sich mit den Ellbogen leicht auf die Tischplatte. Etwas vorgebeugt sah er mich treuherzig an und fragte: „Wie kommst du eigentlich mit der Katrin aus?"

Mit der Katrin, hörte ich im Innern sein Echo. Wie plump vertraulich. Als handelte es sich um eine gemeinsame Bekannte, über die ich hier schwadronieren sollte. Ich musste mich erneut zusammenreißen, um nach einer akzeptablen Antwort zu suchen.

Katrin und ich waren die einzigen beiden Frauen im Team. Sie war schon vor mir in der Kristallbar gewesen und hatte mir zu Beginn über manche Unsicherheit geholfen. Insgeheim bewunderte ich sie für ihren Lebensstil. Sie war selbstbewusst und hatte das souveräne Auftreten erfolgsgewohnter Menschen. Gern wäre ich wie sie gewesen. Katrin hatte Abitur und stammte aus einem Künstlerhaushalt. Für den Kellnerberuf hatte sie sich wohl eher als Gegenentwurf zum Leben ihrer Familie entschieden. Es ging ihr, wie sie sagte, auch dabei zuerst um das Geld und ihre Unabhängigkeit. Sie war eine attraktive Blondine, die mit einem ebensolchen Geschäftemacher, wie Paul es war, zusammenlebte. Doch schien sie nicht so bedingungslos an ihm zu kleben, wie es in meiner Beziehung der Fall war. Sie ging durchaus ihre eigenen Wege und wirkte in beneidenswerter Weise unbeschwert.

Micha sah mich fragend an, doch ich zuckte nur matt mit den Schultern. Auch diese Situation kannte er sicher schon hundertfach, weshalb er deutlicher nachsetzte: „Schreib einfach mal auf, wie du ihr Leben so einschätzt. Was sie für Hobbys hat, wie die Arbeitseinstellung ist, einfach alles, was dir so aufgefallen ist."

Aufgefallen ist mir, dass sie die Dinge besser im Griff hat als ich, war mein erster Gedanke. Und ein wenig neidisch war ich eben schon. Und gab es da nicht solche Ärgerlichkeiten wie ihre Unpünktlichkeit bei der Übergabe? Hatte sie mich nicht auch einmal lange warten lassen, weil sie sich noch unbedingt mit einem der Gäste unterhalten musste? Winzige Nebensächlichkeiten spielten sich in meinem Gedächtnis an die Oberfläche. Putzte sie die Bar nach Dienstschluss genauso ordentlich wie ich?

Was ich mir noch vor Wochen nicht hätte vorstellen können, passierte jetzt fast zwangsläufig. Ich hatte eine Spur Macht, die ich anfing auszunutzen. Der Bericht über Katrin geriet nicht nur wohlwollend und es machte mir nichts aus.

Paul hatte mehr als Recht gehabt.

* * *

Viele Menschen haben einen Traumberuf und legen schwärmerisch in ihren Kinderjahren fest, was aus ihnen einmal werden soll. Aber nicht nur bei den zahlreichen Lokomotivführern, Polizisten und Rennfahrern in spe hat das Schicksal einen anderen Plan und ihre Zukunft findet nicht auf Straße oder Schiene, sondern weniger aufregend, aber solide im Büro statt.

Der Traum meiner frühen Jahre war es, Archäologin zu werden. Wenn ich mit meinen Eltern oder der Schulklasse durch die beeindruckenden Architektursäle der Berliner Museen mit ihren Altertümern aus dem Orient oder Vorderasien spazierte, verzauberte mich der romantische Hauch der Geschichte und nahm mich in meinen Träumen mit in eine längst vergangene Welt.

Ein Leben als Forscherin in fernen Ländern, in denen noch dazu immer die Sonne schien, stellte ich mir großartig und spannend vor. Im Geiste sah ich mich mit anderen Archäologen inmitten der Wüste im freigelegten Grabungsgelände diskutieren, unter freiem Himmel über Scherben sitzend grübeln, abends beim Schein der Glühbirnen im Zelt den Tag auswerten und meine wissenschaftlichen Erkenntnisse der staunenden Öffentlichkeit präsentieren.

Zur Vorbereitung meiner späteren Karriere bemühte ich mich dann darum, so viel Druckerzeugnisse wie möglich über das Altertum zu ergattern, die es unter dem Ladentisch gab. Zur sogenannten Bückware gehörten natürlich auch Bücher, ausgenommen, man interessierte sich für die Werke Lenins.

Hier erwies es sich als günstig, dass meine Mutter im Einzelhandel arbeitete und gute Beziehungen zu den Verkäuferinnen des einzigen Buchladens in unserer Kleinstadt hatte.

Doch mit der Archäologie sollte es nichts werden. Die Zeit verging, es kam die Pubertät, es kamen neue Ideen und es kam anders.

Ob Mike einen Traumberuf hatte, habe ich ihn nie gefragt. Von seinen Eltern grundsätzlich für eine Werkzeugmacherlehre vorgesehen, legte er im entscheidenden Moment ein derart schlechtes Zeugnis hin, dass es keinen Sinn hatte, sich für welche Berufsausbildung auch immer zu bewerben. Also hieß es: auf dem Gymnasium bleiben und etwas daraus machen. Und tatsächlich, es verknüpften sich ein paar Synapsen Ehrgeiz und Intelligenz und ließen ihn durchstarten. Und während ich in meinen Träumen gern im Sand gewühlt hätte, wühlte er nun ganz real in Büchern und Schriften, deren Inhalte für mich so trocken wie Wüstensand sind.

Der so entstandene Volljurist, der schon an der Bezeichnung erkennen lässt, dass ihm keine Herausforderung zu groß ist, und der inzwischen mit der verhinderten Archäologin verheiratet ist, beginnt sich im Hier und Jetzt Gedanken zu machen, wie er meinem konstanten Kartenstrom mittels des guten Rechts Einhalt gebieten kann.

Nachdem ich meine Idee, Gerry anzurufen und mich mit ihm auszusprechen, vorerst aufgeschoben habe, werde ich durch weitere pünktliche Grüße von ihm für meine Feigheit belohnt.

Da schlägt Mike eines Tages vor: „Dann schreib deinem *Stalker* doch auch mal eine Karte."

Interessant, denke ich. Er hat die Sache inzwischen von mehreren juristischen Seiten beleuchtet und immerhin eine Idee.

Dann sieht er mich ernst an und sagt: „Natürlich ist es so, dass du für dein Handeln einstehen musst." Und als ich den Blick zu Boden senke, denn es mangelt mir nicht an Einsicht, aber hören kann ich es auch nicht mehr, fährt er fort: „Du hast einem Arrangement zugestimmt, dass du höchstwahrscheinlich auch hättest ablehnen können, ohne Schaden zu nehmen. Das wissen wir heute nicht. Genauso wenig, wie jedermann mit Gewissheit sagen könnte, wie er sich selbst in dieser Situation entschieden hätte."

An dieser Stelle macht er eine Pause und richtet sich mit nachträglicher Dankbarkeit an den Zufall im Leben: „Was bin ich froh, dass mich niemand vor so eine Wahl gestellt hat."

Ja, denke ich, nicht in dieser Dimension, nicht in einer Diktatur. Aber ist es nicht so, dass wir im Leben immer wieder in Situationen geraten, die uns vor überlegenswerte Alternativen stellen. Kann eine wohlgesetzte Bemerkung beim Chef oder kleine Intrige dem Vorankommen der Karriere nützlich sein? Heiligt nicht manchmal der Zweck die Mittel? Wie würden wir schaudern, könnten wir alles hören, was dem Vorgesetzten gegenüber über uns so ausgeplaudert, wenn nicht sogar frei erfunden wird.

Aber ich behalte meine Überlegungen für mich. Denn so wahr sie sind, so selbstgerecht würden sie jetzt klingen.

„Weißt du denn noch in etwa, was du über Gerry berichtet hast?", fragt Mike.

„Also, dass ich mich als Freundin der Familie gefühlt habe, wussten sie sicher von mir, und vielleicht, dass Gerry gern Geld ausgab."

Ich überlege weiter: „Dann werde ich sicher auch über den verkorksten Ungarnurlaub gesprochen haben." Ich muss lachen bei der Erinnerung daran. „Einer meiner kläglichen Versuche, mit Paul und anderen Freunden Gemeinsamkeiten zu entwickeln. Doch das ging nicht gut", erzähle ich weiter. „Paul langweilte sich am Balaton. Er mochte weder Sport noch Wasser."

Wir waren damals, nachdem ich Paul endlich davon überzeugt hatte, dass es eine gute Idee war, etwas überstürzt zu viert in einem Auto die knapp tausend Kilometer nach Ungarn gefahren. Im Gepäck einige schwarz gekaufte Zollerklärungen, mit denen ein DDR-Bürger in den ungarischen Banken seinen Tagessatz von 40 DDR-Mark zu 200 Forint umtauschen konnte. Das reichte allerdings nicht weit, da es in Ungarn eben auch einige Westprodukte, z. B. Kosmetik, zu kaufen gab. Dann musste man nach solch einem Kauf an diesem Tag aber auf das Essen verzichten, sofern man sich regulär verhielt. Da aber in der Heimat einige Sparkassenangestellte auf die Idee gekommen waren, solche Zollerklärungen zu Geld zu machen, hatten viele DDR-Bürger in Ungarn noch etwas zuzusetzen. Doch bis auf diese monetäre Zuwiderhandlung der gesetzlichen Bestimmungen beider Länder hatten wir nicht viel vorbereitet.

Nach anderthalb Tagen und wenig Schlaf im engen Auto landeten wir auf einem Zeltplatz an einem Ort direkt am Balaton, ohne uns vorher über unsere dortigen Absichten groß ausgetauscht zu haben. Meine Glückseligkeit darüber, dass man zu viert unterwegs sein und Aufregendes erleben würde, wich bald der Realität. Die Hinfahrt war anfangs noch lustig und wir waren frisch gewesen, die Männer wechselten sich beim Fahren ab. Es wurde viel erzählt und gelacht.

Aber nachdem wir angekommen waren, zeigte sich bald, dass es schwierig würde, wenn ein Kleintransporter sowohl die Wohn- und Schlafstätte für zwei Personen als auch der Kleiderschrank für zwei weitere sein sollte. Es gab kaum Ruhe im Auto, da im kleinen Zelt von Sonja und Gerry immer mal wieder etwas fehlte, was bei Paul und mir lagerte.

Überdies stellte sich bald heraus, dass es für einen Herumstromer wie Paul das Ödeste bedeutete, faul am Strand zu liegen und anderen bei Wassersportversuchen zuzusehen. Entsprechend verbreitete er also schlechte Laune, die sich von uns anderen nicht lange fernhielt.

Aber auch das Shoppen und Bummeln über die farbenfrohen Märkte der Balatonstädtchen brachte uns nicht zusammen. „Billiger Plunder", befand Paul, während wir drei so einiges Kaufenswerte zu sehen glaubten.

Zu guter Letzt wurde auch das gemütliche Essengehen und sich beim Trinken Entspannen schwierig. Das wiederum war der eingeschränkten finanziellen Situation geschuldet. An DDR-Mark mangelte es uns zwar nicht, hier zählten aber nur die einheimische Währung, die eben nur beschränkt eingetauscht werden konnte, oder die harte Währung, die wir uns aber nicht getraut hatten mitzubringen. Wäre das an der Grenze entdeckt worden, hätte es nicht nur die sofortige Rückreise zur Folge gehabt.

So sind die schönsten Erinnerungen an den Balatonurlaub jene, bei denen Gerry mit bewundernswerter Gelassenheit und Geduld versuchte, mir das Surfen beizubringen.

Ich zeige Mike die Fotoserie dazu, die Sonja amüsiert vom Ufer aus geschossen hatte. Sie zeigt mich bei meinen unzähligen ungeschickten Versuchen, auf dem Brett das Gleichgewicht zu halten. Während ich noch versonnen auf die Fotos schaue, deren Farbe leicht verblasst ist, höre ich Mike sagen: „Und da wunderst du dich, dass er jetzt so verbittert ist. Wenn ich das hier sehe. Dieses Vertrauen, diese Nähe, beinahe wie ein Bruder ..."

Ich schlucke nur unangenehm berührt von seinen Worten und schaue erneut zurück.

Da bin ich: jung, frech und lebenshungrig. Eine Großstadt um mich herum, die Verlockendes zu bieten hat. Was ich bekommen oder mir genommen hatte, wollte ich auch behalten. Also war es vielleicht doch kein Zufall, dass der Krake nach mir gegriffen hatte? Hatte ich einfach nur den passenden Charakter und mich sogar indirekt angeboten?

Heute, Jahre später, muss ich für mein damaliges Handeln einstehen. Das „Wie konnte ich nur" hatte ich mir so oft zu erklären versucht. Und viele Antworten und auch keine gefunden. Verbrechen verjähren dem Gesetz nach, doch eine persönliche Schuld bleibt ein Leben lang bestehen. Mit meiner Schuld lerne ich jetzt umzugehen. Das ist der Gewinn, den Gerrys Karten bringen.

Das Gefühl der neuen Ehrlichkeit wirkt befreiend. Endlich kann auch ich mich dem Thema Stasi nähern, wenn es die Nation mal wieder beschäftigt, und muss nicht mehr ängstlich ausweichen. Dafür hat Gerry gesorgt. Allerdings bin ich auch der Meinung, dass ich meine Strafe jetzt „abgelesen" habe. Für den Fall, dass Gerry mich zum lebenslänglichen Kartenbekommen verurteilt hat, ist es jetzt an der Zeit, ihn aktiv zur Wiederaufnahme meines Verfahrens anzuregen.

Deshalb ist es nun an mir, eine passende Karte auszuwählen.

✷ ✷ ✷

Langsam gewöhnte ich mich an meine Treffen mit Micha. Ich wurde angerufen, empfand es im ersten Moment zwar als unnötige Belästigung, motzte ein bisschen vor mich hin und fand mich letztendlich doch damit ab. Dann trottete ich zur vereinbarten Zeit zum bekannten Ort, setzte mich an den kleinen Tisch im kleinen Zimmer und erwartete die Frage nach dem WER. Wer war es diesmal, der in den Blickwinkel der

Stasi geraten war? Mit meinen nächsten Kollegen waren wir fertig, über sie hatte ich ausführlich berichtet. Was gut war und was ich nicht leiden konnte. Wenn ich jemanden mochte, war das meinem Bericht anzumerken. Dass dies nicht immer der Fall war, konnte Micha auch erkennen. Es funktionierte und ich funktionierte.

Die Drogensache wurde nicht wieder angesprochen. Von mir nicht, weil ich nichts Signifikantes beobachtete, und von ihm nicht, weil es sich nur um seine Legende gehandelt hatte. Micha würde wohl wissen, dass ich dies inzwischen durchschaut hatte. Genauso egal war es ihm aber auch. Seine Rechnung war aufgegangen: Hier saß ich also und beurteilte Menschen, die dies nicht wussten und nichts dagegen unternehmen konnten.

Der Herbst schaffte mit seinem goldenen Nachmittagslicht und den herabfallenden Blättern in den verschiedensten Brauntönen einen wohltuenden Gegensatz zum Grau der Straßen und Häuserwände. Der Rasen hinter dem Haus unseres Treffpunkts war seit dem Hochsommer verbrannt, Wäsche flatterte im kühlen Wind an den Leinen. Ich klingelte nachdenklich und ging langsam die wenigen Treppenstufen hinauf und die paar Meter vom Hausflur in das kleine Zimmer. Doch plötzlich wurde ich hellwach.

Auf meinem Stuhl – ich dachte tatsächlich kurz „mein" Stuhl und war sogleich erschüttert über diese Art der Identifizierung – saß ein fremder Mann. Micha saß ihm gegenüber. Er drehte sich zu mir um und lächelte verbindlich.

„Wir sind heute zu zweit."

Das kann ich sehen, dachte ich, und ging auf den Unbekannten zu, um ihn zu begrüßen. Er stand auf, nahm meine Hand, schüttelte sie und stellte sich vor:

„Ich bin der Gerd."

Ich nickte und sagte nichts.

„Das mag Ihnen jetzt komisch vorkommen", fuhr der Gerd leutselig fort, „aber heute geht es um etwas, das in mein Gebiet fällt."

Oha, dachte ich, was soll das jetzt? Ich fühlte mich unwohl.

„Um gleich auf den Punkt zu kommen", half ihm nun Micha, „es kursieren verschiedene Gerüchte über deinen Lebensgefährten."

Ich zuckte innerlich zusammen und verspürte den Drang, auf die Toilette zu gehen. Mein Herzschlag wurde schneller und ich versuchte zugleich, so gelassen wie möglich zu wirken. Ich schürzte die Lippen und pustete die Luft hörbar aus dem Mund. Wenn ich das bei anderen sah, wirkte es immer irgendwie cool und unberührt, als ließen sie sich gutmütig herab, mal über ein Problem nachzudenken.

„Tja?", begann ich so nebenbei wie möglich, „was wird denn so erzählt?"

Jetzt war der Gerd wieder dran, es war ja auch sein Gebiet, wie er gesagt hatte.

„Da ist vom Fleischhandel die Rede", begann er und mir fiel ein Stein vom Herzen.

Bei Pauls reger Geschäftstätigkeit hätte es auch ein brisanteres Gebiet sein können. Hierauf aber war ich einigermaßen vorbereitet.

„Es gibt Beobachtungen. Er beliefert einige arabische Botschaften direkt und nimmt auch Bestellungen in der Kristallbar entgegen." Der Gerd machte eine Pause und sah mich fragend an: „Sie waren wohl auch schon mal dabei?"

Ich nickte ernst und versuchte mich im Gesichtsausdruck „Bagatelle".

„Was geht denn da genau vor sich?", fragte er weiter und schloss an: „Schreiben Sie uns das ganze Vorgehen doch mal auf, dann ist da mal Ruhe und wir haben was in der Hand."

Ich sah ihn an und fragte mich, wo die Ruhe „dann mal" war

und was wer in der Hand haben wollte. Aber dass ich hier etwas nachzufragen hatte, war nicht der Fall. Das mussten sie mir nicht erst heute erklären. Wenn ich irgendetwas wissen sollte, würde ich es gesagt bekommen. Das hatte ich recht bald verstanden. Sie waren der mächtige Geheimdienst und ich der winzige Informant.

Der Gerd sah genauso unauffällig und belanglos aus wie Micha. Nur nicht so freundlich. Die braunen Haare waren seitlich gescheitelt. Sein Blick wirkte nicht so unvoreingenommen freundlich wie der von Micha, eher berechnend. Er war schlank und hatte eine beigefarbene Hose mit Bügelfalte an, dazu trug er ein kurzärmliges graues Hemd aus einem sperrigen Stoff. In der kleinen Brusttasche klemmte ein messingfarbener Kugelschreiber. Als er meine Musterung bemerkte, machte er eine auffordernde Kopfbewegung in Richtung der Schreibutensilien, die vor mir lagen.

Nachdem ich mir sorgfältig das vorbereitete Blatt Papier zurechtgerückt hatte, drückte ich auf den Kugelschreiberknopf und begann, eine Geschichte der Halbwahrheiten niederzuschreiben. Es war von zufälligen Gesprächen zwischen Paul und den Gästen der Kristallbar die Rede. Paul hatte von seiner kleinen Landwirtschaft erzählt und bei den Gästen den Appetit auf Frischfleisch geweckt, das es so in unseren Geschäften nicht zu kaufen gab. Und zufällig war gerade in einer arabischen Großfamilie ein Fest in Vorbereitung. Um die Versorgung mit frischem Lammfleisch zu sichern, hatte man sich an Pauls landwirtschaftliche Möglichkeiten erinnert und mich angesprochen und um Vermittlung gebeten. Natürlich will man helfen und ich hatte die Anfrage zu Hause dann weitergegeben. Paul hatte alles Nötige organisiert und eine pünktliche Lieferung veranlasst. Und das war's dann.

Dass daraus einer seiner florierendsten Geschäftszweige geworden war, passte nicht mehr auf mein Blatt. Und auch die unappetitlichen Details behielt ich für mich. Denn dass das Fleisch frisch war, stand in ganz bizarrer Weise außer Frage. Die Lämmer, die Paul von den Schäfern der Gegend abkaufte, wurden auf seinem Hof entsprechend den Wünschen seiner Kunden geschächtet. Paul hatte in Erfahrung gebracht, dass diese bei uns verbotene Tötungsmethode einigen seiner islamischen Kunden wegen ihres Glaubens sehr wichtig und sie bereit waren, für diese besondere Dienstleistung ihr Geld auszugeben.

Das war für Paul Anlass genug, das Schlachten der Lämmer ohne Betäubung mit nur einem einzigen Schnitt zu erlernen. Ein Fleischer aus einem Nachbardorf übernahm die Ausbildung. Für die Kunden war es dabei von großer Wichtigkeit, dass die Tiere vollständig ausbluteten, da sie ihrem Glauben nach kein Blut verzehren durften. Für die Tiere sollte diese Methode außerdem absolut schmerzfrei sein, was ich sehr hoffte.

Die weitere Bearbeitung der geschlachteten Tiere nahm Paul dann auch in die Hand. Die Innereien landeten bei Hundebesitzern und die Felle zur Weiterbearbeitung bei einem Gerber. Das Fleisch wurde dann zerlegt und in großen Gefäßen von den Kunden selbst mitgenommen oder ihnen nach Hause geliefert.

Doch mich ekelte die ganze Prozedur und noch mehr die Tatsache an, dass Paul sich dazu bereitfand. Allmählich glaubte ich sogar, es an ihm zu riechen, wenn er geschlachtet hatte. Unser Liebesleben bildete sich genauso konstant zurück, wie sein Geschäft zunahm. Dies war dann wohl auch die Zeit, in der er begann, sich verstärkt außer Haus zu orientieren.

Für den Gerd und meinen leidlich wahrheitsgetreuen Bericht ließ ich diese sehr persönlichen Feststellungen aus.

Als ich fertig war, nahm er sich das Papier und las es kurz. „Was wurde denn so bezahlt?", fragte er anschließend. Das hatte ich mir gedacht, dass er nicht so blöd sein würde, den heikelsten Punkt, der in meiner Darstellung planmäßig fehlte, einfach zu übergehen. Paul hatte für diesen Fall einen Fantasiepreis ermittelt, der nicht zu selbstlos aussah, aber auch keinen reichen Mann aus ihm machen würde. Ich nannte ihn. Der Gerd machte eine kurze Notiz auf meinem Blatt und schob es ohne weitere Regung zwischen andere Unterlagen in seine graue Kunstledermappe.

Dann stand er unvermittelt auf und schien es eilig zu haben. „Also dann", er gab mir die Hand, „immer Augen auf, haha."

Er freute sich über seinen Spruch, nickte Micha kurz zu und verschwand.

Im Nachhinein wunderte ich mich über den Aufwand, der hier getrieben wurde. Diese Geschichte hätte ich genauso gut auch Micha erzählen können. Aber vielleicht mussten sich die Genossen auch irgendwie über den Arbeitstag bringen.

Genauso wunderte ich mich darüber, dass sie nicht nach der kurz zuvor gelegten Telefonleitung zu Pauls entlegenem Grundstück gefragt hatten, die sogar das Aufstellen neuer Masten erforderlich gemacht hatte. Jedenfalls fragte der Gerd nichts in der Richtung. In diesem Punkt hätte ich ihm noch nicht mal Auskunft geben können, selbst wenn ich es gewollt hätte. Ich hatte keine Ahnung, wie Paul das hinbekommen hatte.

Als ich zu Hause vom Gerd und meiner Berichterstattung erzählte, nahm Paul es gelassen. „Na ist doch gut, dass wir vorbereitet waren", sagte er zufrieden, da wir ohnehin früher oder später damit gerechnet hatten, dass sich die Stasi aus zwei Gründen mit Pauls Fleischhandel beschäftigen würde.

Der erste Grund war, dass Kontakte zu Ausländern jenseits der Warschauer-Pakt-Staaten kritisch beäugt wurden, denn unser Staat hatte begründete Angst: Wir sollten nicht erfahren, dass es vielen kapitalistischen Ländern wirtschaftlich besser ging als uns und es sich keineswegs um das so oft bemühte „verrottende" System handelte. Wir sollten nicht die Meinung des Auslands über die Mauer und unsere Politiker hören. Wir sollten uns möglichst keine Gedanken über Demokratie und Meinungsfreiheit machen. Wir sollten Ausländern weder unsere Frustration noch Kritik am Sozialismus mit auf den Weg geben. Und schon gar nicht sollten wir auf die Idee kommen, unser Land zu verlassen, um uns in der Welt umzusehen und uns ein eigenes Bild zu machen.

Der zweite Grund war das Marktmonopol des Staates. Nur in sehr kleinem Maßstab wurde selbstständiger Handel geduldet und die Waren den Händlern gemäß dem Fünf-Jahres-Plan zugeteilt, sodass Engpässe vorprogrammiert waren. Neben der ständigen Jagd nach Gütern musste der selbstständige Gewerbetreibende dann noch so hohe Steuern zahlen, dass sich das Geschäft kaum lohnte. Paul allerdings betrieb kein offiziell angemeldetes Gewerbe und machte sich dadurch erneut angreifbar.

Doch gerade hier lag auch die Chance, ein wenig in Ruhe gelassen zu werden. Die Regierenden waren sich bewusst, dass die Mangelwirtschaft Unzufriedenheit in der Bevölkerung hervorrief und die Schattenwirtschaft durch Leute wie Paul einige Lücken stopfen konnte. Wichtig war hier vor allem, dass der Händler nicht zu reich wurde und das auch noch zur Schau stellte. In einem Staat, in dem alle gleich waren bzw. sein sollten und es keinen echten Wettbewerb gab, sollte sich keiner herausheben.

Paul hatte das Glück, dass die Obrigkeit gerade bei den im Lande lebenden Diplomaten keinen armseligen Eindruck erwecken wollte, und so ließ man ihm seine Fleischlieferungen vorerst durchgehen. Wir hatten keine Ahnung, wie lange das noch gut gehen würde.

Vom Gerd hatte ich nie wieder etwas gehört oder gesehen.

∗ ∗ ∗

Die passende Karte für Gerry fällt mir nach einem Museumsbesuch in die Hände. Marie-Denise Villers „Zeichnende junge Frau" sitzt im langen weißen Kleid in einem Sessel und sieht dem Betrachter in die Augen. In den Händen hält sie Zeichenpapier und einen Stift. Licht fällt durch ein zerbrochenes Fenster. In der Ferne steht ein Paar auf einer Brücke und unterhält sich. Der Blick der jungen Frau ist ernst und offen. Sie sieht ganz in den Betrachter hinein, als möchte sie ihn nachdenklich machen.

„Meinem Stalker einen schönen Gruß", schreibe ich in Gerrys Stil. Skeptisch, aber mit unbestimmter Hoffnung werfe ich die Karte in den Briefkasten.

Dann warte ich auf eine Reaktion. Doch das Einzige, das ich von ihm bekomme, ist die gewohnte Karte mit dem Monatsgruß. Stur und unbewegt scheinen Schreiber und Karte. Fahne, Gruß mit Monatsangabe, Briefmarke aus dem Automaten – alles wie immer.

Was habe ich auch erwartet? Dass er sich von einer einsamen Karte gleich aus der gewohnten Bahn werfen lässt? Ich male mir aus, dass Gerry nach anfänglichem Ärgern über meinen Gruß beschlossen hat, weiterhin den Unbeeindruckten zu geben. Sollte ich ihn vielleicht nachahmen und nun auch monatlich grüßen? Ich habe nicht die Energie dazu.

Gerry jedenfalls scheint es noch lange nicht satt zu haben und zeigt mir unmissverständlich, dass ich ihm in Sachen Karten absolut nicht das Wasser reichen kann.

∗ ∗ ∗

„Wie schafft es der Paul denn bloß, das ganze Baumaterial zusammenzubekommen? Da muss er ja eine Menge Kontakte haben." Micha beantwortete sich seine Frage heute entgegen seiner sonstigen Gepflogenheit gleich selbst. Durch diesen Kunstgriff war er bei der wesentlicheren Frage angekommen: Was für Leute?

Ich saß ihm gegenüber in der gewohnten Platzierung in der Wohnung im Prenzlauer Berg und war ganz entspannt. Alles lief. Micha bestellte mich in Abständen von acht bis zehn Wochen zum Treff und fragte mich über Mitarbeiter und Gäste des Hotels aus, die ich meist nur flüchtig kannte. Genauso oberflächlich verfasste ich die Berichte. Es hatte sich Routine eingestellt. Daneben gerieten wir immer öfter ins private Plaudern.

Heute hatten wir uns für kalte Getränke entschieden und Micha hantierte mit einer Flasche Orangensaft, die sich schwer öffnen ließ. Da ich ihm nicht dabei helfen konnte, sah ich mir gelangweilt das Regal über dem Tischchen an. Es waren neue Staubfänger hinzugekommen. Eine Weinkanne aus grüner Keramik und sechs dazugehörige Becher mit einem Muster, das an die bulgarischen Souvenirs meiner Eltern erinnerte. Da vernahm ich Michas Stimme erneut: „Hörst du mir überhaupt zu?"

Verdutzt schaute ich auf und murmelte eine Entschuldigung. „Baumaterial? Ja, er kennt eine Menge Leute. Paul hat ja auch diese besondere Begabung, ohne Hemmungen auf Fremde zuzugehen, wenn er glaubt, die könnten ihm hilfreich sein."

Als ich den Satz ausgesprochen hatte, realisierte ich erschrocken, dass ich wieder einmal völlig ausgeblendet hatte, wer hier vor mir saß. Die immer wiederkehrende Situation gaukelte mir allmählich Normalität vor und ich war erstaunt, wie unmerklich, aber zuverlässig dieser Prozess vorankam. Ich rede halt ein bisschen mit einem Bekannten. War doch nichts Ungewöhnliches, oder? Eine Anfang zwanzigjährige Frau mit einem Mitte dreißigjährigen Mann zusammen im

Zimmer einer Wohnung, in der keiner von beiden zu Hause ist, völlig normal, oder?

„Was ist?", fragte Micha. Ich versuchte, mich wieder auf das Gespräch zu konzentrieren. Er sah mich treuherzig an und fragte tatsächlich: „Hast du etwas auf dem Herzen?"

Ach du Schreck, nein, dachte ich. Jetzt ist ja gut, reiß dich zusammen, Jana, und pass auf, was du sagst! „Ist wohl die Hitze ... heute ... oder so", stotterte ich.

Micha nickte und stimmte mir zu. Die nächsten Sätze über Temperaturen und Luftfeuchtigkeit brachten mich wieder in Normalform.

„Ich habe seit Kurzem einen Bungalow in Schönheide", sagte Micha und strahlte. Oh nein, durchfuhr es mich, ich soll dir doch jetzt kein Material vermitteln, oder? „Es ist echt schwer, an manche Dinge heranzukommen. Das ist wirklich nicht gut." Er hatte recht und ich erwiderte: „Da braucht man sich über die Unzufriedenheit der Leute wirklich nicht zu wundern." Er nickte und murmelte so etwas wie: „Das müssen wir bald in den Griff kriegen." Glaubte er wirklich daran? Ich hatte beinahe den Eindruck. Doch in diesem Land hatte es noch nie all das gegeben, was die Bevölkerung gern gehabt hätte. Natürlich war das auch ihm und seinen Genossen bewusst und auch diese Leute störten die ewigen Engpässe. Denn wenn es keinen Zement oder keine Balken zum Bauen gab, dann gab es das auch nicht für Stasimitarbeiter, glaubte ich jedenfalls.

Nun waren wir beide in Gedanken und es entstand eine Redepause. Während ich mich noch fragte, worauf das jetzt hinausläuft, und inständig hoffte, er würde nicht zu vertraulich nach Hohlblocksteinen oder Eisenträgern fragen, ging es nun in eine andere Richtung: „Dein Freund spricht die Leute einfach so an?"

„Das ist eben sein Naturell, es ist ihm nicht peinlich, wenn's nützlich sein kann."

„Auf der Straße?"

„Nein, das gerade nicht, aber in der Kneipe zum Beispiel."

Micha sah mich aufmerksam an.

„Gehst du da mit?"

„Ja, manchmal auf ein, zwei Bier. Es ist ganz interessant, zuzuschauen ...", schwadronierte ich weiter.

Jetzt zog ein breites Grinsen über sein Gesicht. „Wenn das so ist, hätte ich da einen Auftrag."

Na toll, ich war gespannt.

„Es ist für uns auch immer interessant, was die Werktätigen so über ihren Alltag sagen." Ach ja, klingt schön harmlos, dachte ich und hörte zu, als er nun ernst fortfuhr: „Wir machen uns Sorgen, denn es werden leider sehr viele Anträge gestellt."

Anträge! Wir machen uns Sorgen! Ich verzog keine Miene. Hauptmann Gerber meinte Ausreiseanträge. Auch ich kannte einige Leute, die einen „Antrag zur ständigen Ausreise aus der DDR" gestellt hatten. Das hieß dann auf Nimmerwiedersehen, diese Ausreise sollte endgültig sein. Dieser Schritt war sehr mutig und die Leute meist sehr verzweifelt, die einen solchen Antrag stellten. Denn danach veränderte sich ihr Leben und das ihrer Familie gründlich.

Nach Abgabe des formlosen Antrags bei den Behörden begann ein Spießrutenlauf auf unabsehbare Zeit. Die willkürliche Bearbeitungszeit konnte Jahre dauern, in denen der Antragsteller systematisch zermürbt wurde, um ihn doch noch zur Rücknahme zu bewegen. Wenn er attraktiv war, verloren die Betroffenen zuerst ihren Arbeitsplatz und wurden für weniger qualifizierte Tätigkeiten eingesetzt. Ihren Kindern war, auch wenn schon geplant, der Zugang zu höherer Bildung verwehrt und von linientreuen Lehrern wurden sie bewusst eingeschüchtert.

Daneben stand die soziale Schikane. Fast immer wurden den Ausreisewilligen die Personalausweise abgenommen und durch sogenannte PM-12 ersetzt. Diese Karten waren für entlassene politische Häftlinge oder für Menschen vorgesehen, die politisch untragbar waren. Wurde man bei einer der durchaus gängigen und häufigen Polizeikontrollen mit dem PM-12 erwischt, war auch eine einstweilige Inhaftierung nicht ausgeschlossen.

In den letzten Jahren der DDR ließen Ausreiseantragsteller ihre Haltung durch das Tragen eines weißen Bändchens an der Autoantenne erkennen. Dadurch wurde allerdings der Straftatbestand der „unerlaubten Standartenführung" erfüllt.

Eine weitere Gemeinheit war, dass der Ausreiseantrag ganz plötzlich genehmigt wurde und der Betreffende gerade mal vierundzwanzig Stunden Zeit hatte, um auszureisen. Damit wollte man ihm die Gelegenheit nehmen, seinen Besitz angemessen zu verkaufen. Nicht selten wurden auf diese Weise verlassene Häuser oder Grundstücke dann an Stasimitarbeiter vergeben.

Die Flut der Antragsteller wurde in den Achtzigerjahren zu einem immer größeren Problem für das Regime.

„Es wäre also schön", platzte Micha in meine Gedanken, „wenn du mal genauer hinhörst, was die Leute in diesem Zusammenhang so sagen. Wie die öffentliche Meinung zu den Anträgen ist. Und zur Versorgungslage im Allgemeinen."

Himmel, dachte ich. Was glaubt der denn? Ich erzähle ihm beim nächsten Mal, dass ein paar Biertrinker es nicht so gut finden, dass es keine Autoreifen gibt, dann nimmt Micha meinen Bericht und rettet den Staat? Oder ich lerne durch Zufall am Tresen eine Person mit Ausreiseantrag kennen und der stelle ich dann ein paar Fragen zur Lage der Nation? Ich musste aufpassen, dass ich nicht zynisch lachte. Doch Micha war es ernst damit. Und bei näherem Nachdenken leuchtete mir das auch ein. Er war kein Heuchler; in diesem Raum besetzte ich diese Position. Er glaubte wohl tatsächlich noch an Großtaten, die er mit seinen Genossen vollbringen konnte. Zumindest wollte er seine Arbeit gut machen und brauchbare Ergebnisse liefern. Wozu diese zu gebrauchen sein würden, war dahingestellt.

✲ ✲ ✲

Mike kommt nach Hause und wühlt in seiner Aktentasche. Er zieht ein paar bedruckte Seiten heraus und wirft sie mit Schwung auf den Küchentisch. Ich lehne am Schrank und sehe ihn fragend an.

„Ein neuer Gesetzentwurf ..." Er macht eine Pause. „Vielleicht ist das etwas für unseren Fall Gerry", ergänzt er.

Ich nehme das Papier in die Hand und lese: „Entwurf eines Gesetzes zur Strafbarkeit beharrlicher Nachstellungen". Das klingt vielversprechend, denke ich sofort.

„Es ist eine Ergänzung zu einem bestehenden Gesetz, das die sogenannte Stalkingproblematik behandelt", klärt Mike mich auf.

„Und, können wir das gebrauchen?" In mir regt sich Optimismus, dass es etwas gäbe, was Gerry endlich stoppen würde.

„Wir werden es probieren, schick ihm das Papier einfach mal zu, vielleicht beeindruckt es ihn."

Mir ist im Moment jede Idee recht und ich lese den Text aufmerksam. Es ist die Rede von beharrlichen Nachstellungen, wie unter anderem schriftliche Mitteilungen, durch die der Täter darauf abzielt, Kontakt zu seinem Opfer herzustellen und auf dessen Lebensgestaltung Einfluss zu nehmen. Weiterhin heißt es, dass die Motivation vielfältig ist. Sie kann zum Beispiel ein Rachefeldzug für tatsächliche oder vermeintliche Ehr- und sonstige Rechtsverletzungen sein.

Interessant finde ich auch, dass das Wort „beharrlich" näher erläutert wird. So zählt eine einfache Wiederholung einer unerwünschten Handlung noch nicht, wohl aber eine beharrliche Missachtung des Willens des Opfers dadurch, dass der Täter erkennen lässt, dass er auch in Zukunft immer wieder entsprechend handeln wird.

Weiter heißt es, dass das Opfer, das sich in die Enge getrieben, gejagt oder bedroht fühlt, wegen eben dieser Nachstellung nicht mehr so leben kann wie vorher. Es sieht sich gezwungen, durch Veränderung der Lebensgestaltung zu reagieren. Hier steht aber auch, dass es sich um schwerwiegende, unzumutbare Beeinträchtigungen der Lebensgestaltung handeln muss.

Werde ich in die Enge getrieben, gejagt oder bedroht? Ich überlege. Es ist schon so, dass ich mein Leben nun auf das Kartenbekommen und -verbergen einrichten muss. Ich werde vielleicht nicht gejagt, aber genervt und gehetzt. Ich frage Mike nach seiner Meinung.

„Wenn du schon so genau über den Text nachdenkst, tut es Gerry vielleicht auch und zieht ein paar richtige Schlussfolgerungen", sagt er. „Du kannst dir ja überlegen, ob du ihm das schickst", überlässt er mir das Weitere.

Ich versende den Gesetzentwurf am nächsten Tag kommentarlos an Gerry.

✳ ✳ ✳

Wenn ich Michas Auftrag richtig verstanden hatte, ging es also darum zu hören, was die Leute in den Kneipen von ihrer täglichen Realität hielten und wie viel sie davon preisgaben.

Als ich Paul von meinem Auftrag erzählte, musste er erst mal herzlich lachen. „Jetzt kannst du mal sehen, wie wichtig du bist", machte er sich über mich lustig. Er hatte vollkommen recht. Vielleicht sollte ich anfangen, das Ganze mit Humor zu nehmen. Denn Micha kannte unseren Alltag so gut wie ich und konnte wohl nicht im Ernst annehmen, dass es Spektakuläres zu hören gäbe. Vielmehr würde es immer wieder um die drei Themen gehen, die uns DDR-Bürger täglich umtrieben: Versorgung, Versorgung, Versorgung.

Und was wollte er damit anfangen, fragte ich mich. Vielleicht gab es ein übergeordnetes Projekt beim Ministerium für Staatssicherheit, das die Informationen über die verschiedenen Unzufriedenheiten zusammentrug und ordentlich verwaltete. Denn was sonst wollten sie anschließend damit anfangen, waren sie doch als Letzte daran beteiligt, die Konsumgüterindustrie voranzubringen.

Draußen dämmerte es, als ich aus dem Wohnzimmer meiner Hinterhofwohnung sah. Gleich würde ich also rüber in die Kneipe gehen und den Werktätigen gut zuhören. Da fiel mein Blick auf die erleuchteten Fenster der gegenüberliegenden Wohnung. Es wohnte eine Familie mit zwei fast erwachsenen Kindern dort. Über den Familienvater munkelten die Nachbarn, er wäre IM bei der Stasi. Doch ich wollte von diesen Dingen nichts wissen, viel zu beklemmend war das Gefühl, als hielte mir jemand einen Spiegel vor.

Ich überlegte, wie viele es von uns wohl gab. Waren wir die Stützen des Staates? Half ich gerade mit, die DDR zu stärken, ja vielleicht, sie am Leben zu erhalten? Ich bekam eine Gänsehaut. Und das tat ich, eine Tochter von Eltern, die nichts mehr hassten als das Regime dieses Staates. Ich versuchte, das Schamgefühl gleich wieder abzuschütteln. Wenn nicht ich, dann suchten die sich andere, schlussfolgerte ich zu meinen Gunsten. Was konnte ich schon ändern? Bestimmt gab es in jedem Mietshaus einen IM. Und wie sah es in den Betrieben aus? Hockte in jedem sozialistischen Kollektiv ein IM? Ich hielt es für gut möglich.

Unvorstellbar, welche Massen an Papier mit den Spitzelberichten allein aus Berlin wohl täglich in den Dienststellen eingingen und wie viele offizielle Stasimitarbeiter damit beschäftigt waren, die Blätter auszuwerten, hin und her zu schicken, zuzuordnen und abzulegen. Ohne Computertechnik musste es umständlich gewesen sein, die Übersicht zu behalten. Also bedurfte es auch für das Anlegen von Strukturen, Wiederauffinden von Dokumenten, Archivieren etc., etc. einer Vielzahl von Mitarbeitern. Und von diesen Scharen wurde nichts produziert oder erdacht und entwickelt, was das Land weitergebracht hätte.

Ganz zwangsläufig kamen mir all die Zumutungen in den Sinn, die wir täglich hinnahmen, da sie wie selbstverständlich zu unserem Leben gehörten.

Das Bild, welches das Ausland von der DDR haben sollte, versuchte die Partei- und Staatsführung in unserer Hauptstadt Berlin zu prägen. Hier wurde im Verhältnis zum übrigen Land viel gebaut, gestaltet und restauriert. Zum Verdruss des Umlands passierte es nicht selten, dass Bauarbeiter nach Berlin abgezogen wurden, um Prestigebauten hochzuziehen. Auch die Versorgung der Bevölkerung mit Lebensmitteln und Konsumgütern fand in Berlin bevorzugt statt.

In den Passagen am Fernsehturm gab es Läden der Kette „Delikat", die auch sonst nur in den Bezirkshauptstädten zu finden waren und deren Aufgabe es war, ein höherwertiges Angebot an Nahrungs- und Genussmitteln vorzuhalten. Es wurden teure Importe aus dem Westen, aus DDR-Gestattungsproduktionen oder besonders hochwertige DDR-Produkte verkauft. Vor den Feiertagen bildeten sich dort lange Schlangen.

Da es ganz unmöglich ist, all das aufzuzählen, was es nicht oder in nicht ausreichenden Mengen gab, will ich jedoch einen Grundsatz der Partei- und Staatsführung nicht verschweigen: Grundnahrungsmittel wie Mehl, Butter und Zucker sollten immer vorrätig sein. Darauf und auf ein Dach über dem Kopf hatte der Bürger einen Anspruch.

Nach dieser Logik musste auch Hochprozentiges zur Grundnahrung gehören, denn Schnaps in mehreren Sorten fehlte auch in keinem Dorfkonsum. Bier dagegen konnte diesen Status nie erreichen. Besonders in den Sommermonaten, wenn es richtig heiß und der Durst groß wurde, steckten Pappschilder mit der Aufschrift „Nur drei Flaschen entnehmen!" an den Bierkästen. Die Produktion kam der erhöhten Nachfrage bei hohen Temperaturen nicht nach, also wurde rationiert. Was wir allerdings nach Hause trugen, war nicht selten eine trübe Brühe, in der neben dem Gerstensaft noch allerlei Unbestimmbares herumschwamm. Mein Glück, dass ich zu diesen Zeiten noch kein Bier mochte.

Es gehörte ebenfalls zu unserem Alltag, dass bestimmte Möbel und Haustechnik nur an Berliner verkauft wurden. Denn wichtig für die DDR-Führung war, dass Berlin als Schaufenster zur Welt gut ausstaffiert war. Wo der Rest der Republik seine Sammeltassen hineinstellte oder seine Lebensmittel kühlte, war zweitrangig. Ausländische Gäste, denen der „hohe" Lebensstandard des DDR-Bürgers und damit die Überlegenheit des Sozialismus vorgeführt werden sollte, kamen eben zumeist nach Berlin.

Meine Eltern profitierten von dieser Güterpolitik, als Berliner Freunde, die zwei Jahre lang für eine Karat-Schrankwand angemeldet waren, diese dann bei Auslieferung nicht mehr haben wollten. Meine Eltern übernahmen sie freudig und noch heute füllt sie als Erinnerung an den sozialistischen Realismus zu einem gut Teil das elterliche Wohnzimmer.

Im meinem Wohnzimmer war es inzwischen stockfinster und ich wachte aus meinen Erinnerungen auf. Nun war es wirklich Zeit aufzubrechen und die Meinung des Volkes aufzuspüren.

Als ich das Lokal betrat, war es wie immer gut gefüllt. Da ich mit Paul oft hierherkam, kannte ich die Wirtsleute und ein paar Stammgäste. Es roch etwas abgestanden nach Bier und Zigarettenqualm. Ich setzte mich an einen Tisch zu Leuten, die ich flüchtig kannte. Gleich wurde ich nach Paul gefragt. Es hatte sich auch hier längst herumgesprochen, dass er vieles besorgen konnte.

Als das Wort „Schlagbohrmaschine" fiel, wurde ein Mann am Nebentisch aufmerksam. Er blickte schlecht gelaunt auf sein Bier und erzählte uns von der langwierigen Renovierung seiner Wohnung durch die kommunale Wohnungsverwaltung, und dass die Elektriker neue Leitungen auf Putz verlegt hatten, weil er es nicht rechtzeitig geschafft hatte, vorher Schlitze ins Mauerwerk zu ziehen. Uns anderen war diese Vorgehensweise geläufig und wir stimmten fatalistisch ein. „Da brauchtest du nach den Handwerkern wenigstens nicht so viel sauber zu machen", meinte jemand sarkastisch.

Ich konnte darüber nur frustriert lachen, denn diese Erfahrung hatte ich auch schon gemacht. Nun lag das wohl nicht nur allein an der königlichen Stellung der Handwerker, die mit ihrer Rarität auch gut Geschäfte machten, sondern auch am fehlenden Werkzeug.

So lamentierten und moserten wir uns in Stimmung. Jeder konnte mit schlechten Erfahrungen bei Ämtern, Handwerkern oder der Versorgungslage im Allgemeinen und Speziellen aufwarten. Hier blieb man nicht unverstanden und der gemeinsame Frust wurde mit reichlich Bier heruntergespült. Mit jedem Glas Bier musste ich mehr über meinen Geheimauftrag kichern.

Einige Tage später lieferte ich meine Ergebnisse ab.

Mit klammheimlicher Schadenfreude schrieb ich Micha auf den vorbereiteten Bogen, dass angesichts der Versorgungslage viel über die allgegenwärtigen Parolen auf Bannern gelästert wird. Mit ihrer Zweideutigkeit punkteten insbesondere: „Aus unserem Betrieb ist noch viel mehr rauszuholen", „Meine Hand für mein Produkt" oder „Ich leiste was, ich leiste mir was". Auch die Losung: „Werktätige Bauern! Verkauft

Eure Übersollprodukte Eurer KONSUM-Genossenschaft" hatte ihre Wirkung. Wenn die Eier aus der Überproduktion nämlich dem Konsum verkauft wurden, bekam der Bauer mehr Geld, als der Konsum später den Kunden abnahm. Natürlich stieg die Überproduktion unverhältnismäßig zur sonstigen Produktion. Denn der Bauer konnte rechnen.

Er erfuhr von mir, dass die Leute sich auf die Pilzsaison freuten, da sie wieder etwas Abwechslung auf ihren Speisezettel brachte. Ich schrieb von den Sorgen der Menschen über den bevorstehenden Winter. Würde man mit den Kohlen auskommen, fragten sie sich. Wie oft und wie lange würde der Strom ausfallen? Was wäre mit den Zügen der Deutschen Reichsbahn, wenn viel Schnee fiel. Schließlich saß man nicht gern in den ungeheizten Wartehäuschen auf den Bahnhöfen, auf denen es in ganz seltenen Fällen einen Kiosk gab, der zum Aufwärmen eine heiße Zitrone oder eine wässrige Bockwurst anbot.

Ich schrieb mich in Rage, als würde ich ihm damit die Worte an den Kopf werfen können. Doch Micha sah mir ruhig und ausdruckslos dabei zu. Nichts davon war neu für ihn.

✳ ✳ ✳

Eine neue Karte kommt, denn Gerrys Ausdauer ist ungebrochen und verlangt nach einem wirksamen Gegenmittel. Eine Woche später hat Mike als mein Anwalt eine Klageschrift verfasst.

Aufgrund seiner Hartnäckigkeit sind aus Gerry nun ein Beklagter und aus mir eine Klägerin geworden. Mithilfe der juristischen Begriffe scheinen sich die Dinge umzukehren. Jedenfalls bin ich mir sicher, dass Gerry es so sehen wird.

Als ich das fertige Papier in den Händen halte, hoffe ich, dass dies der Schlussstrich unter ein trauriges Kapitel meiner Jugend sein wird. Der Text ist klar und offen, das Gericht kann genau erkennen, wer Kläger und Beklagter im eigentlichen Sinne sind, und würde bald eine Entscheidung fällen, so hoffe ich.

In seinen Ausführungen beantragt Mike, Gerry gegenüber gerichtlich anzuordnen, dass er keine Verbindung mehr zu mir aufnehmen darf und eine Zuwiderhandlung Konsequenzen zur Folge hätte.

Die Klagebegründung beginnt mit der Darstellung Gerrys und meines gemeinsamen Lebensabschnitts in der Kristallbar des Spreehotels und unserer darüber hinausgehenden Freundschaft. Sie spricht über meine IM-Tätigkeit und erläutert dem Gericht, wie es dazu kommen konnte und wie ich die Dinge aus heutiger Sicht sehe. Das Gericht erfährt, welche Gründe mich dazu veranlasst hatten, eine Verpflichtungserklärung zu schreiben.

Es folgen juristische Ausführungen darüber, dass sich mein Anspruch auf Unterlassung aus dem Gewaltschutzgesetz und meinem allgemeinen Persönlichkeitsrecht ergibt und dass Gerry es unterlassen muss, Verbindung auch unter Verwendung von Fernkommunikationsmitteln zu mir aufzunehmen. Es ist von einer Rechtssphäre unterhalb der absolut geschützten Rechtsgüter wie Körper, Gesundheit oder Freiheit die Rede. Der Vollständigkeit halber folgt noch der Hinweis, dass mit dem Gesetz zur Strafbarkeit beharrlicher Nachstellungen die Stalking-Problematik eine strafrechtliche Konsequenz erhalten hat.

Später, im wieder persönlicher werdenden Abschnitt, wird eingeräumt, dass es das bereits jahrelange Ertragen und unabsehbare Ende des Kartensendens war, was zur Klage geführt hat. Schließlich wird noch geschildert, was die monatliche Erwartung einer Karte mit derart provozierendem Inhalt für eine psychische Belastung für mich ist und wie nachteilig sich ein Bekanntwerden des Inhalts auf mein privates und berufliches Leben auswirken könnte.

Als ich zu Ende gelesen und mich mit dem Inhalt des Schreibens einverstanden erklärt habe, fühle ich wieder diesen Zwiespalt. Zwar habe ich die große Hoffnung, dass mit Einreichung dieser Klage ein Ende der Kartenflut einsetzen wird, dennoch fühle ich mich unbehaglich angesichts der von mir zu Hilfe genommenen Mittel.

Der Schriftsatz endet nüchtern mit der Berechnung des Streitwerts.

✳ ✳ ✳

Paul hatte nicht nur Probleme mit den ihn beobachtenden Organen, sondern auch mit seinen seltsamen Freunden, die eigentlich Konkurrenten waren. Von Freundschaft konnte hier nicht die Rede sein. Unter diesen Leuten zählte nicht das Füreinandereinstehen, sondern das wechselseitige Beeindrucken. Man traf sich gelegentlich in Begleitung unbedarfter junger Frauen, begann mit Schampus, plauderte ein bisschen über Nichtigkeiten, bis dann kein Halten mehr war, es dem anderen zu zeigen, was man wieder für brillante Geschäfte gemacht hatte. Wichtig war, darauf hinzuweisen, wie man andere ausgetrickst oder ihnen zuvorgekommen war.

Anfangs war ich von diesen Menschen fasziniert und wollte gern dazugehören. Sie schienen mir viel stilsicherer als ich und strahlten extremes Selbstbewusstsein aus. Die Frauen kannten sich sehr gut mit Männern aus und lachten über meine Ideen von Ehe und Familie. Noch mehr amüsierten sie sich darüber, dass wir auf dem Lande ein Haus bauen wollten. „Da ist ja gar nichts los, da versauert man ja. Ach, ihr tut mir leid", musste ich mir immer wieder anhören. Doch da hatte ich noch Hoffnung, dass ich mit ein wenig Anstrengung und Anpassung bald eine von ihnen sein würde.

Als unsere Idee vom Landleben aber allmählich zur ständigen Lachnummer wurde, begann ich immer mehr einzusehen, dass Paul und ich gar nicht dazugehören sollten. Und wenn wir wieder allein waren, ließ auch Paul kein gutes Haar mehr an seinen Bekannten. Leider würde es auch in Zukunft kaum Gemeinsamkeiten geben, überlegte ich, keiner von denen interessierte sich für Bücher oder Museen, Politik ignorierten sie als eben nicht ihr Geschäft. Was zählte, waren Kohle, Klamotten, Feiern.

Und immer öfter fragte ich mich, ob ich nicht inzwischen in Gebieten unterwegs war, von denen aus es mir möglich wurde, die ärgerliche Konkurrenz auszuschalten oder wenigstens abzudrängen. Würde ich nicht auch Paul damit einen großen Dienst erweisen? Der Gedanke gärte über Monate in mir.

Hinzu kam, dass ausgerechnet der zu rettende Paul dem Charme einer attraktiven brünetten Freundin eines seiner Kumpels immer mehr verfiel. Als er sich schließlich anschickte, sie mir als Ratgeberin zu empfehlen, wies mir meine Eifersucht den Weg.

Ich fühlte mich überhaupt nicht schlecht, als ich meinem Führungsoffizier bei einem unserer Zusammenkünfte ein paar Brocken über meine Erlebnisse mit diesem illustren Kreis zuwarf. Micha, der sofort aufmerksam wurde, stellte natürlich die erwartete Frage: „Was sind das für Leute, was machen die?" Ich erzählte ihm, was ich wusste. Aber das war nicht viel, was mir dummerweise erst auffiel, als ein leeres Blatt Papier vor mir lag. Meine Wut und mein vorschnelles Handeln wurden zur eigenen Peinlichkeit. Denn natürlich waren diese Geschäftemacher viel zu gerissen gewesen, um vor Dritten wirklich Brisantes rauszulassen.

Denn sicher war ich nicht die einzige Stasiratte unter ihnen gewesen.

✳ ✳ ✳

Sechs Wochen, nachdem ich meine Klage beim Gericht eingereicht habe, erhalte ich Post von der Gegenseite. Das Gericht schickt mir eine Abschrift eines Anwaltsschreibens, in dem ein Rechtsanwalt anzeigt, dass er Gerry vertreten würde.

Es gibt also endlich eine Reaktion. Gerry zeigt über seinen Anwalt an, dass er sich verteidigen werde. Zu gern hätte ich sein Gesicht gesehen, als er das Schreiben gelesen hat. Was ist in ihm vorgegangen, da er sich in keiner Weise als im Unrecht empfindet? Fragt er sich, wieso er das Kartenschreiben unterlassen soll, da er doch allen Grund dazu hat?

Der Brief, den der Anwalt mir sendet, beendet meine Hoffnungen auf ein simples Ende der Geschichte. Denn Verteidigung bedeutet erst mal ein Pingpong aus anwaltlichen Schreiben von hier nach da und von da nach hier bis zur Gerichtsverhandlung. Das könnte sich noch eine Weile hinziehen.

Mit dem Schreiben in der Hand denke ich darüber nach, wie es in der DDR mit unabhängigen Juristen ausgesehen hatte. Wer damals Anwalt werden wollte, war von der Zustimmung der SED abhängig und musste sich in den ersten zwei Jahren seines Studiums den Marxismus-Leninismus einhämmern, bevor er ein Gesetzbuch zu sehen bekam. War er dann mit der Ausbildung fertig, hatte er sich weiterhin dem Willen der Partei zu unterwerfen. Wozu brauchte ein DDR-Bürger überhaupt einen Rechtsanwalt? Womit sollte er denn nicht einverstanden sein und wogegen klagen im Arbeiter- und Bauernparadies? So gab es denn in den letzten Jahren für ungefähr siebzehn Millionen Einwohner ganze sechshundert zugelassene Rechtsanwälte im Land.

Gerry hatte also einen Verteidiger aufgesucht und ihm seinen Fall geschildert. Er hätte es einfacher haben können. Hätte er dem Gericht geschrieben, dass er vom weiteren Kartenschreiben Abstand nehmen würde, wäre der Fall auch so erledigt gewesen und die Höhe der Gerichtsgebühren hätten nur einen Bruchteil der Anwaltskosten betragen.

Es war die Tragik an der Sache, dass wir beide nicht den Mut hatten, wenigstens jetzt miteinander zu reden. Ich war über zwei Jahre lang nicht aus der Deckung gekrochen und hatte gehofft, es ginge von allein vorbei.

Und Gerry vertraute sich jetzt, wo er Gegenwind spürte, einem Anwalt an, dem er nun schildern musste, wie er mich über eine lange Zeit mit seinen Karten geärgert hatte. Besonders angenehm konnte das auch nicht sein. Für die Juristen hatte der Fall sicher etwas Spannendes, schließlich kommt einem ein solcher Fall nicht jeden Tag auf den Tisch.

✳ ✳ ✳

Ende der achtziger Jahre hatte es der Sozialismus zunehmend schwerer. Außer der Überwachung und Verschuldung gab es keine expandierenden Bereiche mehr im Land.

Um etwas Druck aus dem Kessel zu nehmen, traten Reiseerleichterungen in Kraft. Es wurden Gesetze geschaffen, die allerdings nirgendwo veröffentlicht waren, nach denen Anträge gestellt werden konnten, um Verwandte ersten und zweiten und später auch komplizierteren Grades in Westberlin und in der BRD zu besuchen. Anlässe waren Einladungen zu Geburtstagen jenseits der Sechzig, der Tod oder ein Fall der Krankenpflege. In einer Grauzone befanden sich Genehmigungen anlässlich von Hochzeiten oder Taufen.

Aufgrund dieser Entwicklungen erfreuten sich nach und nach Tausende Deutsche an wiedergefundenen Verwandten. Der Großcousin, von dem man noch nie vorher gehört hatte, lud den armen Ossi großherzig zu seinem 65. Geburtstag ein. Nichten und Neffen kramten nach und fanden passende Onkel und Tanten, die sie um eine Einladung anflehten. Mütter und Väter, vom Rentensystem in der DDR freudig in den Westen entlassen, suchten nun eilig ihren Hausarzt auf, um per Attest die Tochter oder den Sohn so oft wie möglich zur Pflege um sich zu haben. Großes Pech hatten nur diejenigen, die beim besten Willen keine passenden Ahnen auftreiben konnten.

Es wurde ermittelt und recherchiert. Nie zuvor war Ahnenforschung so wichtig gewesen. Waren Subjekt und Anlass gefunden, hieß es, sich stundenlang bei der Reisestelle in eine Schlange einzureihen und zu warten, bis man seinen Antrag stellen konnte. Aber sowohl Schlange stehen als auch geduldig zu warten war nichts Neues für uns.

Allerdings durfte nur, wer über achtzehn Jahre alt war, einen Antrag stellen. Ob dieser genehmigt wurde oder nicht, hing ganz entscheidend davon ab, wie wahrscheinlich es war, dass er auch wieder zurückkam. So war bald klar, dass Alleinstehende kaum eine Chance hatten. Verheiratete mussten Frau und Kinder zurücklassen als Garantien für ihre Wiederkehr.

Eher aus Beharrungsvermögen denn aus Leidenschaft hatten Paul und ich inzwischen ohne viel Aufhebens geheiratet. Diese Tatsache und meine real existierende Großmutter versetzten mich in eine glückliche Ausgangsposition für eine Westreise. Sie würde bald ihren achtzigsten Geburtstag feiern und mich selbstverständlich dazu einladen. Nun könnte es also doch passieren, dass ich vor meinem eigenen Renteneintritt den Westen sehen würde. Ich war mächtig aufgeregt und voller Vorfreude.

Doch ein paar Monate vor Beantragung der Reise beging ich einen Missgriff, der dazu geeignet war, mehr als meine Reisepläne zu zerstören.

✳ ✳ ✳

Paul ging es gut, die Geschäfte liefen und unbeeindruckt unserer nun amtlichen Bindung lebte er weiterhin in seinem eigenen Kosmos. Es war Frühling und er pendelte von Berlin aufs Land zu seiner Baustelle, von dort zu seinen Marktplätzen und von dort wiederum zu jungen Mädchen, die auf dem nahe gelegenen Zeltplatz Urlaub machten oder im Dorfkonsum die Dinge des täglichen Bedarfs verkauften. Ja, er hatte ein schönes Leben und war völlig selbstbestimmt.

Natürlich kannte ich nicht alle Details seines Schaffens, doch einen bestimmten Teil konnte ich zumindest ahnen. Es war seltsam genug, dass ich von meiner Einzigartigkeit in seinem Leben weiterhin überzeugt war, obwohl Freunde oder Bekannte hin und wieder zweideutige Bemerkungen über ihre Beobachtungen machten, die mich eigentlich hellhörig werden lassen sollten.

Aber ich wollte auf keinen Fall von Paul lassen, denn ich hing an ihm, wenn auch inzwischen auf eine leicht verbissene Weise. Ich spürte, dass unsere Beziehung zunehmend schwierig wurde, aber ohne ihn ging es eben auch nicht. In diesem Zustand des inneren Zwiespalts hatte ich wieder zunehmend Augen für andere Männer. Ganz unterschiedliche Typen fielen mir plötzlich auf und spukten eine Weile in meinem Kopf herum.

In dieser Zeit bemerkte ich immer mehr Dinge, die mich an Paul störten. Es war eine Entwicklung, die mich irritierte, die ich aber nicht aufhalten konnte. Und häufiger fragte ich mich zudem, ob nicht ich es war, die es Paul zu einem großen Teil möglich machte, sein Leben ungestört zu führen. Drückte ich mich nicht gerade seinetwegen mit einem Stasihauptmann in sonderbaren Wohnungen herum? Dankte er es mir überhaupt, dass ich dieses Arrangement eingegangen war? Denn selbst wenn die Treffen mit Micha längst eine gewisse Routine hatten, war mir doch jedes Mal bewusst, in welches Abseits ich mich selbst befördert hatte. Moralisch war ich schon an dem Punkt, wo das Denunzieren mir kaum noch etwas ausmachte. Würde ich diesem Pakt überhaupt jemals wieder entkommen? Hatte ich wirklich etwas davon?

Eine Mischung diffuser Überlegungen und Gefühle machte mich selbstgerecht und allmählich bereit für eine Eskapade.

Wenn ich allein in meiner Wohnung aufwachte und wusste, dass ich Paul wieder einige Tage nicht sehen würde, war ich nicht mehr traurig wie sonst, sondern fühlte so etwas wie Trotz. Ich stand in dieser Zeit morgens lange vor dem Spiegel und überlegte, ob ich meine Frisur vielleicht irgendwie verändern sollte. Ich schminkte mich sorgfältiger als früher. Meine Wohnung behandelte ich stiefmütterlich. Es machte mir keinen Spaß mehr, alles so ordentlich und wohnlich wie möglich zu halten für den Moment, an dem Paul mal zu Hause war.

Tag für Tag arbeitete ich in der Kristallbar, sorgfältig zurechtgemacht, und wartete auf irgendetwas. Es war ein schönes Gefühl, so leicht und – auch mal wieder – selbstbestimmt. Ich gefiel mir selbst recht gut, wie ich mit erhobenem Kopf um die Tische ging und die Aufmerksamkeit der Männer auf mich zog. Meine Gäste sah ich mir jetzt aufmerksamer an und genoss selbstverliebt die Wirkung, die ich hinterließ. Es machte mir Spaß und meine Stolziererei wirkte sich sogar auf mein Trinkgeld aus.

Doch irgendwann reichte es nicht mehr, nur schick herumzulaufen und sich selbst klasse zu finden. Etwas brannte in mir und wollte die nächste Stufe zünden. Ich war überzeugt davon, dass mir jetzt ein richtiges Abenteuer zustand.

„Jamal kriegt einen Tee, die anderen kassiere ich jetzt ab." Gerry machte Feierabend, denn ich war soeben zum Spätdienst erschienen. Wir standen beieinander und er ging diskret die Tische durch, indem er mir ihre Nummern nannte und was dort noch zu tun war. Nachdem ich den Überblick hatte, orderte ich den Tee und der Barmann ließ kochendes Wasser aus der Maschine über den Teebeutel laufen. Damit machte ich mich auf den Weg zu Jamal, einem unserer arabischen Stammgäste. Seinen Namen hatte Gerry mal aufgeschnappt und wir verwendeten ihn praktischerweise unter uns.

183

Obwohl ich ihn schon oft hier gesehen hatte, war er mir nie besonders aufgefallen. Fast täglich erschien er für eine Weile, saß fast immer allein, trank Tee oder, wenn es Abend war, einen Whisky. Er wirkte ruhig und besonnen, vielleicht schüchtern. Seine dunklen Haare und Augen passten zu dem olivbraunen Teint. Ich schätzte ihn auf Anfang dreißig.

Er hatte durch sein stilles Auftreten etwas Geheimnisvolles. Wie ein Prinz aus Tausendundeiner Nacht war er gekommen, um ein schönes Mädchen auf einem fliegenden Teppich mit in sein Reich zu nehmen. Auf eine unerklärliche Art berührte mich seine Erscheinung mehr und mehr. Und so, wie er mich neuerdings ansah, musste ihm das aufgefallen sein.

Ich begann darauf zu warten, dass er erschien, und wurde unruhig, wenn es nicht passierte. War es dann so weit, hatte ich Herzklopfen und trat nicht mehr unbefangen an seinen Tisch. Mir wurde heiß, wenn ich seine Bestellung entgegennahm, und mir zitterten die Hände, wenn ich den Tee servierte.

Wir unterhielten uns nicht, sahen uns nur an, und ich spürte, wie meine Instinkte funktionierten. Seine Blicke weckten meine Libido, wie ich es bis dahin nicht erfahren hatte. War er wieder gegangen, nicht ohne mich noch einmal mit einem langen Blick aus seinen schimmernden dunkelbraunen Augen anzusehen, fiel ich in ein Loch. Alles um mich herum war mir einerlei, uninteressant und dumpf. Meine Gäste behandelte ich nachlässig, das Lächeln fiel mir schwer. Ich schleppte mich durch die verbleibenden Stunden des Arbeitstages und dann nach Hause zu meiner angeschlagenen Beziehung.

Paul fiel das nicht weiter auf. Da er ohnehin selten zu Hause war und wenn, dann mit sich selbst beschäftigt, gab ich mich meinen Träumen hin. Ich stellte mir vor, wie ich mit dem fremden Mann in einem fernen Land am Meer in den

Dünen lag und wir uns liebten. Bei dieser Vorstellung liebte ich mich dann ersatzweise selbst und lag danach matt und verwirrt in meinem Bett.

Ich hatte große Lust auf eine Romanze. Dabei stellte ich mir das Ganze vor, wie ich es in Filmen gesehen hatte: Eine selbstbewusste attraktive Frau durchbricht die Grenzen der Konventionen und tut, was ihr Spaß macht. Sie schnappt sich ein Objekt der Begierde, vergnügt sich mit ihm und geht unbeschadet und unbelastet wieder ihrer Wege. Alles schön oberflächlich, alles schön belanglos. Soweit die Theorie.

Das Objekt meiner Begierde hatte bereits die Witterung aufgenommen. Wir flirteten ohne Worte und ich suchte nach einer Gelegenheit, um die Sache voranzubringen. Er machte dann aber den ersten Schritt. Es war an einem jener Abende, an denen nicht viel los war und man durchaus mit den Gästen mal ein Schwätzchen halten konnte. So servierte ich ihm seinen Tee denn auch betont langsam, wechselte aufmerksam den Aschenbecher und versuchte, in meine Blicke eine besondere Bereitschaft zu legen.

Es musste mir wohl gelungen sein, denn beim Bezahlen fragte er etwas unverblümt und die Romantik tötend: „Would you like to have a drink with me later or tomorrow?" Ich starrte ihn an, weil mir jetzt erst klar wurde, dass es wohl zu Verständigungsschwierigkeiten kommen könnte, denn mein Englisch taugte zu dieser Zeit nur für die üblichen Gast-Kellner-Gespräche: „What would you like to drink? Coffee with milk? Another bottle of beer for you? Would you like to have the bill? To the Brandenburg gate turn to times right and then straigt away Unter den Linden." And so on.

Okay, so what, dann hieß es jetzt, kein großes Palaver zu veranstalten, sondern ein Date zu vereinbaren. Ausgeschlossen waren die Cafés der näheren Umgebung. Schließlich war ich an strikter Geheimhaltung interessiert.

„My name is Jamal", hörte ich ihn sagen. Da ich bis jetzt nur stumm dastand, hatte er wohl das Gefühl, dass ich zunächst gern mal wissen wollte, mit wem ich das Vergnügen hatte. „Ja, äh, okay, my name is Jana", antwortete ich endlich. „You can choose where we meet", hörte ich ihn sagen. Was heißt noch mal "choose", grübelte ich. Bevor noch jemand aufmerksam wurde, obwohl er sehr leise gesprochen hatte, lächelte ich erst mal verbindlich und sagte: „Just a moment, let me think about it", und entschwand in Richtung Office.

Eilig versuchte ich, einen Plan zu machen. Ich hatte ihn schon mehrmals aus dem Parkhaus kommen sehen, fiel mir ein. Also fuhr er mit dem Auto. Gut, dachte ich, dann lasse ich mich abholen und wir fahren vielleicht etwas raus aus Berlin und dann mal weitersehen. Ich eilte zurück an seinen Tisch und brachte ihm meine provisorische Planung in lausigem Englisch bei.

Jamal hörte mir aufmerksam zu, nickte, stand auf, ging, ohne sich umzusehen, und ich blieb verdattert zurück. Später am Abend erschien er noch einmal, diesmal mit zwei anderen Männern. Ich war sofort freudig erregt, er hingegen ließ absolut nicht erkennen, dass wir ein paar Stunden zuvor ein Date vereinbart hatten.

Ich erklärte mir sein Verhalten damit, dass es für einen ausländischen Diplomaten ungünstig sein konnte, offensichtlich Beziehungen zu Einheimischen zu pflegen. Was das Ganze noch einmal abenteuerlicher machte.

Mit Spannung erwartete ich am nächsten Tag meinen Feierabend. Als ich Dienstschluss hatte, dämmerte es draußen bereits stark. Ich ging wie verabredet die Treppe ins Parkhaus hinunter und sah mich auf der zweiten Ebene um. Da stand er neben einem silbernen Auto und sah etwas unentspannt aus. Ich ging auf ihn zu und er bedeutete mir einzusteigen. Als ich im Auto saß, war ich einen Moment lang befangen wegen der ungewohnten Nähe zu diesem mir ja fast völlig unbekannten Mann. Er lächelte verhalten und fragte mich, wohin es denn nun gehen würde. Das hatte ich zuvor genauestens einstudiert und sagte es auf. Während der Fahrt, die uns aus Berlin herausführte, sprachen wir so gut wie nichts. Ich gab ein paar Fahranweisungen, die er mit Nicken befolgte.

Inzwischen war es stockfinster geworden. Die Straßenlaternen warfen ein schwaches Licht auf die stillen Nebenstraßen, durch die wir fuhren. Die Bebauung nahm langsam ab und anstelle der Wohnhäuser tauchten Felder und kleine Waldgebiete auf. Wir fuhren nun schon eine knappe Stunde durch den Abend und ich hatte das kleine Café, an das ich mich zu erinnern glaubte, noch nicht gefunden.

Da bog Jamal plötzlich in einen kleinen Seitenweg ab, auf dem es keine Straßenbeleuchtung mehr gab. Nach ein paar hundert Metern fuhr er rechts ran und schaltete den Motor ab. „There is no restaurant coming anymore", stellte er fest und wandte sich mir zu. Er hatte das Abblendlicht des Autos angelassen und so gab es zusammen mit der Armaturenbeleuchtung ein schwaches Licht, ähnlich dem von Kerzenschein.

Ich schloss die Augen und öffnete den Mund. Es summte und vibrierte in mir, als er mich sanft, aber nachdrücklich küsste. Seine Zunge suchte nach meiner, fand sie und ich ließ mich in meinen Sitz zurückfallen, sodass er mir folgen musste. Er lag jetzt halb auf, halb über mir, mit der Hüfte auf der Mittelkonsole des Autos. Da diese Haltung trotz aller Erregung Schmerzen verursachte, löste er sich kurz von mir und warf einen vielsagenden Blick auf die Rücksitze des Wagens. Ohne Zeit zu verlieren, stiegen wir zu beiden Seiten aus dem Auto, rissen die hinteren Türen auf und ließen uns auf die Rückbank gleiten.

Jamal befreite mich fast vollständig aus meiner Kleidung und machte selbst das Nötigste frei. Keuchend bewegte er sich auf und in mir. Seine körperlichen Voraussetzungen waren beeindruckend und gut fühlbar. Sein ganzer Körper war schlank und durchtrainiert. Nach ein paar Minuten war alles erledigt. Wir hingen in seltsamer Verrenkung auf der Rückbank und lösten uns langsam voneinander. Jamal sah seltsam ernst aus. Er zog sich zurück und ordnete seine Sachen. Auch ich zog mich schweigend wieder an. Da es wohl im Augenblick auf der Rückbank nichts weiter zu tun gab, stieg ich wieder zurück auf den Beifahrersitz. Jamal setzte sich hinters Steuer und fuhr mich nach Hause. Wir sprachen kein Wort, bis er eine Tankstelle sah und er mir klarmachte, dass er Benzin brauchte. Ich war froh, dass das Schweigen unterbrochen war. Außerdem musste ich nun ab und zu etwas sagen, um ihm die Strecke zu erklären, die er fahren musste, um mich nach Hause zu bringen.

Dort angekommen, küssten wir uns und Jamal sagte mit warmer verbindlicher Stimme, dass er bald in die Kristallbar kommen würde. Yes, okay, sagte ich und stieg aus dem Auto. Als ich die Wagentür geschlossen hatte und im Schein einer Straßenlaterne zu meinem Hauseingang ging, fühlte ich mich benebelt und verwirrt. Ich öffnete die Tür zu meiner Wohnung und fand sie kalt und dunkel. Ohne das Licht anzuknipsen, zog ich meinen Mantel und die Schuhe aus. Langsam ging ich ins Wohnzimmer und setzte mich im Dunkeln auf die Couch. Das Licht, das aus den Fenstern der anderen Wohnungen auf den Hinterhof schien, beleuchtete das Zimmer schwach. Ich streckte die Beine aus und ließ den Kopf nach hinten auf das Polster sinken. So fühlt man sich also nach einem Abenteuer, dachte ich.

Als ich am Morgen danach erwachte, war ich irritiert und verliebt. Das war die erste Abweichung meines Plans.

Nun wartete ich jeden Abend in der Bar darauf, dass Jamal endlich erschien und wir uns wieder treffen würden. Doch die Aufmerksamkeit, nach der ich wohl suchte, erhielt ich auch von ihm nicht. Es konnte Tage dauern, bis sich Jamal wieder sehen ließ. Meist hatte er dann auch kaum Zeit, etwas zu trinken, kam nur herein, suchte jemanden, redete mit diesem ein paar Worte und ging wieder. Für mich gab es ein freundliches, unverbindliches Lächeln.

Als ich es schon nicht mehr erwartete, passierte es dann doch noch. Jamal kam eigens in die Bar, um mich zu sprechen. Er hatte einen kleinen Zettel dabei, auf dem eine Anschrift stand. Diesen Zettel gab er mir, als er bezahlte, und fragte, ob ich am nächsten Tag Zeit hätte. Ich warf einen Blick darauf und erkannte die Adresse unweit meiner Wohnung.

Am nächsten Tag betrat ich aufgeregt eine gut erkennbare Junggesellenwohnung. Es waren nur Dinge vorhanden, die man unbedingt brauchte, und die Putzfrau hatte sicher Urlaub. Jamal erklärte mir, dass dies die Wohnung eines Freundes sei, der sich zurzeit im Ausland aufhielt. Ich war von der Umgebung nicht besonders angetan und es hatte nicht viel gefehlt, dass ich wieder gegangen wäre.

Um die Situation zu retten, bot mir Jamal einen Tee an. Wir setzten uns auf das schmale Sofa und rauchten unsere Verlegenheit ein bisschen weg. Eine Unterhaltung fand kaum statt und war auch eigentlich nicht unser Anliegen. Nachdem wir umständlich unsere Kippen ausgedrückt hatten, nahm Jamal mein Handgelenk und zog mich sanft auf den Teppich. Bald darauf verschwand das desolate Zimmer aus meinem Bewusstsein.

Wieder auf den Füßen und nach einem Besuch im Badezimmer fand ich Jamal mit einem kleinen grünen Buch in der Hand mitten im Wohnzimmer stehend. Er deutete mit wichtiger Miene darauf: „This is the most important book of my country. It's like the bibel. You have to read it." Ich nahm das Buch in die Hand und gab es ihm gleich wieder zurück, denn die arabische Schrift konnte ich nicht lesen. Er schlug es auf und blätterte ein bisschen darin herum. „What is it and why is it that important?" Sein Gesichtsausdruck nahm jetzt den eines Oberlehrers an. „It is written by our leader and it includes all what you need to know for how to live." Ich dachte, der spinnt doch jetzt, und sagte etwas in der Art, dass dann mal der Mieter dieser Wohnung das lesen und den Putzlappen in die Hand nehmen sollte. Jamal fand das gar nicht witzig, sondern sah mich etwas abschätzig an. Mir war gerade nicht klar, was auf einmal los war. Bei unseren Verständnisschwierigkeiten sollten wir vielleicht nicht gleich mit einem arabischen Lehrbuch anfangen, dachte ich bei mir. Ich griff danach, doch er ließ es sich nicht aus der Hand nehmen. Our leader, was für ein leader, überlegte ich.

Da musste ich beinahe hysterisch lachen, als mir plötzlich etwas einfiel. Bloß nicht, das kann doch nicht sein. Ich platzte mit der Frage heraus, die ich bis vor einer Stunde noch für nebensächlich gehalten hatte: „What is your country?" „Libya", folgte die stolze Antwort. Ich war entsetzt und nickte mechanisch.

Nach dieser denkwürdigen Szene verabschiedete ich mich hölzern. Bald stand ich wieder allein auf der Straße zwischen ein paar Plattenbauten und spürte die frische Frühlingsluft. Es schien keine Sonne und der Himmel war hellgrau. Langsam ging ich den Weg zur U-Bahn und in mir lief diese zweite Begegnung mit Jamal noch einmal ab.

Es würde die letzte Begegnung dieser Art gewesen sein, das wusste ich sicher. Tränen liefen über mein starres Gesicht. Ich hätte mich ohrfeigen können für meine Gefühle und meine Naivität. Das war die nächste und deutlichste Abweichung meines Plans. Der Wind frischte auf und trocknete mein Gesicht.

In den nächsten Wochen kam Jamal nicht in die Bar und ich war nicht unglücklich darüber. Nach und nach würde der Verstand das Strohfeuer löschen, hoffte ich.

Da sprach mich Gerry bei der gewohnten Übergabe an einem Nachmittag plötzlich ziemlich barsch an: „Sag mal, was läuft'n da mit Jamal?"

„Was?" Ich verstand wirklich nicht, wie er darauf kam. Natürlich hatte ich mit niemandem über meine Affäre gesprochen. An einer guten Freundin, die für so etwas jetzt da sein könnte, mangelte es mir, seit Paul unsere Bekanntschaften bestimmte.

„Na komm, nun tu mal nicht so", fuhr Gerry fort und platzte dann heraus: „Ich hatte nämlich gestern Abend Besuch."

Er machte eine Pause und ein Gesicht, das ich so an ihm noch nie gesehen hatte. Ich wartete.

„Zwei Typen von der Stasi haben bei mir geklingelt und mich dann nach dir ausgefragt. Was du so treibst, wollten sie wissen. Was mit Paul ist, na ja, und ob ich wüsste, dass du einen libyschen Freund hast." Er starrte mich fragend an.

So war es, wenn einem ein Plan um die Ohren flog. Doch mir war nicht zum Lachen zumute. Das durfte doch nicht wahr sein, wie blamabel. Ich fühlte mich wie die letzte Hinterhofschlampe.

„Aber ich darf auf keinen Fall mit dir darüber sprechen, das musste ich sogar unterschreiben." Er atmete genervt aus und sah mich prüfend an.

„Ja, ich habe mich mal mit ihm getroffen und wir sind ein bisschen rumgefahren, weiter war da nichts", log ich.

„Aber warum kommt dann gleich die Stasi zu mir?" Gerry rang nach Fassung. Der Auftritt von Michas Kollegen hatte ihn stark beeindruckt.

„Die wissen bestimmt, dass wir befreundet sind", versuchte ich eine Antwort.

„Von wem?", Gerry war ungehalten.

„Keine Ahnung, die wissen doch alles, horchen überall herum, haben ihre Spitzel." Ich fühlte mich erbärmlich bei meinen Erklärungen.

„Was machst du denn überhaupt, hat Paul eine Ahnung davon?"

„Nein, weißt du", jetzt war ich genervt, „ich wollte ihn ja um Erlaubnis fragen, aber er ist immer weg und macht irgendwo sein Ding, da bin ich einfach noch nicht dazu gekommen."

„Also was auch immer du vorhast, pass auf oder lass es am besten sein", riet mir Gerry zum Schluss. „Ich will die Typen nicht noch mal in meiner Wohnung haben."

Ich bagatellisierte die Geschichte, so gut es ging, und Gerry gab sich zufrieden.

✳ ✳ ✳

Michas Anruf ließ nicht lange auf sich warten. Es wäre eilig und ob ich schon morgen Nachmittag Zeit hätte. Es war einer meiner freien Tage und ich wollte zu Paul aufs Land fahren oder auch krank spielen, ich wusste es im Moment selbst nicht. Ich stand neben mir und fühlte mich müde und kraftlos. Stumpfsinnig sagte ich zu, hörte nur mit halbem Ohr auf die Uhrzeit und legte auf.

Als ich bei den Klosters eintraf, spürte ich sogleich die frostige Stimmung. Michas Blick war heute anders als sonst. Gleich nachdem ich Platz genommen hatte, fragte er mich ungewohnt förmlich, wie es mir ginge. „Es geht mir gut", log ich und schwieg wieder.

„Na prima", war das Nächste, was er sagte und schob mir ein Blatt Papier zu. „Was ist denn an der Geschichte mit dem Libyer dran?" Er fragte ohne Umschweife und mir drehte sich der Magen um. Da hatte ich wirklich einen Volltreffer gelandet mit meiner Romanze.

„Was soll ich dazu sagen?", fragte ich mich eher selbst, „Es kam ganz plötzlich, ich weiß auch nicht, wie, und ist auch schon wieder vorbei." Was sollte ich ihm groß erzählen, was er offenkundig selbst schon wusste. Ich fühlte mich grässlich und sah auf das Muster der blasslila Tischdecke. Dabei hörte ich Micha zu, der nicht nur Fragen stellte, sondern in diesem Fall mal Auskunft gab.

„Ich will es mal so ausdrücken", begann er, „seit dem verheerenden Bombenanschlag vor einigen Wochen in einer Diskothek in Westberlin genießen Diplomaten bestimmter Länder, die man damit in Verbindung bringen könnte, ein erhöhtes Sicherheitsbedürfnis, welches dazu führt, dass sie derzeit rund um die Uhr beobachtet und ihre Aktivitäten dokumentiert werden."

Na toll, was als kleines Abenteuer geplant war, wuchs sich zum Desaster aus. Ich wollte mal Sex außer Haus und Aufmerksamkeit und stattdessen verliebte ich mich in einen mutmaßlichen Terroristen.

Natürlich kannte ich die Nachrichten und Fernsehberichte und wusste auch, welches Land Micha gemeint hatte. Das libysche Volksbüro in Ostberlin wurde in dem Zusammenhang mehrfach genannt. Ich hatte nicht wissen wollen, wer oder was Jamal ist, als ich mich mit ihm verabredet hatte. Wusste ich es jetzt?

Als ich mir dazu noch ausmalte, was die allgegenwärtigen Beobachter alles gesehen haben könnten, wollte ich vor Scham gern im Erdboden verschwinden und war Micha wirklich dankbar für seine zurückhaltende Art, in der er die Angelegenheit mit mir besprach. Als er mit seinen Ausführungen fertig war, kam das unvermeidliche Blatt Papier. „Jana, ich brauche eine Stellungnahme zu dem Vorgang", sagte er förmlich. Und leise, väterlicher fügte er hinzu: „Er wird nicht mehr lange hier sein." Bei diesem Hinweis sah er an mir vorbei zum Fenster und räusperte sich.

Matt griff ich zum Kuli. Es fiel mir zum ersten Mal schwer, die passenden Worte zu finden. Ich sah auf und zu Micha herüber. Er saß ruhig da und lächelte mitleidig.

Nach den vielen Zusammenkünften war eine gewisse Vertrautheit zwischen uns entstanden. Ich hatte Achtung vor ihm und sah in Micha immer mehr den Menschen, den Familienvater, abgekoppelt vom System, für das er stand. In meiner miserablen Situation empfand ich seine Nähe wie ein Schutzschild vor noch finstereren Mächten.

Kurz und sachlich schrieb ich der Staatssicherheit meine kurze Leidenschaft in ihre Akten.

✳ ✳ ✳

Ein halbes Jahr später hielt ich meinen Reisepass für eine Geburtstagsreise nach Westberlin zu meiner Oma in den Händen. Ich hatte es gar nicht glauben können, als die Benachrichtigung zur Abholung des Passes im Briefkasten lag.

Vor Freude tanzte ich im Wohnzimmer herum und konnte es kaum erwarten, dass Paul und meine Eltern die wunderbare Nachricht hörten. Gleich nach ihnen sollte Gerry davon erfahren und sich mit mir freuen.

An Paul war meine Liaison dank seiner eigenen vielseitigen Interessen unbemerkt vorbeigegangen und nachdem ich mich ein wenig von Liebeskummer und Schrecken erholt hatte, fühlte ich mich in unserer Beziehung wieder deutlich wohler. Gerry hatte mir die unheimliche Begegnung, die ich ihm eingebrockt hatte, auch verziehen und schwieg Paul gegenüber, wofür ich ihm äußerst dankbar war. Es gab so etwas wie eine stille Übereinkunft zwischen uns, die Affäre als nicht mehr erwähnenswert anzusehen.

Für den Abend meiner Abreise verabredeten wir, dass mich beide zum Grenzübergang Oberbaumbrücke, an der die Berliner Mauer Friedrichshain und Kreuzberg trennte, begleiten würden.

Um dreiundzwanzig Uhr traf Gerry in meiner Wohnung ein und wir öffneten in einer aufgekratzt erwartungsvollen Stimmung eine Flasche Rotkäppchensekt. Meine Tasche stand fertig gepackt im Korridor. Ich war reisefertig und ziemlich nervös. Um halb zwölf brachen wir auf. Draußen war es dunkel, ein paar Sterne waren am klaren Himmel zu sehen. Es wehte eine warme Brise zwischen den Häusern, deren Fenster jetzt fast alle dunkel waren. Außer uns war kein Mensch auf der Straße. Wir sprachen leise miteinander, um die Ruhe der Umgebung nicht zu stören.

Von meiner Wohnung bis zum Grenzübergang an der Spree war es gut eine Viertelstunde Fußmarsch. Wir gingen eine Straße entlang, die sich Allee nannte, diesen Namen aber im Grunde gar nicht verdiente. Denn ihr fehlten die Bäume. Diese waren auf der einen Seite dank des deutschen Wahnsinns gegen eine graue Betonmauer mit Stacheldraht ausgetauscht worden. Damit sich kein Irrtum einstellte, war es verboten, auf jener Seite der Straße entlangzulaufen. Alle paar Meter standen dort Schilder mit der Aufschrift „Grenzgebiet". Obwohl sie eine wichtige Nord-Süd-Verbindung war, fuhr kaum ein Auto um diese Zeit. Hinter der Mauer beleuchtete grelles Licht der Bogenlampen den Fluss.

Die Szenerie hatte etwas Grausiges und Erregendes zugleich. In Kürze würde ich mich loslösen aus dieser dunklen Starre hier und in etwas hinübergehen, das gerade deshalb so reizvoll war, weil ich nur ungefähre Vorstellungen hatte.

Der Sommerwind ließ meine Haare und meinen Blusenkragen flattern. Wir wurden ganz still, es gab nichts mehr zu reden. Die einzigen Geräusche waren unsere eigenen Schritte. An der Einmündung einer weiteren großen Straße standen wir endlich an der Brücke, die mich hinübertragen würde. Beton, Drahtgitter und dazwischen eine Metalltür, hinter der eine schwache Beleuchtung zu sehen war. Gemeinsam gingen wir wortlos darauf zu. Wir sahen uns um in dieser scheinbaren Einsamkeit und waren uns doch sicher, schon eine Weile beobachtet worden zu sein.

Es wurde Mitternacht. „Tja dann", ich umarmte erst Paul und dann Gerry und öffnete voller Spannung die Metalltür. Ein Blick zurück und die Tür schloss sich wieder hinter mir. Ein paar Meter vor mir sah ich auf der Brücke eine Baracke mit offen stehender Tür. Es drang Licht heraus und ein Kontrollraum wurde in dem Verschlag sichtbar. Drinnen stand ein Grenzer und erwartete mich schon. Ich ging auf ihn zu und grüßte. Ohne zu Lächeln erwiderte er den Gruß und forderte: „Ihre Papiere bitte." Ich hatte sie natürlich längst bereitgehalten und drückte sie ihm in die Hand. Er bat mich in den kleinen kahlen Raum und schloss die Tür. Gelangweilt blätterte er in meinem Pass und meine Aufregung stieg wieder. „Bitte öffnen Sie Ihre Reisetasche", sagte er. Ich kam der Aufforderung nach und er warf einen flüchtigen Blick auf meine Kleidung und die Kulturtasche. „In Ordnung. Sie können gehen", sagte er.

Ich sah ihn verblüfft und sehr erleichtert an. Wie, das war schon alles? Ich konnte es kaum glauben. Schließlich wollte ich in den Westen und ich war deutlich unter sechzig. Natürlich war mein Visum in Ordnung, aber warum war er nicht misstrauisch oder schnüffelte intensiver in meinen Sachen?

Wie bizarr. Es lief mir eiskalt über den Rücken, als mir auffiel, wie dressiert ich war. Auf Schikane eingestellt, schien sie mir fast zu fehlen. Unter dem Einfluss des Adrenalins hatte ich zudem fast vergessen, dass Banknoten an meinem Körper klebten.

Der Grenzer zeigte mir den Seitenausgang, ich nahm meine Tasche und meine Papiere und ging hinaus in die Nacht. Bevor ich mich aber in Bewegung setzte, nahm ich mir vor, jeden meiner nun folgenden Schritte niemals wieder zu vergessen. Nach einem Blick zurück in meine Heimat ging ich langsam und andächtig in die andere Richtung.

Die Wasseroberfläche reflektierte das Licht der Uferbeleuchtung. Das Wasser war leicht bewegt und zog tanzende

Bänder aus den aufgefangenen Lichtern. Der Sekt in mir und die höchst inspirierende Umgebung schienen mich anzuheben, fast schwebte ich über die Brücke. An der Wasserseite war ein hohes Gitter angebracht, sodass man sich nicht hinunterstürzen konnte. Zu meiner Linken begrenzte Mauerwerk die alte Brücke. Vor dem Nachthimmel sah ich die beiden Stümpfe der Brückentürme düster aufragen.

Das andere Ufer – Westberlin, Kreuzberg – kam beständig näher und der Wind über der Spree wehte kräftiger. Noch ein paar Meter und ich stand wieder vor einer hohen Metalltür. Ich öffnete sie und betrat – einfach so – Westberlin.

Ein paar Meter weiter stand ich auf dunklem Kopfsteinpflaster, hinter mir die Spree, vor mir der U-Bahnhof Schlesisches Tor. Die Straße lag auch hier in der mitternächtlichen Stille einer abgelegenen Gegend. Ich wusste, dass ich abgeholt werden würde, und genoss den einzigartigen Moment noch ein paar Minuten ganz für mich allein.

Da sah ich zwei Fußgänger auf mich zukommen und erkannte in ihnen Freunde meiner Eltern, die sich auf die Aufgabe stürzen wollten, mir die Stadt zu zeigen. Außerdem würde ich in den nächsten Tagen bei ihnen wohnen. Nachdem wir uns zur Begrüßung umarmt hatten, verharrten wir für einen Moment still und sahen uns an wie Tiere, die nicht im selben Lebensraum vorkommen. In mir herrschte eine Mischung aus Euphorie, Dankbarkeit und Aufbruchstimmung.

Rita und Klaus geleiteten mich ein Stück die Straße entlang zu einer kleinen Kneipe mit bunten Lämpchen über dem Eingang. Aus dem Innern drang Licht und Musik. Fasziniert versuchte ich mir alles einzuprägen, was ich sah. Rita bemerkte es und meinte beinahe entschuldigend: „Das ist hier doch nichts weiter." Hatte die eine Ahnung! Für mich war jedes Detail bemerkenswert: der türkische Wirt, die künstlichen Bäumchen im Gastraum, der Spielautomat mit den blinkenden Lichtern.

Nachdem wir unsere Raki-Gläser geleert hatten und meine Anspannung sich lockerte, erzählte ich den beiden sehr ausführlich von dem Abenteuer, eine Brücke zu überqueren.

* * *

Die Ära der „Grußkarten für einen Stasispitzel" ist zu Ende.

An ihrer Stelle kommt ein Schreiben von Gerrys Anwalt. Er beantragt, meine Klage abzuweisen. Seiner Meinung nach ist sie unschlüssig, jedenfalls aber unbegründet. Gerrys Anwalt schreibt weiter, er vermag nicht zu erkennen, warum ich ein Recht darauf haben sollte, in Ruhe gelassen zu werden.

Amüsiert lese ich seine Formulierung, dass die mir zuteilwerdenden Grüße schließlich eine Folge meiner Spionagetätigkeit seien. Das klang nach 007, immerhin. Des Weiteren, findet er, hätte ich mich noch nicht gebührend beim Beklagten entschuldigt. In dieser Hinsicht gebe ich ihm recht, doch der Punkt scheint jetzt überschritten zu sein.

Dann lese ich eine Passage, die mich vom 007-Format wieder zum Staubkorn der Weltgeschichte macht. Der Anwalt ist tatsächlich der Meinung, dass es Gerry genauso gut erlaubt sei, sich mit seiner Geschichte an die Presse zu wenden. Da stelle ich mir aber doch die Frage, welche Zeitung hätte denn diese höchst banale und eben nicht selten vorkommende Enttarnungsgeschichte zweier unbedeutender Kellner abgedruckt. Ich muss schmunzeln, als ich mir die Textpassage vorstelle: Kellner liest nach fünfzehn Jahren seine Stasiakte und muss feststellen, dass er unter anderem von einer Kollegin bespitzelt worden ist.

Das ist so fesselnd wie ein Sonnenuntergang am Wolkenhimmel.

Doch die Worte des Verteidigers ärgern mich mehr, als dass sie mich belustigen. In seinen abschließenden Worten lese ich die Feststellung, dass ich keinen Anspruch auf einen Rechtsschutz habe.

„Hier, sieh mal", ich gebe Mike das Schreiben. „Soll ich jetzt unbekannt verziehen, damit ich keine Post mehr bekomme?", fragte ich ihn schlecht gelaunt.

Wie immer gelassen, liest er die Klageerwiderung noch einmal, legt das Papier auf den Tisch und sagt: „Das war's ja noch nicht. Jetzt nehmen wir wieder Stellung. Wir werden jetzt fragen, was Gerry mit seiner Verteidigungsbereitschaft erreichen will. Ganz sicher ist er seiner Sache ohnehin nicht mehr, sonst hätte er weiterhin Karten geschrieben. Aber er hat die Sendungen seit Zustellung der Klage erst mal gestoppt."

Also bekam das Hohe Gericht wieder Post von uns.

∗ ∗ ∗

„Es gibt noch mehr zu sehen als eine Kreuzberger Kneipe", Klaus drängte zum Aufbruch. Wir gingen zum Auto und die nächtliche Fahrt durch die so nahe, ferne Stadt, die ich von Ansichtskarten und aus dem Westfernsehen kannte, in der so viele Geschichten meiner Eltern und Großeltern gespielt hatten und die ich unzählige Male in meiner Fantasie betreten hatte, begann.

Wir rollten gemächlich dahin und ich starrte gebannt nach draußen. Ich hörte, wie Rita hin und wieder einen Straßennamen nannte oder Sätze sagte wie: „Jetzt sind wir ..., jetzt sind wir gleich ..., Schöneberg, ..." Aber das rauschte an mir vorüber wie die Außenwelt. Ich schaute und träumte mich in die Häuser, die Lichter und den Glanz der vorüberziehenden nächtlichen Großstadt hinein. Große Leuchtbuchstaben an den Fassaden, Schriftzüge auf den Dächern, Schaufenster mit bunter Reklame glitten an uns vorbei, immer mehr Autos waren unterwegs, je näher wir der Innenstadt kamen. Restaurants, Bars und Kneipen konkurrierten in verschiedenen Farben und Dekors.

„Sieh mal dort", Klaus nickte mit dem Kopf in Fahrtrichtung. Ich folgte seinem Blick und sah am Horizont die goldgelb angestrahlte Siegessäule aufragen. Es war ein grandioses Bild. Inmitten des dunklen Tiergartens erhob sie sich aus meiner Postkartenerinnerung in die Wirklichkeit. Klaus umrundete sie für mich zweimal in dem riesigen Kreisverkehr. Es war wunderbar und mir wurde schwindlig.

Ich war vom Dunklen ins Helle gereist.

Anschließend fuhren wir nach Charlottenburg durch breite belebte Straßen. Im Erdgeschoss jedes Hauses gab es Geschäfte oder Restaurants oder wenigstens irgendeinen Schriftzug, der Kunden anlocken sollte. „Gleich sind wir am Ku'damm", verkündete Rita mit feierlicher Betonung. Und da ich still war wie ein kleines Mädchen, das am Weihnachtsabend in das festliche Zimmer mit dem Weihnachtsbaum hereingelassen wird, streichelte sie mir die Schulter und fragte: „Geht's dir auch gut?"

Ich seufzte ein wenig und nickte. „Ja, aber wisst ihr, das ist doch Wahnsinn hier, das alles ... echt ... also wirklich." Sie verstanden mich.

Die beiden tauschten einen Blick und Klaus schlug vor: „Wir sollten jetzt mal ein Stück zu Fuß gehen, dann schnappst du gleich ein bisschen Berliner Luft."

„Kann ich jeden Tag", konterte ich und wir lachten.

„Die Luft ist wohl wirklich dieselbe", sagte Rita mir zugewandt.

„Es sei denn, du machst einen Spaziergang am Heizkraftwerk Rummelsburg", fügte ich hinzu, „da kannst du in Spitzenzeiten ordentlich Schwefel einatmen." Die rücksichtslose Umweltverschmutzung mittels veralteter Technik machte auch vor der Hauptstadt der DDR nicht halt.

Klaus parkte das Auto auf dem Mittelstreifen des Kurfürstendamms und ging zur Parkuhr. Ich folgte ihm neugierig. Schließlich hatte ich mir vorgenommen, nichts, aber auch gar nichts zu verpassen. Auch keine Parkuhr. „Was ist?", fragte er mich belustigt, als ich die Parkuhr eingehend musterte.

„Kenn ich nicht."

„Na, das ist ein Vorteil", meinte er. „Hier nehmen sie einem ordentlich Geld ab. Wir haben in dieser Stadt nämlich nur begrenzt Platz. Haha, im wahrsten Sinne des Wortes." Er amüsierte sich über sein gelungenes Wortspiel und wir gingen über die Fahrspuren auf den Bürgersteig herüber.

„Lasst uns bis zum Olivaer Platz und dann auf der anderen Seite zurückgehen", schlug Rita vor. Dann nahmen sie mich in ihre Mitte und ich widmete mich dem berühmten Westberliner Boulevard. Alle paar Meter blieb ich stehen und betrachtete die angestrahlten Fassaden der Gründerzeithäuser, die die Bombennächte des Weltkriegs überstanden hatten oder schon längst wieder in alter Pracht auferstanden waren.

Große Platanen, deren Äste leise im Wind schaukelten, säumten die Straße und auf dem breiten Fußweg standen alle hundert Meter Glasschaukästen, die noch zusätzlich auf die Waren in den Geschäften aufmerksam machten. Nachdem wir einige dieser Vitrinen passiert hatten, fragte ich mich, ob es Zufall war, dass immer in deren Nähe eine junge Frau stand, elegant bis freizügig gekleidet und stark geschminkt. Ich nahm mir vor, die Sache weiter zu beobachten. „Hier kommen die richtig teuren Boutiquen", Rita machte eine ausholende Bewegung. „Das ist leider nichts für uns." Für mich schon gar nicht, dachte ich, wollte mir aber schon genau ansehen, was ich mir alles nicht leisten konnte.

Denn die DDR hatte mich mittellos verreisen lassen. Seit Beginn der Reiseerleichterungen hatte sich der Devisenumtausch, den die Staatsbank der DDR den Westreisenden gewährte, immer mehr vermindert. Wurde meine Mutter anlässlich der Krankenpflege meiner Oma noch mit 70 DM für zehn Tage ausgestattet, die sie eins zu eins umtauschen konnte, war das Geld zur Zeit meines Grenzübertritts wohl ausgegangen. Aber schließlich hatten wir ja eine Einladung, die der Grund für die Genehmigung war. Dem klammen Staat war also bewusst, dass für Übernachtung und Verpflegung gesorgt sein würde. Was sollten wir hier auch sonst tun, als bei unseren Verwandten zu sitzen und uns darüber zu freuen, dass wir beisammen sein konnten.

Es war ausdrücklich und streng verboten, Devisen auszuführen in das Land, das selbst welche hatte. Bloß gut, dass der Westberliner Senat für jeden Ostbesucher zu dieser Zeit einmal jährlich 30 DM spendierte. Schließlich war ich auch nicht unvorbereitet ins Einkaufsparadies gereist, sondern hatte meine Reisekasse körpernah untergebracht und Glück gehabt, dass der Grenzer keine Lust auf Leibesvisitation hatte.

So verfügte ich bei Einreise über 150 DM und hoffte noch auf eine Zuwendung meiner Großmutter, die ich erst am nächsten Morgen sehen würde. Wofür ich mein Geld ausgeben würde, wusste ich noch gar nicht. Erst einmal abwarten und sehen, was es alles zu kaufen gab, war eher der verkehrte Ansatz, wie sich später herausstellte.

Wir waren inzwischen an einem Platz angekommen, in den von allen Seiten Straßen einmündeten, die ihrerseits voller Möglichkeiten waren, bei Tag und Nacht Geld loszuwerden. Hier überquerten wir den Kurfürstendamm, um in entgegengesetzter Richtung zurückzugehen.

Es war jetzt nach zwei Uhr morgens. Doch ich spürte keinerlei Müdigkeit. Auch Klaus und Rita hielten sich tapfer. Ich belohnte sie mit kindlichem Staunen und sie waren sichtlich stolz auf ihre Heimatstadt.

In einem Haus, das hundert Biere im Angebot hatte und mich mit dieser Vielfalt schwer überforderte, schlossen wir unseren Rundgang ab und verschafften uns durch das Probieren von drei Sorten die nötige Bettschwere.

Schließlich fiel ich nach einer kurzen Autofahrt zu meinen Gastgebern dann doch vollkommen erledigt ins Bett. Im dunklen Zimmer zogen sie alle noch mal an mir vorbei: Der Grenzer in seinem grauen Loch, der Kreuzberger Wirt in seiner belaubten Kneipe, die Siegessäule im Scheinwerferlicht, Glasvitrinen mit extravaganten Schuhen, bunte Inschriften und glitzernde Reklame.

Ich war vom Grauen ins Bunte gereist.

Ein paar Stunden später weckte mich eine Amsel mit ihrem Gesang. Noch mit geschlossenen Augen fiel mir tröpfchenweise ein, wo ich war und was das bedeutete. Mit einem seeligen Lächeln öffnete ich die Augen.

Eine Stunde später saß ich bei meiner Oma auf der Couch.

Die alte Dame war glücklich und gerührt zugleich, mich endlich bei sich zu haben. Wir saßen in dem kleinen Wohnzimmer, sie auf ihrem bequemen Sessel mit den sechs Kissen im Rücken, und ich erzählte ihr in aller Ausführlichkeit die Geschehnisse des vergangenen Abends. Dann sah ich mich ein bisschen bei ihr um. Sie bewohnte ein Zimmer mit Bad, Küche und Balkon. Alles war einfach und klein, bis auf die Fensterscheiben. Die waren groß und dreifach verglast. Als ich auf den Balkon trat, um mir die Siedlung von oben anzusehen, merkte ich auch gleich, warum. Ein Flugzeug, das so nah war, dass ich beinahe die Krawatte des Kapitäns erkennen konnte, donnerte über das Haus hinweg zum nahen Flughafen. Oma erklärte mir die Nutzlosigkeit des Balkons, was ich auf der Stelle einsah.

Dann erkundigte sie sich nach der Familie, meiner Arbeit und nach meinen Plänen für die nächsten Tage. Sie wusste natürlich, dass ich so viel wie möglich rein in die Stadt wollte. Deshalb sagte sie: „Du weißt ja, dass es für mich zu anstrengend ist, mit dir loszugehen. Aber es ist ja ein Glück, dass Rita und Klaus Zeit und Lust haben, dir alles zu zeigen." Dann sollte ich ihr ihre Handtasche bringen, was so viel wie Bescherung bedeutete. Als sie in der Tasche nach dem Portemonnaie suchte, fiel mein Blick auf ihre Hände. Die Gelenke ihrer Finger waren stark angeschwollen und es fiel ihr schwer, die Geldbörse zu öffnen. Meine Oma litt seit Jahren an Rheuma und starken Schmerzen. Die vielen Tabletten hatten die nächsten Krankheiten befördert und nun, nahe der Achtzig, war aus der einst so vitalen, aktiven Frau ein schmales, kleines Mütterchen geworden, das nur mit Mühe den kleinen Haushalt bewältigte.

Es wurde mir ein bisschen schwer ums Herz, als sie mir mit zittriger Hand großzügig einige Scheine entgegenhielt. Sie aber lächelte glücklich darüber, dass sie das überhaupt konnte. Es war ihr eine große Freude, mit dem, was sie hier an Rente bekam, die Familie zu unterstützen. Der maroden Wirtschaftslage der DDR kam es entgegen, wenn ihre Arbeiter und Bauern nach Eintritt des Rentenalters das Land verließen und sich auf diese Weise die ohnehin schmale Rentenzahlung einsparen ließ.

Ich bedankte mich und rüstete bald zum Aufbruch. Ein wenig plagte mich schon das Gewissen, sie hier zurückzulassen, aber mein Hunger nach der Welt da draußen war riesig.

Als sie meinen Zwiespalt bemerkte, wurde sie energisch: „Nun geh man los. Die beiden warten bestimmt schon. Wir sehen uns ja heute Abend wieder und morgen feiern wir dann gemeinsam Geburtstag." Und als ich noch zögerte: „Ich hätte es doch genauso gemacht. Lass dir alles zeigen: den Tauentzien, das Europacenter, das KaDeWe, die Wilmersdorfer. Und wenn du wieder da bist, zeigst du mir, was du dir Schönes gekauft hast, ja?"

Bevor ich noch zu heulen anfing, beugte ich mich schnell zu ihr herunter, drückte sie fest, verstaute das Geld und machte mich auf den Weg.

Rita und Klaus erwarteten mich vor dem Hauseingang. „Heute ist Doppeldecker angesagt", kündigte Klaus an. „Da können wir alle schön entspannt den Verkehr an uns vorbeiziehen lassen und du kannst dir alles von oben ansehen." Ich war einverstanden und los ging es zur Bushaltestelle. Der große gelbe doppelstöckige Bus schaffte es natürlich auch gleich wieder, mich in Erstaunen zu versetzen, schon allein wegen der Treppe, die auf die obere Etage führte. Und er war so leise.

Unwillkürlich dachte ich an seine lauten Verwandten auf der anderen Seite, mit denen ich zwei Jahre lang täglich zu meiner Ausbildungsstätte unterwegs gewesen war. Eine Strecke dauerte damals ungefähr eine Stunde. Die Strecke führte durch einige kleinere Orte, dann ging es vorbei an der Berliner Mauer, die gut bewacht und beleuchtet in einem Sumpfgebiet stand. An diesem Abschnitt raste der Bus über das schlechte Pflaster, sodass man Angst haben musste, bei jedem Loch in der Straße mit dem Kopf an die Decke zu stoßen. Dann folgten Haltestellen in der Nähe von Russenkasernen. Während die einfachen Soldaten so gut wie nie Ausgang hatten, wurde erzählt, dass die Offiziere hier ein schönes Leben hatten. Ihre Gattinnen stiegen dann morgens zu uns in den Bus, um in der nächstgrößeren Stadt einzukaufen. So konnten wir auch im Halbschlaf anhand des Duftgemischs aus Knoblauch und Maiglöckchenparfüm erkennen, an welcher Haltestelle wir gerade waren.

„Träumst du?", hörte ich Ritas Stimme. „Oh, ich war kurz zu Hause", antwortete ich ihr. „Hast du deinen Reisepass dabei?", fragte sie jetzt. „Ja", ich holte ihn aus meiner Handtasche und zeigte ihn beim Einsteigen aufgeklappt dem Busfahrer. Der nickte und brummelte etwas, das ich nicht verstand. Wir Ossis konnten in ganz Westberlin umsonst die öffentlichen Verkehrsmittel benutzen. Man zeigte seinen Pass und das war's.

Die Sonne schien auf die Stadt und präsentierte sie bei Tageslicht nicht minder beeindruckend als in der Nacht zuvor. Rita hatte schnell Plätze oben und ganz vorn belagert, sodass wir quasi über dem Fahrer saßen. Das war wirklich ein interessantes Gefühl. Die Aussicht von hier war fantastisch und wenn der Bus um die Kurve fuhr, konnte ich aus meiner Perspektive kaum glauben, dass er das hinbekam, ohne die Bäume oder andere Fahrzeuge zu schrammen. Unsere Fahrt führte zuerst durch Wohngebiete, in denen viele Ausländer herumliefen. „Es wohnen viele Türken hier", erklärte mir Klaus, „aber auch Araber, Jugoslawen und Griechen." Hier gab es nur wenige Geschäfte, aber diese hatten riesige Auslagen mit Obst und Gemüse, die ich im Vorbeifahren sehen konnte. Ein exotischer Anblick für mich.

Manche Früchte sah ich zum ersten Mal und fragte Rita, wie sie hießen. „Das sind Auberginen", „Eisbergsalat", „die nennt man Papaya", „die violetten sind auch Kartoffeln, nur eben eine andere Sorte ..." So ging es eine Weile. Dann bog der Bus in eine breite Straße ein. Sie lag etwas erhöht und ich konnte von Weitem den Funkturm sehen und das futuristische Gebäude des Internationalen Congress Centers.

Wenig später hielten wir an einem Einkaufszentrum. Es war ein dumpfes Dröhnen zu hören und ich sah, wie ein Flugzeug über uns hinwegflog, das soeben gestartet sein musste. Auf der anderen Straßenseite kamen eine Menge Leute aus einem U-Bahnhof und überquerten die Straße, um unseren Bus zu erreichen. Alles war laut und quirlig. Der Bus fuhr nun eine endlos lange Einkaufsstraße entlang. Bunte Reklame, Schriftzüge, Blumenkübel vor den Cafés, Tische und Stühle vor den Restaurants, Menschen, andere Linienbusse mit Werbeaufschriften, Litfasssäulen, Plakatwände, die Veranstaltungen ankündigten, Blumenläden, deren Ware den Bürgersteig überschwemmte, Schuhläden, die ihre Regale vor die Tür stellten, Leute mit bunten Plastiktüten, eine Unmenge Autos unterschiedlicher Fabrikate, Fußgänger verschiedener Nationalitäten, Touristengruppen mit Fotoapparaten, Schaufenster, beigefarbene Taxis mit Werbung ... Ich konnte mich nicht sattsehen.

Von den unzähligen Eindrücken ganz benommen fragte ich mich, wie lange es wohl noch dauern würde, bis auf der anderen Seite annähernd dieser Standard erreicht sein würde. War das hier nur Oberfläche, nur schöner Schein? Meine Quellen waren die jahrelange Berichterstattung mittels Fernsehen, Freunden und Verwandter. Nach einem ersten eigenen Erleben wusste ich:

Ich war von der Stagnation in den Fortschritt gereist.

Unser Bus hatte soeben die Hälfte seiner Fahrgäste abgeladen, als in meinem Blickfeld die berühmteste Kirche meiner Postkartensammlung auftauchte. Groß, dunkel und mahnend stand die Ruine der Kaiser-Wilhelm-Gedächtniskirche neben ihrem modernen blau glasigen Glockenturm. Unweit davon stand das Original eines weiteren beliebten Kartenmotivs mit einem Mercedesstern auf dem Dach.

Hier wurde es für uns Zeit auszusteigen. Nachdem ich ausführlich in alle Himmelsrichtungen gesehen hatte, betraten wir das Europacenter, und es bot sich ein Anblick hinauf durch mehrere offene Etagen, deren Galerien man durch Rolltreppen erreichen konnte. Durch den überwiegenden Einsatz von gläsernen Materialien wirkte alles durchscheinend und leicht, als könnte man von überall nach überall sehen, durch Geschäfte, Läden, Cafés, Bars, Restaurants. Jetzt wünschte ich mir zum ersten Mal, Paul wäre hier und könnte das alles sehen und mit mir erleben. Es würde schwierig werden, davon in aller Genauigkeit zu berichten.

Um einen Plan für die nächsten Stunden zu machen, setzten wir uns zunächst in ein Café, das über mehrere Terrassen angelegt und über einen Holzbohlensteg zu erreichen war, der über ein Wasserbecken führte. In diesem Becken fingen große silbrige Metallblätter das Wasser auf, das über ihnen wippende Blütenkelche hinabgossen. Wurde das Blatt zu schwer, floss das Wasser ins Becken und wurde wieder in den Brunnen hochgepumpt.

Wir bestellten und während wir auf unsere Getränke warteten, fragte mich Klaus: „Und, hast du es dir so vorgestellt, hier bei uns?" Was für eine Frage. Ich hatte in der Vergangenheit so viel Zeit gehabt, mir immer wieder vorzustellen, auch einmal hier zu sein und zu erleben, was ich aus Erzählungen, vom Fernsehen und von Bildern kannte. „Es ist überwältigend und auch irgendwie zu viel auf einmal. Es ist so vieles da, was ich mir merken will, aber das wird nicht gehen, es ist kolossal, wunderbar ..." Ich seufzte überfordert.

Zu meiner überschäumenden Begeisterung fiel mir der Ausspruch „Wo viel Licht ist, ist auch viel Schatten" ein und ich nahm mir vor, nicht völlig unkritisch zu sein. Würde ich in den paar Tagen auch den Schatten sehen? Seit frühester Jugend war ich an die hohlen Phrasen der Partei- und Staatsführung vom „baldigen Untergang des kapitalistischen Systems" gewöhnt. Sie hatten uns diese These vorgesetzt, ohne dass wir uns ein Bild machen konnten. Ich würde die Gelegenheit jetzt nutzen.

Bevor wir uns endgültig ins Einkaufsgetümmel stürzten, fuhren wir hinauf zur Aussichtsplattform des Europacenters.

Von hier oben hatten wir einen guten Überblick über die Stadt. Ich sah die weite grüne Fläche des Tiergartens und den angrenzenden Zoologischen Garten, das Rollfeld des Flughafens Tempelhof, Hochhäuser und Schornsteine, Straßenfluchten und Kirchen und ... plötzlich stockte mein Blick und war wie festgeklebt.

Da stand er: groß, schlank, erhaben und unverwechselbar. Ich sah ihn und plötzlich mischte sich in meine ganze Euphorie ein leises Gefühl der Wehmut und ich spürte einen Kloß im Hals. Alles andere zog sich für diesen Moment aus meinem Blickfeld zurück und ich sah nur dieses Bauwerk. Stolz und unbewegt, als könne er über alles hinwegsehen, über menschliche Schwächen und Ideologien, über Mangel und Konsumrausch, grüßte mich der Fernsehturm aus meiner Heimat, die sich seit sechsunddreißig Stunden zunehmend aus meinem Bewusstsein verflüchtigt hatte.

Rita riss mich mit einigen Erklärungen zur Umgebung aus meinen Gedanken. Doch es war ihr nicht entgangen, in welcher Richtung mein Blick festhing. „Dahin musst du erst übermorgen wieder zurück", sagte sie und legte einen Arm um meine Schulter. Ich nickte, klärte sie aber nicht über das Missverständnis auf.

Ich war vom Vertrauten ins Fremde gereist.

Nun setzten wir uns zum Shoppen in Bewegung. „Was willst du dir denn überhaupt kaufen?", war Ritas schwierige Frage inmitten der Warenflut. Ich hatte diese Frage kommen sehen und keine Ahnung. „Hm, was zum Anziehen, Schuhe, weiß nicht, irgendwas auch für Paul." Na, damit kann man ja richtig was anfangen, sagte mir Ritas Blick. Klaus hatte inzwischen angekündigt, dass er die „Damen" dann mal eine Weile allein lassen wolle, um ein paar Erledigungen zu machen. Wir würden uns dann in drei Stunden hier am Brunnen wiedertreffen.

Und auf ging's! Drei Stunden Konsumterror, drei Stunden Waren, Waren, Waren. Wir rannten in kleine und große Geschäfte, verließen das Gebäude, überquerten die Straße und tauchten in neue Läden und Warenhäuser ein. Rolltreppe rauf, Rolltreppe runter. „Wie gefällt dir das?"

„Sieh mal, die Farbe würde dir doch ganz gut stehen."

„Ist das deine Größe?"

„Die gibt es dort drüben auch so ähnlich, aber billiger."

„Das ist ein Modell der letzten Saison, deshalb besonders günstig."

„Wo sind denn hier die Kabinen?"

„Neunzehn, neunundfünfzig, neunundneunzig, warum machen die so bekloppte Preise?" Regale, Kleiderständer lang gezogen oder als Karussell. Alles voller Klamotten.

„Kann ich Ihnen helfen?"

Nein, bloß das nicht.

Blusen, Jacken, Jeans, Pullis kreuzten meine Wege und wurden an- und wieder ausgezogen. Oder doch etwas für den Haushalt? Da waren doch vorhin diese großen Kaffeetassen in den leuchtenden Farben, oder Kosmetik, mal ein extravagantes Parfüm? Vielleicht lieber etwas, das länger nützlich war, etwas technisch Funktionelles. Etwas, das nicht bei der ersten Benutzung auseinanderfällt. Suchen, ausprobieren, ablehnen. Neuer Anlauf.

Drei Stunden Kohlenschaufeln wären bestimmt nicht anstrengender gewesen.

Ich war vom Leeren ins Volle gereist.

Als ich nach über zwei Stunden immer noch nichts gekauft hatte, bekam ich eine Konsum-Sinnkrise. Ich war der Fülle einfach nicht gewachsen. Immer, wenn ich mich fast entschieden hatte, sah ich ein anderes Stück ähnlicher Natur, vielleicht ein bisschen billiger oder ein bisschen hübscher, auf jeden Fall anders.

Langsam befürchtete ich, dass meine Oma enttäuscht sein würde, wenn ich ohne Beute zurückkäme. Sie hatte so freudig ihr Portemonnaie geöffnet und ihre Enkelin schaffte es nicht, die Scheine wieder loszuwerden.

Rita entschied, dass wir eine Pause brauchten, und führte mich in die Filiale eines Kaffeehändlers. Hier konnte man nicht nur Kaffee kaufen und trinken, hier kamen auch einige Waren zum Verkauf, die nichts mit Kaffee zu tun hatten. Und wie ich so dastand und entkräftet an meiner Tasse nippte, passierte es. Ein potenzielles Kaufobjekt wartete in der Auslage und zog meinen Blick auf sich. Es handelte sich um ein Paar sehr farbenfrohe Badehandtücher in einer praktischen Plastiktasche mit Druckknopf, das ich auf der Stelle kaufte und welches 39,99 DM kostete. Ein Vermögen, wie meine Oma später auch anmerkte. Doch ich verteidigte meinen Fang und ließ sie auch wissen, was ich in den zurückliegenden Stunden durchgemacht hatte.

Später, beim Abendessen, musste ich bis ins Kleinste erzählen, wo ich überall gewesen war. Doch auch wenn ich es nach Kräften versuchte, mich genau zu erinnern, brachte ich eine ganze Menge durcheinander. Oma war trotzdem glücklich und ermunterte mich, das Begonnene am nächsten Tag fortzuführen.

Der letzte Tag meiner Reise in den Westen führte mich ganz in die Nähe meiner Heimat. Klaus fand es wichtig, dass ich die Berliner Mauer auch mal aus der Nähe zu sehen bekam. Dazu fuhren wir zum Anhalter Bahnhof und gingen noch ein Stück zu Fuß. Hier war es ziemlich unbelebt und die Wohnhäuser eher sanierungsbedürftig. Insgesamt eine vernachlässigte Gegend.

Klaus und ich gingen auf ein besonders bunt bespraytes Mauerstück zu. Es faszinierte mich, ganz heranzugehen und den rauen Beton anzufassen, was auf der anderen Seite den Schießbefehl ausgelöst hätte. Die Mauer war etwa vier Meter hoch und über und über mit Graffiti bemalt. Für jemanden, der sich fragte, in welche Gegend er denn hier geraten war, waren Schilder aufgestellt mit der Aufschrift „Ende des amerikanischen Sektors – Das angrenzende Gebiet gehört zu Ostberlin" und darunter das Ganze in türkischer Sprache.

Weil die Mauer zu hoch zum Drüberschauen war, gab es an manchen Stellen hölzerne Aussichtstürme, von denen aus man in den Osten und über die Grenzanlagen sehen konnte. Die Betonmauern zu beiden Seiten schlossen einen breiten Landstreifen ein, der durch Stacheldraht, geharkten Sand und eine weitere innere Mauer unterteilt war. In regelmäßigen Abständen standen Wachtürme und auf einem Asphaltstreifen fuhr ein Trabant der NVA in grüner Tarnfarbe Patrouille. Hohe Lampen bildeten eine endlose Kette.

Ich stand auf der Aussichtsplattform und starrte mit kaltem Herzen in Richtung Osten. Klaus hatte zuerst neben mir gestanden und versucht, mir Details und Funktionen der Absperrungen näher zu erläutern. Aber ich hörte kaum zu. Das Bild fesselte mich auf bizarre Weise. Aber das war nicht das wohlige Gruseln wie auf der Achterbahn oder bei einem unheimlichen Film. Nein, hier stand als grauenhafte Realität ein von Waffen strotzender Zaun, um das eigene Volk im sozialistischen Gehege zu halten.

„Ich warte im Auto", sagte Klaus sensibel, als er die Veränderung meiner Stimmung bemerkte. Ich hörte seine Schritte, die sich langsam knirschend auf dem sandigen Boden entfernten.

Ich starrte noch lange auf diese brutale Szenerie. Ein System, das Angst davor hatte, ihm könnten die Arbeiter und Bauern abhauen, die es doch am Leben erhalten sollten. Und ich? Unterstützte ich das System durch mein leichtfertiges Arrangement mit der Stasi nicht noch? Diese Schlussfolgerung tat hier fast körperlich weh.

Abrupt drehte ich mich um, lief zurück und stieg ins Auto. Ich schlug die Tür zu und bat Klaus, nur schnell loszufahren. Ich wollte wieder dorthin, wo alles schön aussah, wo die glitzernden bunten Dinge waren, wo die Schaufenster ein besseres Leben verhießen. Ich scheuchte mein schlechtes Gewissen in seinen Käfig. Es sollte mich in Ruhe lassen.

Wenig später waren die Gespenster davongeflogen.

∗ ∗ ∗

Wieder zu Hause angekommen, war ich der Star. Alle wollten hören, wie es im Westen gewesen war. Mit Paul, Gerry und Sonja veranstalteten wir einen „West-Abend", an dem wir meine Rückkehr feierten und ich ihnen auf Wunsch die Ohren vollplapperte.

Auch andere Kollegen, Freunde, Nachbarn und Verwandte stellten immer ähnliche Fragen:

Sieht es so aus wie im Fernsehen?

Riecht es überall wie im Intershop?

Sind alle im Westen eingebildet?

Hat jeder ein Auto?

Ich bemühte mich, alles so genau wie möglich zu erzählen, und erkannte bald, dass der Übertritt vom Warenmangel in die Warenüberflutung harte Arbeit in der Berichterstattung bedeutete.

Mitgebracht hatte ich einen Eisbergsalat, eine Flasche Campari, einen kleinen Plastikmülleimer für das Badezimmer, eine Jeans für Paul, eine Bluse, ein Paar Ohrclips und die Luxus-Handtücher. Ich muss nicht betonen, dass mich jeder meiner Gesprächspartner, denen ich von diesem Sortiment erzählte, für bekloppt erklärte und besser wusste, was mitzubringen sich gelohnt hätte.

Zurück in der anderen Hälfte der Stadt mit all ihren Gebrechen fühlte ich mich überraschenderweise sehr heimatlich. Ich war wieder zu Hause in der gewohnten Umgebung, ich spürte die Vertrautheit und Nähe zu meinen Freunden und meiner Familie und erlebte dankbar, wie viel das wert war.

Ein paar Tage, nachdem ich von meiner Traumreise zurückgekehrt war, meldete sich Michas Telefonistin ernüchternd real. Es gab einen neuen Ort und einen neuen Termin. Ein Spitzel war heimgekehrt.

Micha öffnete mir die Tür. Nun waren wir in Pankow in einer wirklich konspirativen Wohnung angekommen. In der

Nähe des zentralen Kirchplatzes war es schwirig gewesen, einen Parkplatz zu finden. Die Wohnung lag im vierten Stock eines Altbaus, der von außen einigermaßen gepflegt aussah. Hier wohnte in Wirklichkeit niemand. Die Einrichtung war so nüchtern und geschmacklos, wie sie nur Männer wie Micha hinkriegen konnten. Die Mittel und Möglichkeiten zum Kauf der Möbel waren da gewesen. Danach war alles irgendwie hereingestellt worden und gut. Im Wohnzimmer war es dunkel, weil das Fenster zum engen Hof hinausging. Etwas Licht kam von einer mit gelblichem Stoff bezogenen Deckenlampe. In der Schrankwand stand als einziger Gegenstand ein kleines schwarzes Kofferradio, das Micha sogleich einschaltete, als wir uns setzten. Auf der kahlen Tischplatte lagen seine Unterlagen neben einer Flasche Mineralwasser und zwei Gläsern.

„Da bin ich also wieder." Meine Worte waren eine Mischung aus Stolz und Trotz. Mein Führungsoffizier hatte nichts anderes als meine Rückkehr erwartet, machte er mir bei der Begrüßung klar. Ich verkniff mir jeden Kommentar dazu, stattdessen stillte ich seine Neugier. Denn er bat mich nicht uninteressiert: „Erzähl doch mal, wie ist es denn so da drüben?" Und nun Vorsicht.

Micha erfuhr etwas von der Hektik einer Großstadt und mit verhaltener Begeisterung verschaffte ich ihm einen kleinen Einblick in die Einkaufsmöglichkeiten.

Dazu sagte ich Sachen wie: „Wenn man alles kaufen kann, muss man weniger kreativ sein."

Haha.

„Genau, deshalb sind wir bei uns hier alle Improvisationstalente", kommentierte Micha gut gelaunt.

Größeren Raum gab ich der Beschreibung der touristischen Ziele, wie dem Zoologischen Garten und dem Schloss Charlottenburg. Die Sehenswürdigkeit Berliner Mauer ließ ich allerdings ebenso unerwähnt wie die Attraktion, das Brandenburger Tor mal von der anderen Seite zu sehen. Meinen Opportunismus hielt ich für clever.

Während ich erzählte, griff ich mir ein paar Mal an die Ohrläppchen, weil meine neuen Clips ein wenig zwickten. Micha beobachtete es und fragte: „Hast du die auch mitgebracht?"

Ich nickte und nahm einen ab, um mir das Ohr zu reiben.

„Das ist ja ganz rot", klärte Micha mich auf.

„Ja, die klemmen ein bisschen zu fest", sagte ich.

„Darf ich mal?", fragte er.

Ich wusste nicht so recht, was er damit wollte, und zögerte. Aber dann streckte er seine Hand aus und ich legte ihm meinen Ohrring hinein. Er betrachtete ihn einen Moment und steckte ihn sich tatsächlich ans Ohr, um dann auch festzustellen, dass er zu fest saß.

„Ja, kneift ganz schön", meinte er und reichte ihn mir fröhlich wieder zurück.

Das war ein seltsamer Moment. Ich hielt den Clip in der Hand und wollte ihn im ersten Reflex am liebsten abwaschen gehen. Micha hatte, mehr aus Versehen, eine Distanz überschritten. Ich nahm auch den anderen Ohrring ab und legte beide in meine Handtasche.

„Na, dann mal zurück zum Ernst des Lebens." Micha blieb in bester Stimmung. Ich fragte mich, ob das etwas mit meiner Rückkehr zu tun hatte. Höchstwahrscheinlich hatte ich meine Reisegenehmigung auch seiner Fürsprache zu verdanken und wusste nicht so recht, ob das jetzt Glück oder Unglück war. Und was auch immer es heute war, was würde das morgen bedeuten?

Den Zeichen der Zeit gemäß grassierte auch unter meinen Kollegen das Reisefieber und wollte von der Stasi untersucht werden. Micha behandelte das Thema zunehmend mit Ironie, beinahe lax nannte er mir einige Namen und fragte mich, ob ich zu dem einen oder anderen etwas sagen könnte. Spürte er, dass die Tage seiner Behörde gezählt waren? Dämmerte es ihm bereits, dass es eigentlich keinen Sinn mehr machte, wegen irgendwelcher Hinterzimmererkenntnisse eine Reise zu verweigern?

Ich dagegen freute mich ein bisschen, wenn ich mit meinen Beiträgen zur Person auch anderen den Weg zur Reisegenehmigung ein wenig ebnen konnte. Ganz sicher war ich nicht die Einzige, die ausgefragt wurde, wenn ich aber hinterher hörte, dass der oder die auch im Westen waren, konnte ich mir wenigstens einreden, dass ich nützlich gewesen war.

※ ※ ※

Doch vom Nützling zum Schädling ist es manchmal nur ein kleiner Schritt.

Der Alltag hatte mich wieder und alle paar Monate traf ich mich mit meinem Führungsoffizier zum konspirativen Nachmittag. Kurz nach Eintreffen in der kargen Wohnung fragte ich: „Warum ist eigentlich das Radio an?" Scheußliche Schlagermusik eines Senders, den ich sonst nicht an meine Ohren ließ, dudelte aus dem Radio, das nach wie vor als einziger Gegenstand die Schrankwand besiedelte.

„Eine Sicherheitsvorkehrung", war Michas knappe Antwort. Und weil er meinen verständnislosen Gesichtsausdruck sah, ergänzte er: „Man kann nie wissen. Es kann uns jedenfalls niemand abhören, wenn parallel zu unserem Gespräch das Radio läuft." Ich war verdutzt. Meinte er, dass ich von meiner Reise eine Wanze mitgebracht hätte? Ich, eine Doppelagentin? Wahrscheinlich war es nur die misstrauische Grundhaltung der berufsmäßigen Schnüffler, hinter jedem Baum einen Banditen zu sehen.

In diese Atmosphäre des Jeder gegen Jeden passte auch meine Absicht, etwas unterzubringen, von dem ich dieses Mal hoffte, es könnte Schaden zu meinen Gunsten anrichten.

Sie hieß Chiara und ärgerte mich seit geraumer Zeit.

Allein schon der Name regte mich auf, als sie eines Tages neu eingestellt bei uns in der Bar erschien. Keiner der Kollegen hatte davon gewusst. Anscheinend hatte die gastronomische Leitung in ihrer Herrlichkeit eine Lücke bei uns festgestellt, die wir selbst noch nicht kannten, und gehandelt.

So war also Chiara selbstbewusst mit ihrer umwerfenden Figur in unser sozialistisches Kollektiv hereingerauscht und verdrehte nun allen Kollegen und Gästen den Kopf. Sie sah blendend aus, duftete nach schwerem Parfüm, war charmant und flink. Ich fand sie zwar etwas zu üppig, da ihr Busen sie beinahe vornüberfallen ließ, das schien die Männer aber gar nicht zu stören.

Ganz klar wusste ich bald, dass ich das nicht hinnehmen wollte. Ich beobachtete und beargwöhnte sie eine Zeit lang. Aber Chiara arbeitete korrekt. Im Gegenteil, zu mir war sie immer besonders liebenswürdig und fragte mich nach meinem Rat, wenn sie etwas nicht wusste, was mich zusätzlich auf die Palme brachte.

Als ein paar Stammgäste damit anfingen, mich nach ihr zu fragen, als wäre ich nicht mehr gut genug, war das Maß voll.

Micha hatte bemerkt, dass ich in Gedanken war, und in Ruhe abgewartet. Wenn ich etwas zu berichten hatte und damit nur schwer herauszukommen schien, lag es auch in seinem Interesse, mich nicht zu sehr zu drängen.

Ich setzte mich aufrecht hin, um für mein Vorhaben negative Energie zu sammeln, und legte los. „Wir haben seit ein paar Wochen eine neue Kollegin", begann ich.

Micha sah mich erwartungsvoll an. „Ja, stimmt, ich hatte das nächste Mal vor, mir dir über sie zu sprechen, aber wenn du jetzt schon willst …?", er unterbrach sich, als ich eifrig nickte. „Na gut, warum nicht"? Er schob mir einen Bogen Papier über den Tisch.

Finster entschlossen, die Konkurrenz aus dem Weg zu schaffen, schmückte ich meinen Bericht fantasievoll mit erfundenen Zusätzen aus, die ihr unterstellten, sich regelmäßig mit Gästen aus Westberlin zu verabreden. Vielleicht will sie ja geheiratet werden und dann einen Ausreiseantrag stellen, mutmaßte ich bitterböse. Micha beobachtete mich ernst und konzentriert.

Jetzt konnte er verfolgen, wie ich moralisch ins Bodenlose stürzte. Ich fügte noch ein paar gemeine Aussagen über ihr „bewusst provozierendes" Äußeres hinzu und vollendete damit mein schwarzes Werk. Nachdem ich fertig geschrieben hatte, reichte ich ihm das Blatt, ohne mir meinen Text nochmals durchzulesen, hastig herüber. Micha sah mich forschend an. „Ich habe noch eilig etwas zu erledigen", erfand ich eine Möglichkeit, mich möglichst schnell vom Tatort zu entfernen. Denn ich wollte schnell weg von dem Platz, an dem ich ein vernichtendes Werk begonnen hatte, das meine finsteren Mitstreiter erstaunlich rasch vollendeten.

Keine zwei Wochen später wurde Chiara ohne Begründung in den Bankettsaal versetzt.

※ ※ ※

„Der Beklagte möge erklären, was er mit seiner Verteidigungsbereitschaft erreichen will: Es erscheint fragwürdig, für das Recht zu kämpfen, bis zum Tode des Erstversterbenden seine verharmlosend Grußkarten genannte anonyme Post an meine Mandantin zu senden."

Was beinahe lustig klingt, ist so nicht gemeint. Mike zerlegt die Verteidigung von Gerrys Anwalt. Er erlaubt sich unter anderem den Hinweis, dass das Bestrafungsmonopol immer noch in den Händen des Staates liegt. Und er lässt die andere Seite wissen, dass es für uns nicht nachvollziehbar ist, wie ein derartiges Recht auf anonymes Kartenschreiben hergeleitet werden soll, wenn doch jede Privatperson einen Abwehranspruch gegen die Zusendung unerwünschter Werbung hat.

Ich hoffe sehnlichst, dass der Richter die Verhandlung nun schnell anberaumt, denn ich habe diesen Briefwechsel langsam satt und wünsche mir ein Ende des Dramas herbei.

Mike macht mir Hoffnung, dass es nicht mehr lange dauern werde. Der Richter hätte sich inzwischen ein Bild machen können und würde dann auch bald entscheiden, meinte er.

Zwei Wochen später kommt die Ladung. Nun ist es also so weit. Gerry und ich werden uns wiedersehen. In dem Schreiben ist von einem Termin zur Güteverhandlung und zur mündlichen Verhandlung die Rede. Ferner wird darauf hingewiesen, dass das Erscheinen eines zwecks Aufklärung des Sachverhalts informierten und zum Vergleichsabschluss ermächtigten Vertreters dem persönlichen Erscheinen genügt. Diesen Satz lese ich mehrmals, was Mike aufmerksam beobachtet.

„Mach dir keine Hoffnungen", sagt er. „Du musst schon mitkommen. Was macht das für einen Eindruck, wenn du dich nicht traust, Gerry gegenüberzutreten?"

„Ich trau mich ja", antworte ich trotzig, aber leise. „Und ich sehe, dass du grinst", füge ich hinzu.

Dann muss ich selbst über mich lachen und spreche mir Mut zu dafür, den Millionen von alten Freunden gegenüberzustehen, die Gerry mit in den Gerichtssaal bringen würde.

✳ ✳ ✳

Es war Herbst und ich war schwanger. Mein Körper schwoll an und die DDR begann sich aufzulösen.

Die Ultraschalltechnik steckte noch in den Kinderschuhen, aber die Gynäkologin meinte, Anzeichen für einen Jüngling zu sehen. Meine Ehe mit Paul war inzwischen eine Mischung aus nützlicher Kameradschaft und meinen einseitigen Bemühungen um eine familiäre Struktur. Doch trotz der Aussichtslosigkeit, daraus doch noch Gemeinsamkeiten zu machen, war ich nicht verzweifelt, denn mein Fokus lag nun in meinem Innern. Der Geburtstermin war vorausgesagt worden für den Jahreswechsel in ein Jahr, das die Welt verändern sollte.

Michael Gorbatschow, der im eigenen Land umfangreiche Reformen eingeleitet hatte und für die Menschen in der DDR damit zum Hoffnungsträger für eine neue Politik geworden war, trat gegenüber unserer greisen Partei- und Staatsführung neuerdings für die eigenständige Lösung nationaler Probleme ein und versetzte die Führungsriege damit zunehmend in Nöte. Denn wer sollte ihnen noch zu Hilfe kommen, wenn die Russen das nicht mehr wollten und das eigene Volk sich erhob?

Bei den Volkskammerwahlen hatten sich zum ersten Mal zahlreiche Wahlberechtigte trotz strenger Beobachtung getraut, ihren Wahlschein nicht nur zu falten und in die Urne zu werfen, sondern ihre Zettel ungültig zu machen oder ihre bevorzugten Volksvertreter hinzuzuschreiben.

Das Jahr 1989 wurde für mich zuallererst ein Babyjahr. Jungen Müttern stand das Recht zu, nach der Geburt ihres Kindes ein Jahr lang zu Hause zu bleiben. Der Arbeitsplatz blieb erhalten und das Grundgehalt wurde weitergezahlt. Diese staatliche Maßnahme sollte Anreize zur Steigerung der Geburtenrate schaffen, was auch funktionierte. Ansonsten funktionierte nicht mehr viel.

Die Menschen waren enttäuscht über ihr Land und äußerten sich immer mutiger dazu. Es hatte sich allmählich eine Opposition formiert, die die Machthaber mehr und mehr in Alarmstimmung versetzte. Sogar für Michael Jackson wurde eine Stasi-Akte angelegt, als er im Sommer in der Nähe des Brandenburger Tors in Westberlin ein Konzert gab.

Massenhaft erzwangen die Menschen ihre Ausreise durch Botschaftsbesetzungen oder nutzten die Möglichkeiten, die sich inzwischen über die grüne Grenze der sozialistischen Bruderstaaten in den Westen ergaben. Inzwischen kannte jeder einen, der einen kannte, der über die Tschechoslowakei und dann Ungarn in den Westen abgehauen war.

Meine Familie und ich warteten gespannt, was werden würde. Wir zählten nicht zu den Helden, sehnten das Ende der Diktatur jedoch dringend herbei. Die DDR war äußerlich noch genauso bröckelig und grau wie seit Jahren schon, doch der Kern glühte wie Magma in einem Vulkan.

In diesen Tagen war es, als ich in der Dämmerung eines Spätsommerabends, das letzte Licht schimmerte rötlich über den Dächern der Altbauten, meinen Kinderwagen gemächlich über den holprigen Bürgersteig im Prenzlauer Berg schob. Es überholte mich eine Gruppe von Leuten meines Alters. Ein Mann unter ihnen sprach laut und eindringlich auf die anderen ein und gestikulierte aufgeregt. Die anderen stimmten ihm etwas verhaltener zu und einige schauten sich hin und wieder um, als suchten sie jemanden. Sie trugen Jeans, Parka und Kletterschuhe und signalisierten auf diese Weise ihre grundsätzlich fehlende Angepasstheit an den Staat. Ich schob den Kinderwagen ein wenig schneller, weil ich neugierig war und sehen wollte, wohin sie gingen.

Neben dem Bürgersteig erhob sich eine grüne Anhöhe mit Hecken und Bäumen, die plötzlich endete und meinen Blick auf den mächtigen Bau der Gethsemanekirche lenkte. Ich kannte die Kirche nur flüchtig und hatte sie noch nie betreten. Zur Straßenseite grenzte sie sich durch einen niedrigen halbkreisförmigen Zaun ab. Als ich näher kam, bemerkte ich eine Ansammlung von Menschen vor ihrem Eingang. Zwischen den Leuten ragte ehrwürdig die Sandsteinfigur eines segnenden Jesus mit einer Bibel in seiner Linken auf. Er wirkte wie ein Fels der Zuversicht inmitten der quirligen Ansammlung. Ich blieb stehen und sah zu den Leuten hinüber. Jetzt erst bemerkte ich, dass auf der Backsteinmauer, die den Jesus tragenden Sockel umgab, brennende Kerzen standen. Über dem Eingang zur Kirche hing ein großes Transparent mit der Aufschrift „Wachet und betet".

Der Anblick berührte mich außerordentlich. Ich fühlte, wie mein Herz schneller schlug und sich die kleinen Härchen an meinen Armen aufstellten. Sollte ich einfach ... hinübergehen? Ich, der Judas? Konnte ich mich nicht dazustellen und ihnen sagen, wie sehr ich ihre aufrechte Haltung bewunderte? Mein Kleiner schlief, ihn würde es nicht stören. Ein paar Meter nur und ich könnte wieder stolz auf mich sein. Ich zögerte und blickte um mich. Natürlich würden hier auch Spitzel unterwegs sein, die der Stasi Bericht darüber erstatteten, was und wen sie beobachtet hatten. Doch war das hier nicht die Chance für mich zur Umkehr? Dann wäre mein Herz keine Mördergrube mehr und der Blick in den Spiegel wieder einfacher. Ich rang mit mir.

Es war inzwischen dunkler geworden und immer mehr Menschen füllten den Vorplatz der Kirche, einige gingen hinein. Die Menge war aufgekratzt, aber fröhlich. Von innen hörte ich die Klänge der Orgel. Da tauchte plötzlich eine junge Frau neben mir auf und sah interessiert in den Kinderwagen. Sie hatte rotes kurzes Haar und trug ein voluminöses orange leuchtendes Tuch über dem dunklen Mantel, das lässig über ihre Schultern fiel. „Kommst du mit rein?", sprach sie mich freundlich an und deutete in Richtung Kirche.

Meine Unentschlossenheit spiegelte sich wohl in meinem Gesicht wider. Ich war ein bisschen erschrocken über die unerwartete Ansprache.

„Ich"?, fragte ich verwirrt und schüttelte den Kopf.

„Ja klar, es kommt auf jeden an", sagte sie entschlossen.

Als ich aber keine Anstalten machte, lief sie weiter und warf mir noch ein aufmunterndes „Vielleicht ein anderes Mal" zu. Dann verschwand sie in der Menge und ich setzte ruckartig und ratlos meinen Weg nach Hause fort.

∗ ∗ ∗

Das nächste Treffen mit Micha fand überflüssigerweise wieder in neuer Umgebung statt. Die neue Wohnung war eine Kopie ihrer Vorgängerin und auch hier lief die ganze Zeit das Radio. Nun hatte es aber Interessantes zu berichten. Die DDR-Sender begannen zögerlich mit einer wahrheitsgemäßen Berichterstattung.

Micha schien sich nicht besonders gut zu fühlen, er wirkte lethargisch und war blass. Seine grundsätzlich positive Ausstrahlung war einem trotzigen Sarkasmus gewichen. Nach einigen Minuten, in denen er sich über das Wetter, die vollen Straßen und Ärger in der Dienststelle beschwerte, hätte ich auch gleich wieder aufbrechen können. Es gab nichts mehr zu berichten, was nicht allgegenwärtig war und für ihn existenzbedrohend.

Ich saß nur da und hörte mir sein Erstaunen über die Zustände im Land an. Dann ereiferte er sich über unsere Brudervölker, die nach seiner Meinung diese Bezeichnung nicht mehr verdienten. „Jetzt betten die auch noch den Imre Nagy um", er schüttelte den Kopf, „ich verstehe gar nichts mehr." Ich konnte es kaum glauben: Micha heulte sich also bei mir aus! Ein Stasioffizier am Rande des Nervenzusammenbruchs.

Beinahe besorgt riet ich: „Lasst doch alle gehen, die das wollen. Dann zählt zusammen, was noch da ist, und schaut, ob sich damit ein Neuanfang lohnt." Micha zuckte mit den Schultern und erklärte mir, dass man das schon bis 1961 ausprobiert hätte.

„Ein Neuanfang muss ja auch anders aussehen als das, was wir heute haben." Dabei dachte ich nicht zwangsläufig an Wiedervereinigung. Eigentlich dachte ich im Moment sowieso nicht viel. Zu sehr beschäftigte mich der Anblick, wie zermürbt der Mann vor mir saß. Am liebsten hätte ich mich leise davongestohlen, um das nicht mitansehen zu müssen. Ich wusste nicht, was ich hier noch verloren hatte.

Wir haben uns nie wiedergesehen.

✳ ✳ ✳

Warm fiel das gelbe Licht der Straßenlaternen auf das feuchte Pflaster der Allee. Ich stand am Fenster und sah auf die Straße hinaus. Paul, ich und das Baby waren vor einigen Wochen hierher in eine sehr geräumige Altbauwohnung mit schönen hohen Decken und einem Badezimmer gezogen, das eine Wanne hatte. Aber auch sie war nicht das geeignete Instrument zur Rettung unserer Ehe.

Ich hörte die leisen Atemzüge meines Sohnes und gedämpfte Musik aus dem Wohnzimmer. Der Raum war dunkel bis auf das einfallende Licht der Straßenbeleuchtung. Ich hatte nur mal nach ihm sehen wollen und war dann in Gedanken ans Fenster getreten. Ich träumte ein bisschen in die Nacht hinaus und wunderte mich aber bald, dass keine Autos vorbeifuhren. Auch keine Straßenbahnen. Dafür hörte ich von fern eher etwas wie ein Stampfen oder Stimmen, vielleicht beides miteinander vermischt, vereinzelte Rufe. Ich wartete ab und spähte angestrengt ins Dunkle. Es rumorte auf eine eigenartige Weise, als näherte sich eine Kolonne, aber das waren nicht die Laute von Maschinen oder schwerem Gerät.

Die Geräusche kamen von links, stadtauswärts. Da rückte allmählich etwas in mein Blickfeld. Es waren Menschen, die dort auf der Straße entlangzogen. Sie liefen dicht beieinander und riefen ab und zu etwas. Es waren so viele, dass sie die gesamte Fahrbahn und den Bürgersteig füllten. Da wurde mir bewusst, dass es sich nur um eine Demonstration handeln könnte, wie es sie in Plauen und Leipzig schon gegeben hatte.

Jetzt sah ich auch, dass einige von ihnen, es waren überwiegend junge Leute, Transparente trugen. Von meinem Standort aus konnte ich aber nicht lesen, was darauf stand. Ich öffnete das Fenster. Inzwischen waren die ersten des Zuges schon an unserem Haus vorbeigegangen und er nahm noch lange kein Ende. Jetzt hörte ich die Stimmen der Demonstranten, sie klangen selbstbewusst und stark. Die Menschen redeten miteinander, lachten, als machten sie sich gegenseitig Mut. Sie gingen in Richtung Alexanderplatz.

Mich fröstelte und gleichzeitig wurde mir heiß bei diesem Anblick. Da machten sich meine Mitbürger auf, um unsere Welt zu verändern, trotzten der möglichen Gewalt und allen Gefahren einer in die Enge getriebenen lädierten Diktatur. Und ich? Ich stand am Fenster wie festgenagelt. Sah wieder nur zu und wartete ab.

Wie dieser Zug der Opposition zog in meinen Gedanken mein bisheriges Leben an mir vorbei und ich sah mich als Schulmädchen, frierend mit Kniestrümpfen und fein gemacht bei der verordneten Demonstration zum 1. Mai. Ich sah mich später als Jugendliche beim Fackelzug im FDJ-Hemd durch die Straßen gehen, immer auf der Suche nach den interessanten Jungs aus der Parallelklasse. Ich sah mich mit meinen Kollegen am Tag der Republik an der Ehrentribüne auf der Karl-Marx-Allee vorbeischlendern, immer um einen guten Witz über die alten Männer bemüht und über einen zusätzlichen freien Tag erfreut.

Doch nun war die Zeit des Sicheinrichtens und der Lethargie ganz offenbar vorbei. Was in Plauen angefangen und in Leipzig fortgeführt wurde, war in der Hauptstadt der DDR angekommen.

Ich konnte nicht in die Gesichter der Demonstranten sehen, aber ich sah ihren aufrechten Gang und ihre Würde. Benommen und beeindruckt trat ich einen Schritt in das dunkle

Zimmer zurück und Tränen liefen mir über das Gesicht. Mein Blick fiel auf das Kinderbett. „Es gibt die Chance, dass du einmal nicht mit Lug und Trug, Verstellung und elenden Kompromissen durchs Leben gehen musst", flüsterte ich. „Und wenn das so kommt, dann verdanken wir es diesen Menschen dort draußen."

Es kam so und viel schneller, als die größten Optimisten es erwartet hatten.

Meinen Sohn hatten meine mutigen Landsleute in diesen Tagen vor einem Leben mit Lügen bewahrt und mich von einer Verpflichtung entbunden.

✼ ✼ ✼

Ich höre Schritte und sehe ihn auch schon. Er kommt nicht allein. Gerry spricht mit seinem Anwalt und sieht dabei zu Boden. Mein Puls schnellt in die Höhe, aber da sind sie auch schon fast an uns vorbei. Grußlos. Nur ganz kurz hält Gerrys Verteidiger inne und fragt Mike: „Sie vertreten in der Sache?" Als Mike nickt, geht er mit seinem Mandanten weiter den Gang entlang und biegt um die Ecke. Ich sitze auf dem harten Stuhl und merke, wie ich langsam ruhiger werde. Ich frage mich, warum. Es ist die Aufregung der anderen, die Aufregung von Gerry, die ich spüre und die mich seltsamerweise ruhiger werden lässt.

Jetzt kommen der Richter und eine Frau an seiner Seite auf uns zu. „Das ist die Protokollführerin", erklärt mir Mike. Ich stehe auf und wir begrüßen uns kurz.

Dann fragt der Richter: „Ist die Gegenseite noch nicht da?"

„Doch", hören wir Gerrys Anwalt rufen und beide kommen aus dem hinteren Flur zu uns. Ich höre, wie Gerry gepresst zu seinem Anwalt sagt: „Na, dann kann der Spaß ja losgehen."

Nacheinander betreten wir den kleinen Saal und nehmen Platz. Der Richter sitzt etwas erhöht, neben ihm die Protokollführerin. Ihnen gegenüber sitzen wir in einer Reihe. Ich bin nun wieder nervöser. In einer halben Stunde habe ich das alles hinter mir, mache ich mir Mut. Mike sitzt konzentriert neben mir, lächelt mich aber kurz aufmunternd an. Gerrys Anwalt hat sich inzwischen eine Robe über seinen Freizeitlook gestülpt. Das war wohl der Grund für das Verschwinden um die Ecke.

Der Richter blättert als Auftakt ein wenig in den Papieren, die er abwägend mustert. Ich schätze ihn auf Ende dreißig. Er sieht freundlich und sehr seriös aus. Dann beginnt er: „Also es geht hier um diese Karten." Er hält eines der Blätter, auf das wir die Grußkarten kopiert haben, in die Höhe. „Der Beklagte hat nach Einsicht in die Unterlagen bei der BStU erfahren, dass er von einer ehemaligen Kollegin und, ach ja, beide waren auch noch befreundet, also, dass er bespitzelt worden ist." Er macht eine Pause und sieht sich irgendetwas in den Unterlagen an. „Ich kann mir vorstellen, dass das für Sie (er sieht jetzt Gerry an) ein Schock war. Das Ganze ist jetzt allerdings schon über zwanzig Jahre her." Er macht eine kurze Pause des Nachdenkens, dann wendet er sich mir zu: „Auch Ihre Position kann ich verstehen. Sie sind aus wer weiß welchen Gründen IM bei der Stasi geworden, Sie waren damals noch sehr jung und ... ja, ich kann heute nicht sagen, wie ich mich in solch einem System verhalten hätte." Ich nicke ihm zu und freue mich über die differenzierte Ausführung. Erneut schaut er kurz in die Akten und dann zu mir: „Dann haben Sie einen Brief zur Entschuldigung geschrieben." Das klingt jetzt nicht so positiv. Ich schaue ihn aufmerksam an. „Das hat Ihnen aber nicht genügt." Er bewegt den Kopf abwägend hin und her und blickt zu Gerry hinüber. Nein, das hatte ihm eindeutig nicht genügt, denke ich. „Nun gibt es tatsächlich dieses Gewaltschutzgesetz", führt der Richter weiter aus, sagt aber nichts zu dessen Wirkung in unserem Fall. Stattdessen fragt er Gerry und seinen Anwalt: „Ja, und Sie wollen sich jetzt verteidigen?"

„Es wird keine weiteren Karten geben", lautet überraschend die Ansage der Gegenseite. „Aha, das geht dann aber nicht so ...", der Richter hat Einwände, die ich nicht verstehe. Ich sehe Mike an, der sich auf das Verfahren konzentriert.

Gerrys Anwalt hingegen scheint zu verstehen, was der Richter meint, und fährt fort: „Vor dem Hintergrund der eventuellen gesundheitlichen Probleme der Klägerin sieht mein Mandant in Zukunft davon ab, weitere Karten zu versenden." Ach, auf einmal. Ich bin überrascht. Mike nicht. Er sieht aus, als hätte er nichts anderes erwartet, und beugt sich zu Gerrys Anwalt herüber. Überrascht höre ich ihn fragen: „Wie hoch sind denn eure Kosten?" Was bedeutet das nun wieder? Ich sehe vom Richter zu Mike und von ihm zu Gerrys Anwalt. Die scheinen sich zu verstehen.

Der Richter ergreift nun wieder das Wort. „Dann hätten Sie sich nicht zu verteidigen brauchen." Gerrys Anwalt sagt nichts und ich versuche wieder, Gerrys Blick zu erhaschen. Was hier jetzt läuft, ist mir nicht ganz klar, aber wozu habe ich einen Anwalt dabei? Dass es nicht ungünstig läuft, bekomme ich schon mit, also konzentriere ich mich jetzt darauf, Blickkontakt mit meinem Gegner aufzunehmen. Irgendwann muss er doch mal zu mir herübersehen. Aber er sieht nur auf den Tisch oder zu seinem Verteidiger, nicht zu mir. Kein einziges Mal.

„Wir teilen die Kosten", höre ich Mikes Stimme. Ich folge der Verhandlung wieder halb und verstehe, dass es ein Vergleich ist, der hier ausgehandelt wird. „Also gut", sagt der Richter, „dann wird festgelegt ..." Hier wendet er sich der Justizbeamtin neben ihm zu und diktiert ihr seinen Beschluss.

Nach einer halben Stunde ist es vorbei. Der Richter erklärt die Verhandlung für beendet und wir stehen alle auf.

Was für ein Gefühl. Das Kartendrama ist vorbei, endlich. Ich werde jetzt zu Gerry gehen und noch etwas sagen. Was genau? Es würde mir schon einfallen. Vielleicht ein schlichtes:

„Es tut mir leid." Oder: „Mensch, Gerry, können wir nicht einfach – so wie früher – mal reden?" Oder noch anders.

Ich drehe mich zur Tür und sehe, dass er bereits gegangen ist, so schnell, wie er vor einer halben Stunde hineingehuscht ist. Ich gehe aus dem Saal, doch der Flur ist leer. Dann folgen mir auch der Richter, Mike und die Beamtin, die noch die Tür abschließt. Einen Moment später verlassen Mike und ich das Gerichtsgebäude.

Wir treten vor die Tür und ich sehe mich um. Meine Augen suchen die Straße und die parkenden Autos ab. Die Sonne blendet mich, sodass ich mir die Hand zum Schutz über die Augen halte. Mike steht neben mir und sieht mir zu. Ich will noch etwas erledigen.

Aber von Gerry ist weit und breit nichts mehr zu sehen.